SOLSTICE DE NOËL

UNE ROMANCE PARANORMALE

UNIVERSITÉ DU PÔLE NORD
TOME TROIS

MARIE-HELENE LEBEAULT

CHAPITRE UN
FARCES ET PRESSION

DYLAN

Le truc, quand on est un métamorphe renard à l'Université du Pôle Nord, c'est que tout le monde s'attend à ce que vous soyez malin. Le problème, quand on est un métamorphe renard de la lignée *Vixen*, c'est que tout le monde s'attend à ce que vous soyez malin, *et* charmant, *et* naturellement doué pour vous sortir du pétrin.

Pour le moment, j'étais à zéro sur trois.

« Monsieur Vixen », la voix de la professeure Blitzen trancha l'air matinal comme la lame d'un traîneau dans la poudreuse fraîche, « auriez-vous l'amabilité de nous expliquer pourquoi les gargouilles de Frost Hall sont en train de chanter des airs de comédie musicale ? »

Je levai les yeux vers les créatures de glace sculptée perchées le long des arches gothiques du bâtiment. Effectivement, elles chantaient à tue-tête ce qui ressemblait étrangement à « Défier la gravité » en parfaite harmonie à quatre voix. Leurs voix de pierre résonnaient dans la cour, attirant les regards amusés des étudiants qui passaient et faisant glousser les esprits des neiges à proximité.

C'était bien mon œuvre. Même si je n'avais pas souvenir que le sortilège ait duré aussi longtemps. Plus troublant encore, mes sens de renard décelaient quelque chose d'anormal dans la magie elle-même — comme une odeur d'ozone avant un orage, âcre et électrique, qui me fit se hérisser les poils de la nuque. La magie d'illusion n'était pas censée sentir comme ça.

« Eh bien, professeure », dis-je en affichant mon sourire le plus désarmant — celui qui m'avait évité la retenue environ dix-sept fois l'an dernier, « je pense qu'elles ne font qu'exprimer leur liberté artistique. Qui sommes-nous pour étouffer leurs voix créatrices ? »

Quelques étudiants ricanèrent. La professeure Blitzen n'était pas amusée.

Ses bois — parfaitement entretenus et décorés de minuscules clochettes d'argent qui tintaient lorsqu'elle était particulièrement irritée — vibraient presque. En tant que directrice du comité de préparation des Jeux des Rennes, elle supportait les perturbations sur le campus à peu près aussi bien que le Père Noël supportait les demandes de charbon.

« En retenue, monsieur Vixen. Après les cours. Vous polirez les patins de traîneau jusqu'à ce que ces gargouilles retrouvent leur silence stoïque approprié. »

« Mais professeure, j'ai... »

« *Deux* heures de retenue si vous terminez cette phrase. »

Je fermai sagement la bouche, mais j'aperçus Finn MacTiernan — un autre métamorphe renard de ma promotion — qui secouait la tête dans ma direction de l'autre côté de la cour. Son expression disait clairement : *quand apprendras-tu enfin ?*

La réponse, apparemment, n'était pas aujourd'hui.

Alors que la professeure Blitzen s'éloignait au son sec de ses sabots qui claquaient sur les pavés enchantés avec une vive désapprobation, je m'affaissai contre la fontaine au centre de la cour. Les dauphins de glace sculptés qui nageaient dans l'eau gelée semblaient me narguer avec un sourire en coin.

« La grande classe, Vixen. Vraiment la grande classe. »

Je levai les yeux et vis Kieran Frost — aucun lien de parenté avec le prince Elian fraîchement révélé, juste un nom malheureux — adossé nonchalamment à un lampadaire voisin. En tant que métamorphe loup des neiges, il avait cette attitude naturellement décontractée que j'essayais de perfectionner depuis des années. Ses cheveux pâles captaient la lumière du matin, et ses yeux argentés contenaient juste assez d'amusement pour être insultants.

« C'est celui qui s'est fait surprendre à mettre de la poudre à gratter dans l'équipement d'entraînement des métamorphes ours polaires le mois dernier qui dit ça », répliquai-je.

« Oui, mais je ne me suis pas fait *prendre*. C'est tout un art, Dylan. C'est toi qui es censé être le farceur, ici. »

Ça m'a piqué au vif plus que ça n'aurait dû. Kieran avait raison : les métamorphes renards étaient légendaires pour leur ruse, leur capacité à se dérober aux conséquences avec esprit et charme. Mes frères aînés en avaient fait un art. Bon sang, mon *père* racontait encore des histoires sur ses farces universitaires quarante ans plus tard.

Alors pourquoi avais-je l'impression de nager constamment à contre-courant ?

« D'ailleurs », continua Kieran en vérifiant son reflet à la surface de la fontaine, « t'es pas censé te concentrer sur tes études cette année ? Tu as dit que tes parents t'avaient fait tout le discours du "ressaisis-toi, sinon..." pendant les vacances d'été. »

Mon estomac se noua. Il n'avait pas tort. La conversation avec mes parents avait été... inconfortable. Trois générations de métamorphes renards de la lignée Vixen avaient été diplômées avec mention de l'UPN. Ils avaient tous accédé à des postes prestigieux au sein du gouvernement magique du Pôle Nord, du corps diplomatique ou des services de messagerie d'élite. Ils étaient malins, brillants, et absolument déconcertés par la médiocrité scolaire de leur plus jeune fils.

« *Dylan, mon chéri* », avait dit ma mère de cette voix parfaitement contrôlée qu'elle utilisait quand elle était déçue, « *tes notes de première année étaient... préoccupantes. Il serait peut-être temps que tu te consacres à tes études avec plus... d'assiduité.* »

Mon père avait été plus direct : « *Fistøn, les Jeux des Rennes ont lieu au printemps. Si tu veux y participer — si tu veux prouver que tu as ta place parmi les grandes maisons de métamorphes — tu dois montrer que tu es digne du nom Vixen.* »

Aucune pression, bien sûr.

Le truc, c'est que je *voulais* intégrer l'équipe. Pas seulement pour eux, mais pour moi. Si j'étais sélectionné pour les Jeux des Rennes, j'obtiendrais plus que le droit de me vanter ; je prouverais enfin que j'étais plus que le Vixen raté. Celui qui n'arrivait pas à être à la hauteur de l'héritage familial de brillante ruse. Peut-être qu'alors, ce sentiment constant d'avoir un temps de retard, une ruse de moins, finirait par disparaître.

« Je gère », dis-je à Kieran, ce qui n'était pas tout à fait un mensonge. Je *gérais*. Juste... pas très bien.

« Compris. Eh bien, bonne chance pour ta retenue. » Kieran se détacha du lampadaire avec une grâce fluide. « Essaie de ne rien enchanter d'autre aujourd'hui, d'accord ? Certains d'entre nous ont vraiment besoin d'étudier. »

Alors qu'il s'éloignait, j'aperçus mon reflet dans la fontaine et grimaçai. Mes cheveux roux partaient dans tous les sens, et il y avait des cernes sous mes yeux verts qui témoignaient de trop nombreuses nuits passées à bachoter pour des examens que j'allais de toute façon rater.

J'avais l'air fatigué. Pire encore, j'avais l'air... ordinaire.

Cette pensée fit naître une boule désagréable dans ma poitrine. Ce n'est pas que je n'essayais pas. J'avais lu la moitié d'un manuel la nuit dernière — bon, parcouru en diagonale, mais ça devait bien compter pour quelque chose, non ? Peut-être que je forçais trop, que j'essayais d'imposer la ruse au lieu de la laisser venir naturellement.

J'enfouis ce doute et vérifiai mon emploi du temps, griffonné sur un morceau de parchemin enchanté qui se mettait à jour tout au long de la journée. Prochain cours : Théorie Avancée de l'Illusion avec la professeure Mistral.

Parfait. Peut-être que je pourrais me racheter avec une véritable participation académique.

J'étais à mi-chemin de la cour quand je le sentis : ce drôle de battement dans ma poitrine qui précédait habituellement une transformation. Mais je n'essayais pas de me transformer. Bon sang, je ne pensais même pas à ma forme de renard.

Étrange.

Je m'arrêtai près des marches de Frost Hall, posant une main sur mon sternum. La sensation s'intensifia un instant, comme si quelque chose essayait de s'extraire de moi par la force, puis s'évanouit complètement. Quand je retirai ma main, j'aurais juré avoir vu le plus faible scintillement de fourrure rousse sur mes phalanges avant qu'il ne disparaisse.

Ma forme de renard n'avait jamais essayé de faire surface d'elle-même auparavant.

Décidément étrange.

« Dylan ! »

Je me retournai et vis Tobias Reindeer qui accourait vers moi, son souffle formant de petits nuages dans l'air vif du matin. En tant que descendant de la lignée des métamorphes rennes, Toby avait été sélectionné pour l'entraînement avancé des Jeux des Rennes dès notre première semaine d'université. Il le prenait bien, mais il était impossible d'ignorer le fossé qui séparait les étudiants comme lui des étudiants comme... eh bien, moi.

« Salut, Toby. Quoi de neuf ? »

« Tu as entendu ? Ils affichent la liste préliminaire des Jeux aujourd'hui. » Ses yeux bruns pétillaient d'excitation. « La coach Prancer veut te voir après le déjeuner. »

Mon cœur se mit à danser une gigue compliquée, quelque part entre l'espoir et la terreur. « Moi ? Tu es sûr ? »

« Certain. Elle a spécifiquement demandé Dylan Vixen. » Toby sourit. « On dirait que quelqu'un tient ses promesses de l'été. »

Après qu'il se fut éloigné en bondissant — littéralement, avec la grâce aisée de quelqu'un dont la forme animale est faite pour les sauts — je restai seul sur les marches, en train d'assimiler l'information.

La coach Prancer voulait me voir. À propos des Jeux des Rennes.

Les Jeux des Rennes n'étaient pas seulement la compétition la plus prestigieuse de l'UPN, ils étaient un tremplin direct vers l'élite magique. Les équipes gagnantes obtenaient un accès privilégié aux meilleurs stages, aux sociétés magiques les plus exclusives, au genre de postes qui s'accompagnaient de bureaux d'angle et d'invitations aux galas du solstice.

Plus important encore, c'était une chance de prouver que j'avais ma place ici. Une chance de montrer à tout le monde — y compris à moi-même — que Dylan Vixen était plus qu'un joli minois et une langue bien pendue.

L'étrange sensation dans ma poitrine s'agita de nouveau, plus faible cette fois, comme l'écho de quelque chose qui n'allait pas. Avec elle revint cette étrange odeur d'ozone, plus forte maintenant, mêlée à quelque chose qui me rappelait le cuivre brûlé.

Je secouai la tête, essayant de me l'éclaircir. Ce n'était probablement que le stress de la réunion pour les Jeux.

Bien sûr. Parce que rien ne crie plus « esprit d'équipe » qu'un métamorphe renard dont la magie sent le feu électrique.

Il était temps de montrer à tout le monde ce dont j'étais vraiment capable.

J'espérais juste savoir de quoi il s'agissait.

Au moment où je me glissai à ma place dans la salle de Théorie Avancée de l'Illusion de la professeure Mistral, les gargouilles étaient passées à ce qui ressemblait à un pot-pourri des *Misérables*. Leurs voix de pierre s'infiltraient par les hautes fenêtres, fournissant une bande-son étrangement dramatique à la leçon du matin sur la « Magie d'Illusion Durable : Théorie et Pratique ».

La professeure Mistral — une élégante elfe des neiges aux cheveux d'argent qui semblaient bouger dans une brise perpétuelle et douce — écrivait déjà des équations magiques complexes au tableau noir. La craie se déplaçait d'elle-même, guidée par les gestes subtils de ses longs doigts.

« Ah, monsieur Vixen », dit-elle sans se retourner. « C'est un plaisir de vous avoir parmi nous. J'espère que les nouveaux talents vocaux des gargouilles de Frost Hall ne vous dérangent pas trop ? »

Quelques étudiants ricanèrent. Je sentis la chaleur me monter au cou.

« Pas du tout, professeure. Je trouve que la musique aide à la concentration. »

« Merveilleux. Alors peut-être pourrez-vous vous concentrer

assez longtemps pour expliquer la différence fondamentale entre la magie d'illusion temporaire et l'enchantement durable. »

J'ouvris la bouche, puis la refermai. Autour de moi, d'autres étudiants sortaient cahiers et plumes, s'installant pour ce qui s'annonçait clairement comme une séance d'interrogation. Au pupitre à côté du mien, un esprit des eaux nommé Coral griffonnait déjà des notes, ses doigts teintés de bleu se déplaçant avec une efficacité bien rodée.

« La différence est... », commençai-je, puis je m'interrompis. Je le *savais*. Nous l'avions vu le semestre dernier. « Les illusions temporaires dépendent de la concentration magique active du lanceur de sorts, tandis que les enchantements durables sont ancrés à des objets ou à des lieux en utilisant de l'énergie magique stockée ? »

« Correct. Et pouvez-vous me dire pourquoi c'est important pour l'application pratique ? »

« Parce que... » Une autre pause. Le drôle de battement dans ma poitrine était de retour, plus fort maintenant. C'était presque comme si ma forme de renard essayait de faire surface, mais de manière anormale. Déconnectée. « Parce que si l'on veut qu'une illusion dure plus longtemps que sa capacité de concentration, il faut l'ancrer correctement, sinon elle va... se dissiper de manière imprévisible ? »

« Précisément. Ce qui nous amène à la leçon d'aujourd'hui sur la durabilité magique et l'importance de comprendre ses propres limites. » Ses yeux pâles se fixèrent sur moi avec la précision d'un laser. « Monsieur Vixen, étant donné vos... activités périscolaires de ce matin, vous serez notre volontaire pour la démonstration. »

Oh, fantastique.

La professeure Mistral fit un geste, et un petit orbe doré apparut, flottant au-dessus de sa paume. « Je veux que vous créiez une illusion simple — rien d'élaboré, juste changer la couleur de l'orbe — et que vous la mainteniez pendant soixante secondes. »

Assez simple. Je faisais des illusions de base depuis l'âge de douze ans.

Je fermai les yeux, cherchant cette sensation familière d'énergie magique qui s'accumulait en moi. La magie des métamorphes renards reposait entièrement sur la diversion et la transformation — faire paraître les choses différentes de ce qu'elles étaient réellement. Cela aurait dû être aussi naturel que de respirer.

Au lieu de ça, j'eus l'impression d'essayer d'attraper de la fumée.

Je fronçai les sourcils, me concentrant plus fort. La magie était là, je pouvais la sentir, mais chaque fois que j'essayais de la diriger vers l'orbe flottant, elle me glissait entre les doigts comme de l'eau dans des mains jointes.

« Monsieur Vixen ? » La voix de la professeure Mistral semblait maintenant plus inquiète que provocatrice.

« Je... donnez-moi juste une seconde. » Des perles de sueur apparurent sur mon front malgré la fraîcheur de la salle de classe. Allez, Dylan. Magie d'illusion de base. Tu as fait ça mille fois.

Finalement, *finalement*, je parvins à saisir un fil d'énergie magique et à le diriger vers l'orbe. Il vacilla du doré au vert profond — ma couleur signature — pendant environ trois secondes avant de reprendre brusquement son état initial.

Ce retour brutal me fit mal. Pas physiquement, mais comme si on m'avait arraché quelque chose en plein effort. Un goût de cuivre inonda ma bouche, et pendant un instant, les bords de ma vision devinrent flous.

La salle de classe était très silencieuse.

« Intéressant », murmura la professeure Mistral, tendant la main vers l'endroit où l'orbe avait flotté. Elle s'arrêta une fraction de seconde, ses doigts pâles suspendus dans les airs comme si elle pouvait sentir quelque chose qui persistait — une trace de l'anomalie magique qui venait de se produire. Puis elle parut se ressaisir et dissipa les traces restantes du sort d'un geste de la main. « Classe, veuillez lire le chapitre douze pour demain. Nous discuterons de la fatigue magique et de ses effets sur le lancement de sorts. »

Tandis que les étudiants commençaient à sortir en bavardant à voix basse, je restai figé sur mon siège. Fatigue magique ? Je n'étais pas fatigué. J'avais très bien dormi la nuit dernière.

Alors pourquoi ce simple sortilège avait-il semblé aussi difficile que de soulever un rocher à mains nues ?

« Argh, j'arrive pas à croire que le professeur Ember nous ait déjà donné une autre dissertation », marmonna Coral en rangeant ses affaires. « J'espérais obtenir de l'aide en tutorat cette semaine, mais j'ai entendu dire que l'emploi du temps de la fille Lumina est complètement plein. Encore. »

La plainte de l'esprit des eaux m'effleura à peine alors que j'essayais de comprendre ce qui venait d'arriver à ma magie.

« Monsieur Vixen, un mot ? »

Je m'approchai du bureau de la professeure Mistral sur des jambes chancelantes. Elle organisait ses notes avec la même grâce fluide qu'elle mettait en toute chose, mais son expression était pensive.

« Dylan, avez-vous connu des... irrégularités avec votre magie ces derniers temps ? »

« Définissez "irrégularités". »

« Des sorts qui ne fonctionnent pas comme prévu. Une énergie magique qui vous paraît différente. Peut-être des problèmes avec vos capacités de transformation ? »

La question toucha une corde sensible. Je pensai au drôle de battement dans ma poitrine, à la sensation étrange de ma transformation pendant la farce de ce matin, à l'odeur d'ozone qui me suivait comme un mauvais présage.

« Peut-être », admis-je à contrecœur. « Mais c'est probablement juste le stress, non ? À cause des Jeux et des notes, et de tout le reste ? »

La professeure Mistral hocha lentement la tête. « Possiblement. Le stress peut certainement affecter les performances magiques. Cependant... » Elle fit une pause, m'étudiant de ses yeux pâles et perspicaces. « Je pense qu'il serait sage que vous preniez rendez-vous au Centre de Santé Magique. Juste par précaution. »

« Est-ce vraiment nécessaire ? Je veux dire, ce n'est probablement rien... »

« Dylan. » Sa voix était douce mais ferme. « Vous êtes un jeune homme talentueux avec un potentiel considérable. Mais on ne doit pas prendre la magie à la légère. Promettez-moi que vous prendrez ce rendez-vous. »

Je hochai la tête, même si tous mes instincts me criaient de minimiser la situation, de la considérer comme un problème temporaire qui se résoudrait de lui-même.

Alors que je rassemblais mes livres et me dirigeais vers la porte, la professeure Mistral m'interpella.

« Et Dylan ? Peut-être... limitez les farces pendant un certain temps. Jusqu'à ce que nous sachions ce qui se passe. »

Je me forçai à sourire. « Où est le plaisir, dans ce cas, professeure ? »

Mais en traversant les couloirs de Frost Hall, les gargouilles chantant toujours à pleins poumons au-dessus de moi, je ne pus me défaire du sentiment que quelque chose de fondamental avait changé.

Et pas pour le mieux.

Les gargouilles atteignirent une note particulièrement aiguë qui sembla vibrer à travers la pierre elle-même. Alors que leurs voix s'élevaient, j'entendis quelque chose craquer — un son net et précis, comme de la glace qui se fend. À travers les hautes fenêtres, je pouvais voir la fontaine de la cour et, effectivement, une fine fissure était apparue en plein milieu des dauphins de glace sculptés.

Une coïncidence, me dis-je. *Ça devait l'être.*

Mais tandis que je regardais, la fissure s'élargit, et je ne pus m'empêcher de penser qu'elle ressemblait un peu trop à la sensation déchiquetée qui avait élu domicile dans ma poitrine.

La question était : qu'est-ce que j'allais faire ?

Plus important encore, et s'il n'y avait rien que je *puisse* faire ?

Et le plus terrifiant de tout : et si ce qui n'allait pas chez moi ne faisait que commencer ?

CHAPITRE DEUX

LA LUMIÈRE DE LYRA

LYRA

L'Observatoire de la Lumière, à l'aube, était ce qui se rapprochait le plus de la perfection que j'avais trouvée à l'Univesité du Pôle Nord.

Perchée au sommet de l'aile Lumina telle une couronne cristalline, la chambre circulaire était conçue pour capturer et amplifier l'illumination magique naturelle. La lumière des aurores boréales filtrait à travers le dôme transparent au-dessus de nos têtes, peignant tout le décor de nuances changeantes de vert et d'or. Les cartes des constellations incrustées dans les murs pulsaient doucement, suivant les mouvements célestes avec une précision mathématique qui faisait chanter mon cœur.

Ici, entourée par la beauté organisée de la théorie de la magie lumineuse, je pouvais presque oublier que la plupart de mes camarades me trouvaient aussi froide et intouchable que les sculptures de glace dans la cour en contrebas.

J'ajustai la mise au point de mon spectromètre de luminescence, regardant la lecture se stabiliser exactement sur les paramètres que j'avais calculés la veille. Parfait. Les motifs des aurores de ce semestre étaient idéaux pour ma thèse avancée sur la « Magie Lumineuse Durable en Environnements Saisonniers » — un projet qui, je l'espérais, me garantirait mon poste d'assistante de recherche du professeur Lumina l'année prochaine.

En supposant que je puisse maintenir mon niveau académique actuel. En supposant qu'aucune distraction n'interfère avec mon emploi du temps soigneusement structuré. En supposant que...

Un doux carillon provenant de mon agenda enchanté interrompit la spirale de mes pensées. Nouvelle demande de rendez-vous. Je soupirai, sachant déjà ce que je trouverais en vérifiant.

Encore une demande de tutorat.

L'affichage holographique montrait une liste qui s'était allongée de façon déprimante depuis le début du semestre : « J'ai du mal avec les bases de la Théorie Élémentaire », « Besoin d'aide avec les fondamentaux de la Magie Lumineuse », « Désespérée – en échec en Mathématiques Magiques Avancées ». Chaque requête représentait un autre étudiant qui me voyait comme une solution à ses problèmes scolaires plutôt que, eh bien, comme une personne.

Non pas que je sois particulièrement douée pour le côté humain, de toute façon.

Parfois, je me demandais si les gens m'évitaient parce que je les mettais mal à l'aise... ou parce que je préférais ça. Je ne savais pas laquelle de ces réponses me dérangeait le plus.

Je fis défiler les messages avec une efficacité bien rodée, calculant mentalement le nombre d'heures que chaque demande exigerait et si je pouvais les intégrer à mon emploi du temps sans compromettre mes propres recherches. Le calcul devenait impossible. Il n'y avait pas assez d'heures dans une journée, même avec ma routine d'étude parfaitement optimisée.

Mon doigt s'arrêta sur la nouvelle entrée, soumise ce matin même : « Dylan Vixen - Aide requise en Magie de l'Illusion. Urgent. »

Dylan Vixen. Ce nom remua un vague souvenir. Un métamorphe renard, n'est-ce pas ? Un membre de la bande des populaires qui évoluait dans les cercles sociaux de l'UPN avec l'aisance que je n'avais jamais réussi à maîtriser. J'étais presque certaine de l'avoir vu sur le campus : cheveux couleur rouille, yeux verts, généralement en train de rire de quelque chose avec ses amis.

Pourquoi quelqu'un comme lui aurait-il besoin de quelqu'un comme moi ?

J'affichai son dossier scolaire en quelques gestes rapides. L'écran holographique brossa un tableau qui me fit froncer les sourcils : des notes moyennes partout, plusieurs avertissements disciplinaires pour des « applications magiques créatives » (une façon diplomatique de parler de farces) et des commentaires inquiétants de plusieurs professeurs sur des performances magiques inconstantes.

Intéressant. Pas le profil typique de quelqu'un qui cherche un tutorat avancé. La plupart de mes clients habituels étaient des élèves ultra-performants visant des notes parfaites ou des étudiants en difficulté qui cherchaient désespérément à éviter l'échec. Dylan Vixen semblait être tout autre chose – quelqu'un qui se contentait de flotter dans la moyenne, et qui avait soudainement besoin d'aide.

Le fait que sa demande soit marquée comme « urgente » suggérait que quelque chose avait changé récemment.

Je contemplais encore cette énigme lorsque la porte principale de l'Observatoire carillonna, laissant entrer ma tutrice dans un tourbillon de robes argentées et une intensité académique à peine contenue.

« Bonjour, Lyra. » La voix du professeur Lumina portait la même articulation précise qui avait façonné ma propre élocution depuis l'enfance. Ses cheveux blond pâle étaient tirés en arrière dans son habituel chignon élégant, et ses yeux bleu glacier évaluèrent immédiatement l'installation de l'expérience avec une efficacité approbatrice. « Je vois que vous progressez remarquablement avec l'étude des variations lumineuses saisonnières. »

« Les données préliminaires sont prometteuses », répondis-je, affichant mes graphiques d'un geste. « Les motifs auroraux de cette année montrent 23 % de cohérence en plus par rapport aux relevés du semestre dernier, ce qui devrait fournir une base de référence plus nette pour les calculs de durabilité. »

Le professeur Lumina hocha la tête, s'approchant pour examiner mon travail avec l'attention aiguë qui avait fait d'elle l'une des chercheuses les plus respectées de l'UPN. Elle n'était pas techniquement ma mère — j'avais été placée sous sa garde quand j'étais bébé dans des circonstances que je n'avais jamais vraiment comprises — mais elle m'avait élevée avec le même dévouement qu'elle consacrait à ses études magiques.

C'est-à-dire : avec des attentes élevées et très peu de patience pour tout ce qui n'atteignait pas l'excellence.

« Excellent travail, comme toujours. » Elle fit une pause, et je perçus le changement subtil dans son expression qui signifiait qu'elle avait autre chose en tête. « Je crois comprendre que vous avez reçu un certain nombre de demandes de tutorat ce semestre. »

Ce n'était pas vraiment une question. Le professeur Lumina se faisait un devoir de savoir tout ce qui pouvait affecter mes résultats scolaires.

« Oui, madame. Peut-être plus que je ne peux raisonnablement accepter sans compromettre mon programme de recherche. »

« Hmm. » Elle se dirigea vers la fenêtre est, contemplant le campus en contrebas, où les étudiants matinaux commençaient à sortir des dortoirs. « Vous savez, Lyra, il y a du bon à... élargir ses horizons. Interagir avec différents types d'étudiants peut offrir une perspective précieuse sur les applications de la théorie magique. »

Je clignai des yeux, surprise. Le professeur Lumina encourageait rarement les activités qui pourraient me distraire de mes études. « Suggérez-vous que je devrais accepter plus de rendez-vous de tutorat ? »

« Je suggère, dit-elle prudemment, que vous pourriez peut-être envisager de travailler avec des étudiants qui présentent... des défis singuliers. Parfois, les découvertes les plus intéressantes proviennent de l'examen de problèmes que nous n'avons jamais rencontrés auparavant. »

Son ton avait cette qualité particulière qui signifiait qu'elle avait quelqu'un de précis à l'esprit.

« Y a-t-il un étudiant en particulier avec qui vous pensez que je devrais travailler ? »

Le sourire du professeur Lumina était énigmatique. « Je crois qu'un certain M. Dylan Vixen a soumis une demande ce matin. Sa situation pourrait s'avérer... pédagogiquement éclairante. »

Dylan Vixen. Donc, ce n'était pas une coïncidence.

« Professeur, puis-je vous demander pourquoi vous vous intéressez spécifiquement à cet étudiant ? »

« Disons simplement que ses récentes difficultés magiques ont attiré l'attention de plusieurs membres du corps enseignant. Le professeur Mistral a mentionné quelques incohérences préoccupantes dans ses sortilèges. » Elle se détourna de la fenêtre, me fixant de ce regard constant qui ne manquait rien. « J'ai pensé qu'un tuteur avec votre expertise particulière en théorie magique pourrait peut-être aider à identifier les problèmes sous-jacents. »

Traduction : ils soupçonnaient que les problèmes scolaires de Dylan Vixen cachaient plus qu'une simple paresse, et ils voulaient que je découvre quoi.

Une partie de moi se hérissa à l'idée d'être désignée comme diagnosticienne magique non officielle. J'avais mes propres recherches sur lesquelles me concentrer, mes propres objectifs académiques à atteindre. Je n'avais pas le temps de résoudre de mystérieux problèmes magiques pour des métamorphes renards populaires qui ne m'avaient probablement jamais adressé la parole en deux ans de cours communs.

Mais une autre partie de moi — celle qui avait été nourrie au défi intellectuel consistant à résoudre des énigmes magiques complexes — était indéniablement intriguée.

« Je suppose que je pourrais lui faire une place dans mon emploi du temps, dis-je prudemment. Si c'est vraiment important pour sa progression académique. »

« Excellent. » Le sourire du professeur Lumina s'élargit légèrement. « Je préviendrai l'administration que vous avez accepté le rendez-vous. Oh, et Lyra ? »

« Oui, madame ? »

« Souvenez-vous que parfois, les leçons les plus précieuses viennent des étudiants dont on ne s'attend pas à apprendre. »

Après son départ, je restai seule dans l'Observatoire, regardant la lumière aurorale se déplacer sur mes postes de recherche soigneusement organisés. Les mots du professeur Lumina résonnaient dans mon esprit, se mêlant à ma curiosité quant au besoin « urgent » d'aide de Dylan Vixen.

Qu'est-ce qui avait bien pu changer si soudainement pour lui ?

J'affichai à nouveau sa demande, lisant entre les lignes du bref message. La plupart des demandes de tutorat étaient accompagnées d'explications détaillées sur des sujets spécifiques ou des examens à venir. La sienne était étrangement vague, presque comme s'il n'était pas entièrement sûr de ce pour quoi il avait besoin d'aide.

Ou comme s'il était trop fier pour admettre toute l'étendue du problème.

Typique d'un métamorphe renard, pensai-je en secouant légèrement la tête. *Trop charmants pour leur propre bien, trop fiers pour demander de l'aide jusqu'à ce qu'il soit presque trop tard.*

Pourtant, le professeur Lumina se trompait rarement sur ce genre de choses. Si elle pensait que la situation de Dylan Vixen valait mon attention, il devait y avoir plus qu'une simple difficulté académique.

Je pris une note dans mon agenda pour lui envoyer une heure de rendez-vous, puis je retournai à mes calculs de variance aurorale. Mais je constatai que mon attention dérivait, une partie de mon esprit analysant déjà l'énigme qu'il représentait.

Dylan Vixen. Populaire, confiant, assez doué en magie pour réussir des farces élaborées mais apparemment en difficulté avec la théorie de base de l'illusion. Apparition récente de problèmes, besoin urgent d'aide, inquiétude du corps professoral au sujet d'incohérences magiques.

Ça ressemblait moins à des problèmes scolaires qu'à quelque chose qui n'allait pas avec sa magie elle-même.

Et malgré mon bon sens, malgré mon emploi du temps soigneusement planifié et mes importantes échéances de recherche, je devais admettre que j'étais curieuse de savoir quoi.

Après tout, j'avais bâti toute ma réputation académique sur la résolution de problèmes magiques complexes. À quel point un seul métamorphe renard pouvait-il être compliqué ?

L<small>E TEMPS</small> que j'arrive au Réfectoire pour le déjeuner, ma session de recherche matinale avait donné d'excellents résultats. Les données sur la variance aurorale étaient encore plus prometteuses que je ne l'avais espéré, et j'avais réussi à rédiger la première section de mon cadre théorique pour l'étude sur la durabilité.

La matinée avait été productive. Alors pourquoi me sentais-je si... agitée ?

Le Réfectoire bourdonnait de son énergie habituelle de la mi-journée — des centaines de conversations créant une symphonie d'excitation, de ragots et de stress alimenté à la caféine. Je pris mon déjeuner habituel (saumon auroral grillé, légumes cristallisés et thé à la menthe) et balayai la salle du regard à la recherche d'une table vide.

La plupart des étudiants mangeaient en groupes, se rassemblant autour des tables rondes qui s'adaptaient aux structures sociales des différentes espèces magiques. Les métamorphes rennes tenaient leur cour près des hautes fenêtres, leurs bois captant la lumière tandis qu'ils discutaient de ce qui ressemblait à une stratégie pour les Reindeer Games. Une table de sprites de l'hiver près de la cheminée emplissait l'air d'un rire tintant qui sonnait comme des carillons éoliens. Les elfes maintenaient leur élégante contenance à une table drapée de tissu argenté, leur conversation trop discrète pour être entendue mais portant probablement sur la poésie ou la philosophie.

Et puis il y avait les espaces entre — les coins tranquilles et les petites tables où les étudiants comme moi mangeaient seuls.

Je m'installais à ma place habituelle près du mur est lorsqu'un éclat de rire provenant de la section des métamorphes attira mon attention. Le son était chaleureux et contagieux, le genre de rire qui fait sourire les autres même s'ils ne savent pas ce qui est drôle.

Dylan Vixen.

Il était assis au centre d'un groupe de métamorphes renards et loups, gesticulant de manière animée alors qu'il racontait une histoire qui tenait ses amis en haleine. Ses cheveux couleur rouille captaient l'éclairage magique, et même de l'autre côté de la pièce, je pouvais voir la malice pétiller dans ses yeux verts.

Il avait l'air complètement à l'aise, entouré d'amis qui l'adoraient clairement. Il était difficile d'imaginer quelqu'un comme ça avoir besoin d'un tuteur, encore moins d'une aide « urgente ».

Mais en l'observant, je remarquai quelque chose qui me fit marquer une pause. Quand il pensait que personne ne le regardait, son expression changea — juste un instant — passant d'un charme confiant à quelque chose qui ressemblait presque à de l'inquiétude. Ce fut si rapide que j'aurais pu l'imaginer, remplacé par un autre sourire facile alors qu'un de ses amis faisait une blague.

Intéressant.

« Tu mates les populaires, Lumina ? »

Je me tournai pour trouver Marcus Evergreen qui se glissait sur le siège en face de moi, ses cheveux argentés captant la lumière d'une manière qui le désignait clairement comme un fae de l'hiver. Nous étions partenaires d'étude en Magie Théorique Avancée depuis la première année, réunis par une intensité académique mutuelle et une préférence partagée pour les conversations calmes plutôt que pour les drames sociaux.

« J'observe, rectifiai-je d'un ton guindé. Il y a une différence. »

« Mouais. » Marcus suivit mon regard jusqu'à la table des métamorphes, où Dylan tenait maintenant en équilibre ce qui semblait être trois cuillères sur son nez pendant que ses amis l'acclamaient. « Laisse-moi deviner : nouveau client pour du tutorat ? »

« Comment as-tu su ? »

« Parce que tu ne prends cette expression particulière que lorsque tu essaies de résoudre une énigme. » Il prit une bouchée de sa salade de fruits cristallisés. « Et Dylan Vixen se comporte bizarrement ces derniers temps. Plus bizarrement que d'habitude, je veux dire. »

Cela capta mon attention. « Bizarrement comment ? »

Marcus haussa les épaules. « Des petites choses. Sa magie ne fonctionne pas tout à fait correctement dans les cours communs. Il a essayé un sort d'illusion pendant la Théorie Élémentaire la semaine dernière, et ça a complètement dérapé : ça a teint les cheveux du professeur Ember en violet pendant trois jours. »

« Ça ne semble pas inhabituel pour un farceur. »

« Non, mais la façon dont il a réagi, si. La plupart des métamorphes renards en riraient, tu vois ? Ils intégreraient ça à la blague. Mais Dylan avait l'air... effrayé. Juste une seconde, mais quand même. »

J'enregistrai cette information, l'ajoutant à mon évaluation croissante de l'énigme Dylan Vixen. *Incohérences magiques. Peur déguisée en humour. Besoin urgent d'aide.*

« As-tu entendu d'autres rumeurs sur les problèmes de sa magie ? »

« Quelques-unes. Rien de concret, mais... » Marcus se pencha en avant, baissant la voix. « Mon colocataire est en Théorie Avancée des Métamorphes avec lui. Il a dit que Dylan avait eu du mal avec des transformations de base dernièrement. Rien de dramatique, juste... décalé. Comme si sa forme de renard ne se stabilisait pas tout à fait correctement. »

Il tripota sa fourchette, sans tout à fait croiser mon regard. « Fais juste attention à toi, d'accord ? Les types comme Dylan s'en sortent avec beaucoup de choses. » Son ton était désinvolte. Trop désinvolte.

Très intéressant. À la fois l'information sur les problèmes de métamorphose de Dylan et la réaction étrangement protectrice de Marcus. Je mis les deux de côté pour une considération future.

« Merci, Marcus. C'est... un contexte utile. »

« Tu prévois de le réparer ? »

Il y avait quelque chose dans son ton qui me fit lever brusquement les yeux. Marcus me regardait avec une expression que je ne parvenais pas à déchiffrer — quelque chose oscillant entre l'inquiétude et autre chose que je ne pouvais identifier.

« Je prévois de lui donner des cours particuliers, dis-je prudemment. C'est ce que font les tuteurs. »

« C'est ça. » Il resta silencieux un moment, puis sembla se reprendre. « Fais juste attention, d'accord ? Les métamorphes renards comme Dylan Vixen ont l'habitude de se sortir des problèmes par le charme. Ne le laisse pas se défiler du vrai travail par le charme. »

Je faillis sourire. « Marcus, je pense que tu surestimes à la fois son charme et ma faculté à y succomber. »

Mais alors que je jetais un nouveau coup d'œil à la table des métamorphes, attrapant un autre aperçu du sourire facile de Dylan et de la façon dont il n'atteignait pas tout à fait ses yeux, je me demandai si je ne surestimais pas ma propre immunité à cette qualité magnétique qui attirait les gens dans son orbite.

Après tout, j'étais déjà plus curieuse à son sujet que je ne l'avais été pour n'importe quel client de tutorat depuis des mois.

Et la curiosité, d'après mon expérience, pouvait être une chose dangereuse.

Surtout quand elle se présentait sous la forme de cheveux couleur rouille et d'yeux verts qui cachaient des secrets derrière leur éclat malicieux.

Je sortis mon agenda et composai un bref message : *M. Vixen, je peux accéder à votre demande de tutorat. Veuillez me retrouver à la Bibliothèque des Lumières demain à 16 h. Venez préparé à discuter en détail de vos préoccupations magiques spécifiques. - L. Lumina*

Professionnel. Direct. Convenablement formel.

En envoyant le message, je me surpris à espérer que ses « préoccupations magiques spécifiques » se révéleraient aussi intellectuellement intéressantes que le professeur Lumina semblait le penser.

Car, malgré mon bon sens, malgré mon emploi du temps soigneusement structuré et mes importantes échéances de recherche, je me trouvais sincèrement curieuse de savoir ce qui avait ébranlé la confiance du métamorphe renard le plus célèbre de l'UPN — et quel genre de lumière il cachait sous tout ce charme.

Et cette curiosité ressemblait dangereusement à quelque chose que je n'avais pas ressenti depuis des années : un intérêt sincère pour un autre étudiant en tant que plus qu'un simple défi académique à résoudre.

Concentre-toi, Lyra, me dis-je fermement. *C'est un client de tutorat, rien de plus.*

Mais même en retournant à mes calculs de variance aurorale, je ne pouvais pas tout à fait me défaire du sentiment que Dylan Vixen allait être bien plus compliqué que n'importe quelle théorie magique que j'avais jamais tenté de maîtriser.

CHAPITRE TROIS
LA PREMIÈRE ÉTINCELLE

DYLAN

S'il y avait une chose que j'avais apprise en presque deux ans à l'Université du Pôle Nord, c'était que les examens de magie de la lumière étaient conçus pour exposer la moindre faille dans vos fondements magiques. Contrairement à la magie de l'illusion, qui pouvait être fignolée avec de la créativité et de la diversion, la magie de la lumière exigeait de la précision, du contrôle et une compréhension mathématique des schémas d'énergie lumineuse.

En d'autres termes, tout ce pour quoi j'étais nul.

Je fixais ma copie d'examen, les questions semblant se brouiller dans un nuage de terminologie technique et d'équations magiques complexes. *Calculez l'angle de réfraction optimal pour la canalisation prolongée de la lumière d'une aurore boréale dans un différentiel de température de moins quarante degrés Celsius.*

Évidemment. Parce que c'était une chose que tout méta-morphe renard devait savoir.

Autour de moi, les autres étudiants travaillaient avec plus ou moins d'assurance. Les spécialistes de la magie de la lumière — des sprites pour la plupart et quelques elfes de l'hiver — avançaient dans les problèmes avec une aisance fluide, leurs plumes grattant régulièrement le parchemin. Même les non-spécialistes semblaient s'en sortir mieux que moi.

Je regardai vers l'avant de la classe, où la professeure Lumina supervisait l'examen avec son autorité sereine et caractéristique. Ses cheveux clairs captaient l'éclairage magique, et ses yeux bleu glacier balayaient la pièce avec le genre d'attention à qui rien n'échappe. C'était la tutrice de Lyra, la femme qui avait élevé l'étudiante la plus brillante de l'UPN.

En parlant de Lyra...

Je l'aperçus trois rangs devant moi, sur la gauche. Ses cheveux sombres tombaient en un rideau bien net alors qu'elle était penchée sur sa copie. Même de dos, je pouvais voir l'assurance dans sa posture, la façon dont sa main se déplaçait sur la page sans hésitation. Elle en était probablement déjà aux questions bonus alors que je me débattais encore avec les bases.

La confirmation de rendez-vous qu'elle m'avait envoyée hier était parfaitement professionnelle : « *Monsieur Vixen, je peux accéder à votre demande de tutorat. Veuillez me retrouver à la Bibliothèque des Lumières demain à 16 h. Venez préparé à discuter en détail de vos préoccupations magiques spécifiques. - L. Lumina* »

Formel. Efficace. Terriblement intimidant.

Je retournai à ma copie, la panique commençant à me serrer la poitrine. Si je ratais cet examen, ça ferait chuter ma moyenne déjà précaire. Si mes notes baissaient encore, la coach Prancer m'écarterait de la sélection pour les Jeux des Rennes plus vite qu'il n'en faut pour dire « probation académique ».

Réfléchis, Dylan. Tu es censé être malin, non ?

La solution m'a frappé comme un éclair de génie — ou de désespoir, selon le point de vue — : la magie de l'illusion. Si je ne pouvais pas résoudre les problèmes de magie de la lumière légitimement, peut-être que je pouvais créer l'illusion que je l'avais fait.

C'était risqué. La professeure Lumina avait la réputation de détecter la triche magique avec une précision surnaturelle. Mais quel autre choix avais-je ?

Je fermai les yeux et fis appel à ma magie, essayant de fabriquer une simple illusion visuelle qui ferait croire que mes réponses vierges étaient remplies de bonnes réponses. Juste assez longtemps pour rendre ma copie et m'enfuir avec le peu de dignité qu'il me restait.

La magie me parut… anormale dès l'instant où je la touchai.

Au lieu de l'énergie lisse et contrôlable à laquelle j'étais habitué, je trouvai quelque chose de déchiqueté et d'imprévisible. C'était comme essayer de retenir la foudre à mains nues. Plus je me concentrais, plus elle devenait chaotique.

Allez, plaidai-je en silence. *Juste une simple illusion. C'est tout ce dont j'ai besoin.*

J'investis plus d'énergie dans le sort, le désespoir me rendant imprudent. La magie répondit, mais pas comme je le voulais. Au lieu de créer du faux texte sur ma copie, elle commença à prendre forme et à se tordre, devenant quelque chose de complètement différent.

Quelque chose de dangereux.

Le premier signe de problème fut l'odeur — cette odeur âcre d'ozone qui me suivait ces derniers temps, maintenant assez forte pour me faire pleurer les yeux. Le deuxième signe fut la façon dont l'énergie magique autour de moi commença à miroiter et à se déformer, comme les vagues de chaleur s'élevant du bitume en été.

Oh, merde.

J'essayai d'interrompre le sort, mais il était trop tard. La magie avait pris vie, spiralant hors de mon contrôle avec une intensité croissante. L'air autour de mon bureau se mit à luire d'une étrange lueur verte qui n'était vraiment pas censée être là.

Les autres étudiants commençaient à le remarquer. J'aperçus un sprite des eaux deux bureaux plus loin, qui me regardait avec de grands yeux inquiets. Derrière moi, quelqu'un murmura : « C'est censé se passer comme ça ? »

L'attention de la professeure Lumina se fixa sur moi comme un laser. Ses yeux clairs s'écarquillèrent d'une fraction de millimètre — la plus grande émotion que je lui aie jamais vue manifester — alors qu'elle évaluait la perturbation magique grandissante.

« Monsieur Vixen, dit-elle d'une voix qui porta clairement à travers la salle de classe soudainement silencieuse, veuillez vous éloigner de votre bureau. »

Mais je ne pouvais pas. La magie déferlait à travers moi maintenant, sauvage et incontrôlée, et j'avais l'impression que bouger ne ferait qu'empirer les choses. La lueur verte s'étendait, s'étirant vers les bureaux des autres étudiants comme des doigts inquisiteurs.

C'est à ce moment-là que Lyra Lumina fit quelque chose qui a tout changé.

Elle se leva de son bureau avec une grâce fluide, oubliant sa propre copie, et se tourna pour faire face au chaos magique que j'avais accidentellement déchaîné. Un instant, nos yeux se croisèrent à travers la salle, et je vis quelque chose dans son regard bleu pâle que je n'avais pas anticipé : ni jugement ni dégoût, mais une intense curiosité analytique.

Puis elle leva les mains et se mit à tisser la plus belle magie que j'aie jamais vue.

La lumière jaillit de ses doigts — non pas le vert dur et chaotique de mon sort raté, mais un éclat d'argent pur qui semblait chanter en se déplaçant dans l'air. Elle la modela avec des gestes précis, créant ce qui ressemblait à un filet de confinement autour de mon bureau.

À l'instant où sa magie de la lumière toucha la mienne, tout changea.

Au lieu du choc violent que j'attendais entre l'ordre et le chaos, quelque chose d'extraordinaire se produisit. La lumière argentée ne combattit pas mon énergie verte et sauvage — elle l'étreignit, s'enroulant autour de la magie chaotique telles des mains douces calmant un animal effrayé.

La sensation était indescriptible. Pendant un court instant, je pus sentir la magie de Lyra s'entrelacer avec la mienne, son contrôle guidant mon chaos vers quelque chose qui n'était pas destructeur, mais... magnifique. La lumière verte et crue s'adoucit en un doré chaud, et l'énergie violente se calma en schémas doux et dansants qui me rappelèrent les lucioles par un soir d'été.

Puis le sort s'effondra.

Pas violemment, mais comme un soupir de soulagement, la magie combinée se dissipant en étincelles de lumière qui s'effa-cèrent lentement dans l'air. La salle de classe était silencieuse, à l'exception du doux murmure de l'énergie magique retournant à son état naturel.

Je me retrouvai debout — quand m'étais-je levé ? —, agrip-pant le bord de mon bureau si fort que mes jointures étaient blanches. Mon cœur martelait mes côtes, et je sentais un goût de cuivre dans ma bouche. Mais j'étais en vie. Définitivement en vie.

Lyra était toujours debout aussi, ses mains baissées mais ses yeux fixés sur moi avec une intensité qui me donnait l'impression qu'elle pouvait voir jusqu'au fond de mon âme. Il y avait une légère rougeur sur ses joues pâles, et sa respiration était un peu rapide, comme si l'exercice magique l'avait affectée autant que moi.

« Fascinant », dit la professeure Lumina dans le silence, sa voix portant une note de ce qui aurait pu être de l'émerveillement. « Mademoiselle Lumina, Monsieur Vixen, veuillez rester après le cours. Les autres, vous pouvez continuer votre examen. »

La salle de classe retrouva lentement quelque chose qui ressemblait à la normale tandis que les autres étudiants se penchaient de nouveau sur leurs copies, bien que je surprenne plusieurs regards curieux lancés dans notre direction. Je me rassis sur ma chaise, mes jambes me semblant soudainement être des pâtes trop cuites.

Qu'est-ce qui venait de se passer, bon sang ?

Pas seulement la catastrophe magique — même si c'était clairement quelque chose que je devais comprendre. Mais la sensation de la magie de Lyra quand elle avait touché la mienne. La façon dont elle avait su exactement ce dont mon énergie chaotique avait besoin pour trouver l'équilibre. La façon dont elle m'avait regardé ensuite, comme si elle avait vu quelque chose dans cette interaction magique qui l'avait surprise.

Je risquai un autre regard dans sa direction et la trouvai toujours en train de m'observer, bien qu'elle se retournât rapidement vers sa copie quand nos yeux se croisèrent. Mais pas avant que je n'aie surpris quelque chose dans son expression qui provoqua une autre de ces étranges palpitations dans ma poitrine.

Seulement cette fois, ça ne ressemblait pas à un dysfonctionnement de ma magie.

Cette fois, ça ressemblait à tout autre chose.

LES QUARANTE MINUTES restantes de l'examen passèrent dans un flou de silence gêné et de tentatives désespérées pour réellement répondre à quelques questions. Je parvins à griffonner des réponses à peut-être la moitié des problèmes, même si personne ne pouvait dire si elles étaient correctes.

Ma magie me paraissait… différente maintenant. Pas réparée, exactement, mais comme si quelque chose avait changé. L'énergie chaotique était toujours là, toujours imprévisible, mais il y avait l'écho de quelque chose d'autre. Quelque chose qui me rappelait les lucioles par un soir d'été — doux, chaud et incroyablement beau.

Quand la professeure Lumina annonça finalement la fin de l'épreuve, je regardai les autres étudiants sortir avec un mélange de soulagement et d'effroi. Quelle que soit la conversation qui allait avoir lieu, elle n'allait pas être agréable.

Lyra s'approcha de l'avant de la salle avec son aplomb caractéristique, sa copie terminée à la main. Même son écriture paraissait élégante de loin. Elle se tint dans une posture respectueuse à côté du bureau de la professeure Lumina, mais je la surpris à jeter des regards dans ma direction.

Je rassemblai mes affaires et avançai péniblement, ma copie à moitié finie me donnant l'impression d'être la preuve d'une incompétence criminelle. S'il existait un tribunal magique, je serais condamné dès la première page.

« Monsieur Vixen, dit la professeure Lumina alors que je lui tendais ma feuille, êtes-vous blessé ? Avez-vous besoin de vous rendre au Centre de Santé Magique ? »

« Non, madame. Je vais bien. » *Physiquement, en tout cas.*

« Bien. » Elle mit ma copie de côté sans la regarder — ce qui était probablement mieux ainsi. « Maintenant, aimeriez-vous expliquer ce qui vient de se passer ? »

J'ouvris la bouche, puis la refermai. Comment étais-je censé expliquer que j'avais essayé de tricher et que j'avais accidentellement créé une catastrophe magique ?

« Je... j'avais quelques difficultés avec l'examen, dis-je prudemment. J'ai essayé d'utiliser un simple sort d'illusion pour... clarifier mes pensées. Mais quelque chose s'est mal passé. »

Les sourcils clairs de la professeure Lumina se haussèrent d'une fraction de millimètre. « Clarifier vos pensées. Je vois. »

Elle a vu clair dans mon jeu, c'est certain.

« La magie paraissait différente, continuai-je, décidant que l'honnêteté était peut-être ma seule option. Instable. Comme si elle me combattait au lieu de répondre à ma volonté. »

« Et depuis combien de temps éprouvez-vous ces... difficultés ? »

Je jetai un coup d'œil à Lyra, qui écoutait avec un intérêt évident. « Quelques semaines, peut-être ? Ça a commencé doucement, mais ça n'a fait qu'empirer. »

« Hum. » La professeure Lumina prit une note sur un morceau de parchemin. « Mademoiselle Lumina, votre intervention magique était tout à fait impressionnante. Pouvez-vous décrire ce que vous avez observé pendant l'interaction ? »

Lyra se redressa légèrement, adoptant ce que je commençais à reconnaître comme son mode de présentation académique. « L'énergie magique semblait être dans un état d'oscillation chaotique, possiblement en raison d'un ancrage incomplet ou d'une interférence d'une source externe. Lorsque j'ai appliqué une matrice de stabilisation en utilisant la magie de la lumière structurée, les éléments chaotiques ont répondu en... se synchronisant avec le schéma de stabilisation. »

Elle marqua une pause, un léger froncement de sourcils plissant son front. « Ce qui n'aurait pas dû être possible selon la théorie magique standard. »

« En effet. » La professeure Lumina parut pensive. « Et comment avez-vous ressenti cette interaction, personnellement ? »

Une rougeur monta au cou de Lyra. « C'était... naturel. Comme si les deux signatures magiques étaient conçues pour se compléter. » Elle me jeta un regard rapide, puis le détourna. « Bien que je sois certaine que ce n'est qu'une illusion créée par le processus de stabilisation. »

L'était-ce, vraiment ?

Parce que j'avais eu l'impression de rentrer à la maison — comme si la magie de Lyra comprenait la mienne mieux que moi.

« Monsieur Vixen, continua la professeure Lumina, je crois qu'il serait bénéfique pour vous de travailler en étroite collaboration avec Mademoiselle Lumina pour comprendre ces irrégularités magiques. Elle possède une expertise considérable en théorie magique, et compte tenu des événements de cet après-midi, elle est peut-être la seule qualifiée pour vous aider. »

« Je... oui, madame. Si elle est d'accord. »

Nous nous tournâmes tous les deux vers Lyra, qui fixait ses mains avec une intensité inhabituelle. « J'ai déjà accepté de donner des cours de soutien en théorie magique à Monsieur Vixen, dit-elle calmement. Mais peut-être devrions-nous ajuster le champ de nos séances pour y inclure également un travail de diagnostic. »

« Excellent. » La professeure Lumina sourit — une expression qui transforma entièrement ses traits austères. « Je vous suggère de commencer immédiatement. Monsieur Vixen, je reporte votre note d'examen en attendant les résultats de vos séances de tutorat. Si Mademoiselle Lumina peut vous aider à stabiliser vos difficultés magiques, je vous autoriserai à repasser l'examen. »

Le soulagement m'envahit si intensément que je me sentis étourdi. « Merci, professeure. Vraiment, je... »

« Ne me remerciez pas encore, m'interrompit-elle doucement.

Remerciez Mademoiselle Lumina. C'est elle qui a empêché ce qui aurait pu être une situation très dangereuse. »

Je me tournai vers Lyra, qui évitait toujours mon regard. De près, je pouvais voir des détails que je n'avais jamais remarqués auparavant : la façon dont ses cils sombres projetaient des ombres sur ses joues pâles, la petite cicatrice au-dessus de son sourcil gauche, la manière précise dont elle se tenait même lorsqu'elle était manifestement mal à l'aise.

« Merci », dis-je, en le pensant plus que je n'avais pensé quoi que ce soit depuis des semaines. « Je ne sais pas ce qui se serait passé si vous n'étiez pas intervenue. »

Elle leva enfin les yeux, croisant mon regard pour un bref instant. « C'était la chose logique à faire. L'énergie magique incontrôlée peut être dangereuse pour tout le monde à proximité. »

Bien sûr. Logique. Pas personnel, pas à propos de moi spécifiquement. Juste du bon sens et de la responsabilité académique.

Alors pourquoi avais-je l'impression qu'il y avait eu quelque chose de plus dans la façon dont elle avait fait fonctionner sa magie autour de la mienne ? Quelque chose qui allait au-delà de la logique et de la responsabilité, pour entrer dans un territoire que ni l'un ni l'autre n'était prêt à nommer ?

« Je devrais y aller », dit soudainement Lyra, rassemblant ses affaires avec une efficacité vive. « J'ai des recherches à terminer avant notre séance de tutorat de demain. »

« Bien sûr. Merci encore, Mademoiselle Lumina. » L'expression de la professeure Lumina était satisfaite. « J'ai le sentiment que cet arrangement sera… éclairant pour vous deux. »

Alors que Lyra se dirigeait vers la porte, je la rattrapai dans le couloir à l'extérieur de la salle de classe.

« Lyra, attendez. »

Elle s'arrêta, se retournant avec une expression soigneusement neutre. « Oui ? »

« Je voulais juste dire… ce que vous avez fait là-dedans était incroyable. Je n'ai jamais vu une magie pareille. »

Quelque chose vacilla dans ses yeux clairs. « C'était simplement de la théorie magique appliquée. Rien de plus. »

« Vraiment ? » Je m'approchai, attiré par quelque chose que je ne pouvais nommer. « Parce que ça avait l'air d'être plus. Ça ressemblait à… »

« À quoi ? » Sa voix était basse, mais il y avait quelque chose en dessous — de la curiosité, peut-être, ou un défi.

Comme si je rentrais à la maison. Comme si je trouvais quelque chose que j'ignorais chercher. Comme la magie, telle qu'elle est censée être.

Mais je ne pouvais rien dire de tout ça. Pas à quelqu'un que je connaissais à peine, peu importe à quel point sa magie avait parfaitement complété la mienne.

« À peut-être plus dans la théorie magique que je ne le pensais », dis-je à la place.

Lyra étudia mon visage un long moment, et j'eus le sentiment déstabilisant qu'elle voyait plus que ce que je voulais montrer.

« Peut-être bien », dit-elle enfin. « Je suppose que nous le découvrirons demain à seize heures. »

Elle s'éloigna avant que je puisse répondre, ses pas résonnant dans le couloir vide. Je la regardai jusqu'à ce qu'elle disparaisse au coin du couloir, mon esprit rejouant le moment où sa lumière argentée s'était enroulée autour de ma magie chaotique et l'avait rendue, d'une manière ou d'une autre, magnifique.

Demain à seize heures.

Pour la première fois depuis que ma magie avait commencé à dérailler, j'attendais quelque chose avec impatience.

Même si ce quelque chose impliquait de passer du temps avec la perfectionniste académique la plus intimidante de l'UPN pour discuter de mes échecs magiques dans les moindres détails embarrassants.

Parce qu'après ce qui s'était passé aujourd'hui, je savais que la première étincelle avait déjà pris feu.

CHAPITRE QUATRE

LE DEVOIR : LES OPPOSÉS

LYRA

La Bibliothèque des Lumières occupait tout le troisième étage de l'aile Lumina, et j'y avais passé suffisamment d'heures pour en connaître chaque recoin de lecture, chaque pilier sculpté, chaque variation subtile de l'illumination magique qui dansait sur les étagères de cristal. C'était mon sanctuaire — un lieu où le savoir vivait dans une organisation parfaite et où les conversations se déroulaient en chuchotements respectueux.

C'est pourquoi l'arrivée de Dylan Vixen fit l'effet d'un petit tremblement de terre.

Il déboula par les portes principales à 16 h 03 précises, amenant avec lui l'odeur de l'air hivernal et ce que je commençais à reconnaître comme cette énergie magique distinctement chaotique qui semblait le suivre partout. Ses cheveux couleur rouille étaient ébouriffés par le vent, ses joues rougies par le froid, et il se déplaçait avec le genre d'énergie à peine contenue qui me fit instinctivement me redresser sur ma chaise.

Depuis mon alcôve d'étude habituelle, je le regardai s'arrêter juste après l'entrée, ses yeux verts balayant le vaste espace jusqu'à ce qu'ils me trouvent. Lorsque nos regards se croisèrent, un éclair traversa son expression — de la surprise, peut-être, ou la reconnaissance de quelque chose lié à l'incident magique de la veille qu'aucun de nous n'avait tout à fait réussi à nommer.

Il s'approcha de ma table avec cette démarche décontractée qui suggérait qu'il était à l'aise n'importe où, même dans l'espace universitaire le plus intimidant de la NPU.

« Tu es ponctuel », observai-je alors qu'il s'installait sur la chaise en face de moi.

« Seulement trois minutes de retard. Pour moi, c'est quasiment en avance. » Son sourire était plein d'autodérision. « Et puis, je me suis dit que tu aurais déjà commencé sans moi. Tu as probablement résolu la moitié de mes problèmes magiques rien qu'en y pensant de manière analytique. »

Malgré moi, je sentis mes lèvres esquisser un sourire. « Malheureusement, l'analyse magique requiert l'observation réelle de la magie en question. Je ne peux pas diagnostiquer des problèmes par la seule spéculation théorique. »

« C'est vrai. Alors, par où commence-t-on ? Je te préviens : mes problèmes magiques sont probablement plus créatifs que tout ce que tu as pu rencontrer auparavant. »

Il y avait de l'humour dans sa voix, mais en dessous, je décelai autre chose. De l'inquiétude, peut-être. Le genre de préoccupation soigneusement dissimulée qui vient quand on sait que quelque chose ne va pas, sans pour autant comprendre quoi.

Je sortis un porte-documents en cuir et l'ouvris pour révéler plusieurs feuilles de parchemin couvertes d'une écriture soignée. « J'ai préparé un cadre d'évaluation complet. Nous commencerons par des exercices de diagnostic de base pour établir une référence de tes capacités magiques, puis nous passerons à des applications de plus en plus complexes pour identifier où se produisent les irrégularités. »

Dylan se pencha en avant pour scruter mes notes, et je perçus une bouffée de cette odeur d'ozone qui avait été présente lors de l'incident de la veille. Intéressant. L'odeur semblait être liée à sa magie instable.

« Ça a l'air… complet », dit-il après un moment. « Et légèrement terrifiant. »

« Le diagnostic magique requiert une approche systématique. On ne peut pas résoudre un problème qu'on ne comprend pas entièrement. »

« Tu vois, c'est là que nous sommes différents. Moi, d'habitude, j'improvise et j'espère que tout s'arrange. »

Je levai les yeux de mes notes pour le surprendre à m'observer avec une expression que je ne parvenais pas à interpréter. « Et comment cette approche a-t-elle fonctionné pour toi, récemment ? »

« C'est noté. » Il passa une main dans ses cheveux, les décoiffant encore plus. « D'accord, Professeure Lumina. Par où commence-t-on ? »

« Je ne suis pas professeure. Et on commence par ça. »

Je plongeai la main dans mon sac et en sortis ce qui ressemblait à un contrat magique standard, du genre de ceux utilisés pour les accords de tutorat à la NPU. Mais celui-ci avait été modifié avec plusieurs clauses supplémentaires que j'avais passée la majeure partie de la matinée à perfectionner.

Dylan prit le parchemin et lut à voix haute : « Accord de tutorat standard entre Lyra Lumina, spécialiste certifiée en théorie magique, et Dylan Vixen, étudiant demandant de l'aide. » Il marqua une pause, fronçant les sourcils. « C'est quoi, cette partie sur la "clause de régulation des émotions" ? »

« Un ajout nécessaire. Étant donné l'incident… d'hier, il est

devenu clair que l'état émotionnel peut avoir un impact significatif sur la stabilité magique. Le contrat inclut des clauses
conçues pour maintenir des conditions de travail productives. »

« Ce qui veut dire ? »

Je fis un geste vers le parchemin. « Lis la clause sept. »

« Si l'une ou l'autre des parties devient querelleuse et, hostile,
ou perturbe de toute autre manière l'environnement d'apprentissage, le contrat activera un protocole de retour au calme. » Les
sourcils de Dylan se haussèrent. « Le parchemin brillera d'une
intensité croissante jusqu'à ce que les deux parties... se calment.
Qu'est-ce que "se calmer" signifie exactement ? »

« Un sortilège de réduction de température. Localisé à la zone
de cette table. Il s'active à chaque fois que nous nous disputons
trop intensément et ne se désactive pas tant que nous ne sommes
pas tous les deux calmes et concentrés. »

Dylan me dévisagea. « Tu as jeté un sort sur notre contrat de
tutorat pour nous forcer à bien nous tenir ? »

« Je l'ai enchanté pour créer des conditions d'apprentissage
optimales. Il y a une différence. »

« Ah oui ? »

Le parchemin dans ses mains commença à émettre une faible
lueur dorée, et la température autour de notre table chuta d'environ cinq degrés. Je frissonnai et resserrai ma robe autour de moi.

« C'est ridicule », marmonnai-je, mon souffle devenant visible
en petites volutes.

« En fait, c'est plutôt brillant », dit Dylan, avec une admiration sincère dans la voix. « Une résolution de conflit renforcée par
la magie. Pourquoi n'y ai-je pas pensé ? »

Le compliment me prit au dépourvu, et je sentis la chaleur me
monter au cou malgré le froid surnaturel. Alors que nous nous
recentrions tous les deux, la lueur s'estompa et la température
revint à la normale.

« Alors », reprit Dylan, se calant dans sa chaise avec une concentration renouvelée, « quel est le premier test de diagnostic ? »

Je consultai mes notes, essayant d'ignorer la façon dont son éloge avait fait éclore une douce chaleur dans ma poitrine. « Manipulation de base de la lumière. Je veux observer les schémas de ton énergie magique pendant un sort simple et contrôlé. »

« La magie de la lumière, ce n'est pas vraiment mon point fort. »

« C'est précisément pour cela que nous commençons par là. Ta signature magique naturelle sera plus apparente lorsque tu travailleras en dehors de ta zone de confort. »

Je fis un geste, et une petite orbe de lumière argentée apparut, flottant entre nous. « Je veux que tu changes sa couleur. Rien de complexe — fais-la simplement passer de l'argenté à n'importe quelle autre couleur de ton choix. »

Dylan hocha la tête, fermant brièvement les yeux pour se concentrer. J'observai son visage alors qu'il puisait dans sa magie, notant le léger pli entre ses sourcils et la façon dont ses mains se crispèrent légèrement.

Au moment où sa magie toucha l'orbe de lumière, je la sentis.

Pas seulement l'énergie chaotique que j'avais observée la veille, mais quelque chose de plus profond. Sa signature magique était... fracturée, en quelque sorte. Comme une chanson jouée par plusieurs instruments légèrement désaccordés. Il y avait de la puissance — une puissance considérable — mais elle ne circulait pas correctement.

L'orbe de lumière vacilla rapidement à travers plusieurs couleurs — vert, bleu, violet profond, or — avant de se fixer sur une chaude nuance d'ambre qui me rappelait les feuilles d'automne.

« C'était comment ? » demanda Dylan en ouvrant les yeux.

« Fonctionnel, mais inefficace », dis-je, notant la forte consommation d'énergie.

« L'histoire de ma vie. Travailler plus, pas plus intelligemment. »

L'humour plein d'autodérision était de retour, mais je commençais à le reconnaître comme sa réponse par défaut à tout ce qui le mettait mal à l'aise. Une diversion par le charme.

« Je peux essayer quelque chose ? » demandai-je.

« Bien sûr. Tu pensais à quoi ? »

Au lieu de répondre, je tendis la main et touchai légèrement son poignet là où il reposait sur la table. Au moment où notre peau entra en contact, je laissai un mince fil de ma propre magie s'étendre vers la sienne.

L'effet fut immédiat et surprenant.

L'énergie magique chaotique de Dylan répondit à la mienne comme de la limaille de fer à un aimant, s'organisant en schémas plus nets et plus cohérents. La qualité fracturée s'adoucit, devenant quelque chose qui semblait presque... harmonieux.

« Wow », souffla Dylan, fixant l'endroit où mes doigts reposaient sur son poignet. « La sensation est... »

« Différente », terminai-je, parce que je le sentais aussi. Ma propre magie, normalement précise et contrôlée, semblait s'imprégner d'une partie de son énergie spontanée. La combinaison semblait plus vivante, plus dynamique que l'une ou l'autre de nos signatures seules.

J'aurais dû retirer ma main. C'était censé être une séance de diagnostic, pas une exploration de l'étrange résonance qui existait entre nous.

Au lieu de ça, je me surpris à demander : « Peux-tu réessayer le sort de lumière ? Pendant que je maintiens le contact ? »

Cette fois, lorsque Dylan puisa dans sa magie, le changement de l'orbe de lumière fut fluide et sans effort. La lumière ambrée passa à un vert profond — sa couleur emblématique — sans aucun des vacillements chaotiques d'avant.

« C'était... » Il leva les yeux vers moi, et pendant un instant, nos visages furent très proches au-dessus de la petite table. Assez proches pour que je voie des paillettes dorées dans ses yeux verts, assez proches pour percevoir le léger parfum de pin et d'air d'hiver qui semblait s'accrocher à lui.

« Intéressant », dis-je, bien que le mot me parût inadéquat pour décrire ce qui venait de se passer.

« Ouais. Intéressant. »

Aucun de nous ne bougea pour rompre le contact. Ma main était toujours sur son poignet, et je sentais son pouls — rapide et fort — sous mes doigts. Il y avait quelque chose d'hypnotique dans la façon dont nos magies continuaient de s'entrelacer, créant des motifs qu'aucun de nous n'aurait pu réaliser seul.

« Alors », dit Dylan à voix basse, « des théories sur ce qui cause mes... irrégularités magiques ? »

Je me forçai à me concentrer sur la question académique, bien qu'une partie de mon esprit s'émerveillât encore de la sensation de sa magie contre la mienne. « Une évaluation préliminaire suggère que ton énergie magique n'est pas correctement ancrée. C'est comme si ta puissance essayait de circuler dans des schémas qui ne correspondent pas tout à fait à tes canaux naturels. »

« Ce qui veut dire ? »

« Je n'en suis pas encore sûre. Ça pourrait être un problème de développement — parfois, les capacités magiques évoluent à la fin de l'adolescence d'une manière qui nécessite un ajustement. Ou ça pourrait être une interférence externe d'une sorte ou d'une autre. »

« Une interférence externe ? »

« Une malédiction, une contamination magique, ou même simplement une exposition prolongée à des champs magiques incompatibles. » Je me forçai enfin à retirer ma main, regrettant immédiatement la sensation d'harmonie magique. « Il nous faudra plus de données pour le déterminer. »

Dylan fléchit les doigts, fixant ses mains comme s'il les voyait pour la première fois. « Et en attendant ? »

« Nous continuons les tests de diagnostic. Et… » J'hésitai, puis décidai que l'honnêteté était l'approche la plus pratique. « Il semble clair que nos signatures magiques ont une sorte d'effet stabilisateur l'une sur l'autre. Nous devrons peut-être intégrer cela dans nos séances. »

« Tu veux dire, plus du truc où on se tient la main ? »

La chaleur m'inonda les joues. « Un contact magique. À des fins thérapeutiques. Il n'y a rien de… personnel là-dedans. »

Le sourire de Dylan était entendu. « Bien sûr que non. Purement académique. »

Le contrat se mit à briller de nouveau, et nous éclatâmes de rire tous les deux tandis que le froid magique balayait notre table.

« Ce semestre va être intéressant », dit-il une fois que la température fut revenue à la normale.

« D'un point de vue académique », approuvai-je.

« C'est ça. Académique. »

Mais il y avait quelque chose dans son expression qui suggérait que nous savions tous les deux que cet arrangement de tutorat serait tout sauf purement académique.

Et malgré tous mes instincts logiques me dictant de maintenir des limites professionnelles, je me surpris à avoir hâte de découvrir à quel point les choses allaient devenir intéressantes.

Nous passâmes l'heure suivante à travailler sur des exercices de diagnostic de plus en plus complexes. Le schéma qui se dessina était à la fois fascinant et préoccupant : la magie de Dylan était indéniablement puissante, mais constamment instable à moins que je ne lui fournisse un soutien magique par contact physique.

« C'est comme si tu étais une sorte de stabilisateur magique », dit Dylan alors que nous rangions nos affaires. « Ce qui est probablement la chose la plus romantique que l'on t'ait jamais dite, d'une manière profondément geek. »

Je lui lançai un regard noir, mais il souriait, clairement satisfait de lui-même de m'avoir fait rougir à nouveau.

« C'est un phénomène inhabituel », dis-je d'un ton guindé. « Je vais devoir faire des recherches sur les fondements théoriques avant que nous puissions élaborer un plan de traitement approprié. »

« Donc, plus de séances comme celle-ci ? »

« Plusieurs séances. Deux fois par semaine, au minimum, jusqu'à ce que nous puissions identifier la cause sous-jacente de ton instabilité magique. »

« Et plus de contact magique ? »

« Si nécessaire à des fins de diagnostic, oui. »

Dylan se leva et mit son sac sur son épaule, mais il ne bougea pas pour partir. Au lieu de ça, il regarda autour de lui dans la Bibliothèque des Lumières comme s'il la voyait pour la première fois.

« Tu sais, je ne crois pas avoir déjà vraiment passé du temps ici », dit-il. « C'est... cet endroit est comme ta version d'une tanière de renard, n'est-ce pas ? »

Quelque chose dans cette comparaison inattendue me fit marquer une pause. « C'est là que j'arrive à m'entendre penser. »

« Logique. » Il hocha la tête, une lueur de compréhension dans ses yeux verts. « Un endroit sûr pour juste... être toi-même. »

Il comprenait. Ce charmant métamorphe renard, qui s'épanouissait dans le chaos social, comprenait pourquoi j'avais besoin de ce sanctuaire tranquille.

« Je devrais y aller », dit-il après un moment. « Mais Lyra ? Merci. Pour hier et aujourd'hui. Je sais que donner des cours particuliers à un métamorphe renard un peu foireux ne figurait pas vraiment à ton programme universitaire. »

« Tu n'es pas un raté », dis-je doucement. « Ta magie est différente, pas défaillante. Il y a une nuance. »

Quelque chose changea dans son expression — de la surprise, peut-être, ou de la gratitude. « Même heure jeudi ? »

« Jeudi à seize heures. Et Dylan ? »

« Ouais ? »

« Essaie d'être à l'heure. »

Son sourire était pure malice. « Je ferai de mon mieux. Mais sans promesses. »

Après son départ, je restai assise seule dans la Bibliothèque des Lumières, fixant le contrat magique. Le parchemin avait l'air parfaitement innocent maintenant, sans aucun signe du chaos qu'il avait réussi à déclencher chaque fois que nous nous étions trop échauffés.

Stabilisateur magique, m'avait appelée Dylan. La description était plus juste qu'il ne le pensait. Nos signatures magiques combinées créaient une harmonie qui allait dans les deux sens — son chaos organisait mon contrôle rigide, tandis que ma structure canalisait son énergie sauvage.

C'était fascinant d'un point de vue théorique.

C'était aussi terrifiant d'un point de vue personnel.

Parce que, malgré tous mes efforts pour maintenir cet arrangement purement académique, Dylan Vixen allait remettre en question bien plus que ma simple compréhension de la théorie magique.

Il allait remettre en question tout ce que je pensais savoir sur la façon de garder mon monde soigneusement ordonné intact.

CHAPITRE CINQ

DÉMONSTRATION DE PUISSANCE

DYLAN

Trois jours après notre première séance de tutorat officielle, je commençais à me dire que Lyra Lumina était peut-être une sorte de génie de la magie.

Non pas que ce soit un scoop : tout le monde à l'UPN savait qu'elle était brillante. Mais il y avait une différence entre savoir que quelqu'un était doué pour les études et la regarder démêler une théorie magique complexe comme s'il s'agissait d'une simple arithmétique.

J'étais arrivé à la Bibliothèque des Lumières pile à l'heure (miracle des miracles) pour la trouver entourée de ce qui semblait être la moitié de la section de théorie magique. D'anciens textes étaient ouverts à côté de revues de recherche modernes, leurs pages couvertes de ses annotations soignées. Flottant au-dessus de la table, elle avait créé un diagramme de lumière en trois dimensions qui montrait les schémas de flux d'énergie magique avec des détails magnifiques et changeants.

« Dis-moi que ce ne sont pas que des devoirs, s'il te plaît », dis-je en me glissant sur la chaise en face d'elle.

Lyra leva les yeux d'un grimoire à l'aspect particulièrement dense, et j'entrevis un bref éclat de ce qui aurait pu être de l'excitation avant que son expression habituellement posée ne reprenne sa place.

« Des recherches. J'enquête sur les phénomènes de résonance magique depuis notre dernière séance. » Elle désigna le diagramme flottant, qui pulsait doucement en tournant. « La théorie magique traditionnelle suggère que les signatures magiques compatibles devraient se compléter, mais ce que nous avons vécu était plus qu'une simple compatibilité. »

« C'est-à-dire ? »

« C'est-à-dire que je pense que ton instabilité magique n'est peut-être pas du tout un problème. Ce pourrait être une évolution. »

Je clignai des yeux. « Pardon ? »

Les yeux de Lyra s'illuminèrent — littéralement, de cette lueur intérieure qui apparaissait lorsqu'elle s'enthousiasmait vraiment pour la théorie magique. « Regarde ça. »

Elle fit un geste de la main, et le diagramme flottant se modifia, montrant deux motifs de signatures magiques distincts. L'un était ordonné et précis — clairement le sien. L'autre était chaotique et sauvage, avec des pics d'énergie qui ne semblaient suivre aucune logique.

« C'est la mienne », dis-je en reconnaissant la signature désordonnée. « Ça y ressemble bien. »

« Exactement. Maintenant, regarde ce qui se passe quand je simule leur interaction. »

Les deux motifs commencèrent à se rapprocher dans le diagramme. Au moment où ils se touchèrent, quelque chose de magnifique se produisit. Au lieu de s'affronter ou que l'un domine l'autre, ils commencèrent à s'entrelacer, créant quelque chose d'entièrement nouveau. Les pics chaotiques s'aplanirent en courbes fluides, tandis que la précision rigide gagna un mouvement dynamique.

« On dirait qu'ils dansent », dis-je, sincèrement stupéfait.

« On dirait qu'ils se complètent », corrigea Lyra, bien qu'une légère rougeur colorât ses joues. « Dylan, je ne pense pas que ta magie soit défaillante. Je pense qu'elle est conçue pour fonctionner en partenariat avec une autre signature magique. »

« La magie de partenariat ? » J'en avais vaguement entendu parler. Principalement dans de vieilles légendes sur d'anciens liens magiques. « Mais c'est... »

« Extrêmement rare, oui. C'est pourquoi ça a mis si longtemps à être identifié. » Elle se pencha en avant, son excitation lui faisant oublier sa réserve habituelle. « Selon les *Théories de la Magie Complémentaire* d'Aldrich, les liens de partenariat étaient autrefois courants parmi les familles magiques. Les textes des Selwyn mentionnent des académies entières construites autour des principes de double incantation. »

Elle fit un geste, et une autre section du diagramme flottant apparut, montrant ce qui ressemblait à des plans architecturaux faits de lumière.

« Penses-y. Les métamorphes-renards sont des créatures naturellement sociales. Ta magie a évolué pour la dynamique de meute, pour le travail en groupe. Mais l'éducation magique moderne se concentre sur la réussite individuelle, la maîtrise individuelle. Et si c'était précisément la mauvaise approche pour quelqu'un comme toi ? »

L'excitation dans sa voix était contagieuse, et je me surpris à me pencher en avant pour répondre à son intensité. « Alors, tu es en train de dire que ma magie attendait quelqu'un ? »

Les mots sortirent plus vulnérables que je ne l'avais voulu, et l'expression de Lyra s'adoucit.

« Je suis en train de dire que ta magie recherche la connexion dont elle a besoin pour fonctionner correctement. Et pour une raison ou une autre, elle a trouvé cette connexion avec la mienne. »

Pour une raison ou une autre. Bien sûr. Comme s'il n'y avait pas quelque chose de plus profond qui se passait ici, quelque chose qui allait au-delà de la théorie magique et de la curiosité académique.

« Alors qu'est-ce que ça veut dire pour la résolution de mes problèmes ? »

« Ça veut dire qu'on devrait peut-être reconsidérer ce à quoi "résoudre" ressemble. » Lyra se mit à fouiller dans ses notes de recherche. « Au lieu d'essayer de forcer ta magie à adopter des schémas individuels, nous pourrions explorer le développement de tes capacités de partenariat. »

« Avec toi. »

« Eh bien, oui. Puisque nos signatures magiques semblent être naturellement compatibles, il serait logique de… »

« Lyra. »

Elle s'interrompit en plein milieu de sa phrase, levant vers moi ces yeux bleu pâle qui semblaient tout voir.

« Il ne s'agit pas seulement de compatibilité magique, n'est-ce pas ? »

Pendant un instant, quelque chose traversa son visage — de la surprise, de la reconnaissance, peut-être même de l'espoir. Mais ses barrières se relevèrent aussitôt, et elle redevint la parfaite protégée de la professeure Lumina.

« Je ne sais pas ce que vous voulez dire. C'est une exploration théorique de la dynamique de la magie de partenariat. »

« Bien sûr. Théorique. »

« Complètement théorique. »

« Parce qu'il n'y a absolument rien de personnel dans la sensation que procure notre magie quand elle se touche. »

« Absolument rien. »

« Et le fait que je n'arrête pas de penser à notre dernière séance n'a rien à voir avec toi et tout à voir avec la curiosité académique. »

Lyra devint parfaitement immobile. « Dylan... »

« Parce que je dois te dire que la façon dont tu avais l'air quand notre magie s'est connectée — comme si tu avais trouvé quelque chose que tu ne savais pas que tu cherchais — ça ne m'a pas semblé très théorique. »

La température autour de notre table se mit à chuter.

Nous baissâmes tous les deux les yeux sur le contrat de tutorat, qui commençait à émettre cette lueur dorée familière.

« Sérieusement ? » dis-je. « On va se faire refroidir magiquement pour avoir une conversation honnête ? »

« Ceci n'est qu'un arrangement de tutorat — avec quelques effets secondaires magiques. »

La lueur du contrat s'intensifia, et du givre commença à se former sur les bords de la table.

« Oh, allez », marmonnai-je, mais je ne parlais pas au bon artefact magique.

Parce que la propre magie de Lyra commençait à réagir à son état émotionnel, et elle faisait des choses que je n'avais jamais vues auparavant.

Un éclat commença à émaner de sa peau — non pas la magie contrôlée et précise qu'elle maniait d'habitude, mais quelque chose de brut et de puissant. Ça commença par un doux scintillement argenté autour de ses mains et se propagea vers le haut, faisant briller ses cheveux et flamboyer ses yeux d'un feu intérieur.

« Lyra, » dis-je prudemment, « ta magie est en train de faire quelque chose d'intéressant. »

Elle baissa les yeux vers ses mains comme si elle remarquait la lumière pour la première fois. « Je vais bien. C'est juste une petite poussée due au stress émotionnel. »

« Ce n'est pas "petit". »

La lumière devenait plus vive, se propageant au-delà de son corps pour illuminer toute l'alcôve. Autour de nous, les conversations commencèrent à s'estomper tandis que d'autres étudiants se tournaient pour nous fixer. J'entendis quelqu'un murmurer : « Est-ce que c'est censé arriver ? » et une autre voix siffla : « On devrait aller chercher un professeur ? »

« Je peux le contrôler », dit Lyra, mais des flammes argentées dansaient maintenant dans ses yeux, et sa voix portait une nuance de puissance qui semblait faire vibrer l'air lui-même.

Le contrat de tutorat flamboyait comme une pierre de soleil maintenant, clairement submergé par ce que cette magie était en train de devenir.

« J'en suis sûr. Mais peut-être que tu n'as pas à le faire. »

Je tendis la main par-dessus la table et pris la sienne.

Au moment où nos peaux se touchèrent, sa luminescence sauvage et mon énergie chaotique s'entrechoquèrent avec assez de force pour faire résonner l'air autour de nous comme une cloche. Mais au lieu de la collision violente à laquelle je m'attendais, elles fusionnèrent en quelque chose qui était à la fois éclat de vif-argent, chaleur dorée, et entièrement au-delà de tout ce que j'avais jamais connu.

La magie combinée se déversa de nos mains jointes, s'écoulant sur la table, le long des murs, et sur chaque surface de la Bibliothèque des Lumières. Partout où elle touchait, des motifs cachés se mirent à apparaître. Des symboles gravés dans les étagères de cristal commencèrent à luire. Des runes gravées dans les cadres des fenêtres s'embrasèrent.

Et dans le mur derrière l'alcôve de lecture habituelle de Lyra, quelque chose d'extraordinaire se produisit.

Une section de ce que j'avais toujours cru être un mur de cristal massif se mit à miroiter et à s'estomper, révélant un passage qui n'était certainement pas là avant.

La bibliothèque tout entière devint silencieuse.

Puis le chaos éclata.

« Impossible », souffla quelqu'un.

« Est-ce qu'ils viennent de… ? »

« Les archives cachées ! Je pensais que c'était un mythe ! »

La bibliothécaire en chef, une elfe de glace sévère nommée Magistrix Frost, se précipita vers nous, ses robes flottant derrière elle. « Qu'avez-vous fait ? » demanda-t-elle, bien que sa voix contînt plus de stupeur que de colère. « Ce passage est scellé depuis plus de deux siècles ! »

Les étudiants se rassemblaient maintenant, formant un cercle lâche autour de notre table tandis qu'ils fixaient l'ouverture révélée. Je saisis des fragments de conversations chuchotées : « Magie de partenariat », et « comme dans les vieilles histoires », et « sont-ils liés ? »

Lyra fixait le passage nouvellement révélé, la bouche légèrement entrouverte par le choc. « C'est… ce n'est pas censé être là. »

« Je parie que ça a toujours été là », dis-je, sans lâcher sa main. « Juste caché. »

« Mais pourquoi y aurait-il un passage secret dans la Bibliothèque des Lumières ? Et pourquoi notre magie le révélerait-elle ? »

Avant que je ne puisse répondre, la voix de la professeure Lumina trancha à travers le brouhaha stupéfait.

« Parce que, Mademoiselle Lumina, certaines connaissances

ne sont destinées à être découvertes que par ceux qui possèdent les bonnes clés. »

La foule s'écarta à son approche, ses robes pâles bruissant doucement contre le sol de cristal. Son expression était sereine, mais je surpris une lueur de satisfaction dans ses yeux bleu glacier.

« Professeure, » commença Lyra, « je peux vous expliquer... »

« J'en suis sûre. Mais d'abord, je pense que nous devrions explorer ce que vous avez découvert. » Elle désigna le passage révélé. « Après tout, il serait dommage de laisser une découverte magique aussi importante non étudiée. »

« Tous les autres, veuillez retourner à vos études. Mademoiselle Lumina et Monsieur Vixen seront accompagnés d'une supervision appropriée. »

La foule commença à se disperser, bien que je remarquai plusieurs étudiants qui traînaient à proximité, espérant claire-ment surprendre ce qui allait se passer ensuite.

Lyra me regarda, puis le passage, puis de nouveau moi. « C'est à cause de nous, n'est-ce pas ? Notre magie combinée ? »

« On dirait bien. »

« C'est... c'est impossible. Les passages cachés ne réagissent pas simplement à des poussées magiques aléatoires. »

« Peut-être que ce n'était pas aléatoire. » Je serrai doucement sa main, sentant la façon dont notre magie continuait de pulser ensemble en harmonie. « Peut-être que certaines choses sont destinées à être trouvées par les bonnes personnes au bon moment. »

« Ce n'est pas comme ça que la magie fonctionne. »

« Ah non ? »

Pendant un instant, Lyra se contenta de me fixer. Puis, à ma plus grande stupéfaction, elle sourit — pas son sourire prudent et

contrôlé d'universitaire, mais quelque chose de sincère, d'émer-
veillé et de magnifique.

« Je suppose, » dit-elle doucement, « que nous allons devoir le
découvrir. »

LE PASSAGE MENAIT à une petite chambre qui donnait l'impression
d'entrer dans un rêve oublié. L'air à l'intérieur bourdonnait d'une
magie ancienne, épaisse de l'odeur de parchemin enchanté et de
pin d'hiver. Alors que nous franchissions le seuil, une faible
lumière jaillit des murs comme si elle réagissait à notre présence,
projetant des ombres dorées qui vacillaient comme des flammes
de bougie.

Les murs étaient couverts de fresques dépeignant ce qui
semblait être d'anciens partenariats magiques — des paires de
personnages dont la magie se combinait pour créer d'incroyables
prouesses de puissance et de beauté. Certaines montraient des
partenaires invoquant des tempêtes ensemble, d'autres guéris-
sant de grandes blessures, d'autres encore fabriquant des arte-
facts qui brillaient d'un éclat impossible.

« La magie de partenariat », souffla Lyra, s'approchant pour
examiner la fresque la plus proche. « Tout ceci concerne la magie
de partenariat. »

Je la suivis plus profondément dans la chambre, nos mains
toujours jointes, notre magie bourdonnant toujours ensemble
dans cette harmonie impossiblement parfaite. En regardant les
personnages peints, un souvenir remonta à la surface — quelque
chose que j'avais enfoui si profondément que j'avais presque
oublié son existence.

J'avais sept ans, assis au fond du cours de Théorie Magique
Avancée pour Jeunes Métamorphes, regardant les autres enfants

exécuter des sorts avec une grâce sans effort tandis que les miens crachotaient et échouaient. Le professeur Blackwood avait pris mes parents à part après le cours, sa voix soigneusement contrôlée alors qu'il expliquait que certains enfants se développaient simplement plus lentement que d'autres.

« Peut-être que Dylan bénéficierait d'un enseignement individuel », avait-il suggéré. « La dynamique de groupe semble... submerger ses capacités naturelles. »

Mais ça n'avait pas été accablant. En y repensant maintenant, je réalisai que c'était le contraire. J'avais tellement essayé d'égaler la performance solo de tout le monde que je n'avais jamais appris à laisser ma magie rechercher les connexions dont elle avait réellement besoin.

« Tu penses que c'est pour ça qu'on l'a trouvé ? » demandai-je, chassant le souvenir.

« Je pense, » dit la professeure Lumina depuis l'entrée du passage, « que vous deux êtes tombés sur quelque chose de bien plus significatif qu'un simple arrangement de tutorat. »

Elle entra dans la chambre avec nous, son regard balayant les fresques avec une reconnaissance évidente.

Lyra se tourna pour faire face à sa tutrice. « Saviez-vous que c'était ici ? »

Le sourire de la professeure Lumina était énigmatique. « Je m'en doutais. Les fondateurs de l'Université du Pôle Nord croyaient fermement en la magie de partenariat. Ils ont bâti cette institution sur le principe que la connaissance magique se développe le plus fortement lorsqu'elle est partagée entre des esprits compatibles. »

Elle s'approcha de l'une des plus grandes fresques, qui montrait deux personnages dont la magie combinée créait ce qui ressemblait aux flèches cristallines de l'UPN elle-même.

« Cette chambre a été scellée lorsque l'éducation magique

individuelle est devenue le paradigme dominant. Mais les fondateurs ont laissé... des contingences. Des moyens pour que l'ancienne connaissance se révèle lorsque les bons étudiants seraient prêts. »

« Et vous pensez que nous sommes prêts ? » demandai-je.

« Je pense, » dit doucement la professeure Lumina, « que votre magie a essayé de vous dire quelque chose d'important. Il est peut-être temps que vous l'écoutiez. »

Elle se rapprocha de Lyra, et pendant un instant, son expression posée vacilla, laissant entrevoir quelque chose de plus profond. « Vos parents seraient fiers, vous savez. Ils comprenaient la magie de partenariat mieux que la plupart. Votre mère disait toujours que le bon lien magique pouvait changer le cours de l'histoire de la magie. »

Lyra devint très calme. « Mes parents ? »

« Une autre conversation pour un autre moment, ma chère. Pour l'instant, vous devriez explorer ce que vous avez découvert. Apprendre ce que ces murs ont à vous enseigner. »

Elle se dirigea vers le passage, mais fit une pause sur le seuil. « Oh, et les enfants ? Cette découverte devra rester entre nous pour le moment. La magie de partenariat est... politiquement complexe. Mieux vaut comprendre à quoi vous avez affaire avant que la nouvelle ne se répande. »

Après son départ, Lyra et moi restâmes seuls dans l'ancienne chambre, entourés de fresques célébrant des partenariats magiques qui avaient traversé les siècles.

« Elle a tout manigancé », dit Lyra doucement.

« On dirait bien. »

« L'arrangement de tutorat, la façon dont elle m'a encouragée à travailler spécifiquement avec toi... » Elle se tourna pour me regarder, et je pouvais voir la compréhension poindre dans ses yeux pâles. « Elle savait que nous étions compatibles. »

« Femme intelligente. »

« Dylan, et si elle avait raison ? Et si ma magie avait essayé de me dire quelque chose ? »

Je regardai autour de moi les personnages peints, la façon dont leur magie s'écoulait ensemble en parfaite harmonie, et je sentis quelque chose se mettre en place dans ma poitrine — quelque chose qui avait été agité et en quête depuis plus longtemps que je ne voulais l'admettre.

« Peut-être que la mienne n'était pas du tout défaillante », dis-je. « Peut-être qu'elle attendait juste — toi. »

Les mots restèrent en suspens dans l'air entre nous, chargés de possibilités, de promesses, et de ce genre de vérité qui change tout.

Les doigts de Lyra se resserrèrent autour des miens, et pour la première fois depuis que je la connaissais, elle me regarda sans aucune de ses distances académiques prudentes.

« Je suppose », dit-elle doucement, « que nous devrons voir où cela nous mène. »

Alors que notre magie combinée peignait l'ancienne chambre de motifs dorés et chaleureux, je ne pouvais m'empêcher de penser que peu importe où cela mènerait, nous allions y faire face ensemble.

Et pour la première fois de ma vie, cela me semblait exactement juste.

CHAPITRE SIX

LA RENCONTRE DE MONDES EXTRAORDINAIRES

LYRA

Je n'avais jamais emmené personne à l'Observatoire de Lumière auparavant.

Ni Marcus, malgré des années de partenariat d'étude. Ni la poignée d'étudiants que j'avais eus en tutorat et qui avaient gagné mon respect professionnel. Et certainement pas les professeurs qui demandaient occasionnellement des démonstrations de mes recherches. L'Observatoire était à moi — mon sanctuaire, mon espace de travail, mon refuge loin des complexités sociales qui semblaient me faire trébucher partout ailleurs sur le campus.

Alors, quand je me suis entendue dire à Dylan Vixen, « Voudrais-tu voir où je mène mes véritables recherches ? », alors que nous revenions de la chambre cachée, j'ai été presque aussi surprise que lui.

Les mots étaient sortis avant que j'aie pu les retenir, et maintenant, alors que nous traversions les couloirs silencieux de l'aile Lumina dans la quiétude du soir, je me suis mise à douter de cette impulsion. Qu'est-ce qui m'avait pris de l'inviter dans mon espace le plus intime ? La découverte de la magie de partenariat m'avait laissée à vif, exposée d'une manière à laquelle je n'étais pas habituée. C'était peut-être pour ça que mes défenses habituelles me semblaient aussi fines que du papier.

« Tes véritables recherches ? » Les yeux verts de Dylan pétillaient de curiosité. « Par opposition aux fausses recherches que tu as menées à la bibliothèque ? »

« Par opposition aux recherches que je mène quand je n'essaie pas de diagnostiquer les difficultés magiques de quelqu'un d'autre », ai-je corrigé, bien qu'il n'y eût aucune animosité dans ma voix. La découverte de la chambre de magie de partenariat m'avait laissée… différente. Plus ouverte, en quelque sorte. Comme si les barrières que j'érigeais d'habitude avaient été temporairement dissoutes par la révélation que ma magie n'était pas faite pour fonctionner seule.

Je remarquai que Dylan avait légèrement ralenti le pas pour s'adapter à mon rythme, alors que sa foulée plus longue aurait pu facilement me distancer. Il y avait dans ce geste quelque chose de prévenant qui me réchauffa la poitrine.

« J'adorerais voir ça », dit Dylan, et quelque chose dans son ton me fit le regarder de biais. Il y avait là un intérêt sincère, pas seulement de la politesse. « Mais je te préviens, je risque de poser des questions stupides. »

« Il n'y a pas de questions stupides en recherche magique. Seulement des observations incomplètes. »

« Tu vois, c'est exactement le genre de chose qui me fait penser que tu es une sorte de super-héroïne universitaire. »

Malgré moi, j'ai souri. « Super-héroïne universitaire ? »

« Tu sais, l'étudiante discrète le jour, la théoricienne en magie qui change le monde la nuit. Tu as probablement une cape en poussière d'étoiles cristallisée, ou un truc du genre. »

L'image était si ridicule que j'ai éclaté de rire. « Je ne possède aucune cape. »

« Dommage. Une cape t'irait bien. »

Une chaleur monta le long de ma nuque, et je me suis concentrée sur l'escalier en colimaçon qui menait à l'entrée de l'Observatoire. La montée me donna le temps de me demander ce que je faisais exactement. L'Observatoire était un lieu privé — la professeure Lumina était la seule autre personne à y être jamais entrée. C'était là que je gardais mes projets les plus ambitieux, mes expériences théoriques les plus folles, le travail qui comptait le plus pour moi.

Et j'étais sur le point de le partager avec un métamorphe-renard qui était un parfait inconnu une semaine plus tôt.

Un métamorphe-renard dont la magie entre en résonance avec la tienne d'une manière qui ne devrait pas être possible, me suis-je rappelé. *Un métamorphe-renard qui vient de t'aider à découvrir une chambre remplie de magie de partenariat cachée depuis des siècles.*

À mi-chemin de l'escalier, Dylan s'arrêta. « Lyra, tu as l'air nerveuse. Si c'est trop personnel… »

« Non », dis-je vivement, puis je réalisai comment cela sonnait. « Enfin, si, c'est personnel. Mais je veux te le montrer. C'est juste que… je n'ai jamais partagé cet endroit avec qui que ce soit. »

« Même pas Marcus ? »

« Surtout pas Marcus. » L'aveu m'échappa avant que je puisse le retenir. « Marcus voit mon travail comme une compétition à surpasser. Toi, tu le vois comme… autre chose. »

« Et comment je le vois, moi ? »

Je me suis tournée pour le regarder, il se tenait une marche plus bas sur les escaliers cristallins, son expression patiente et curieuse.

« Comme si ça comptait vraiment », dis-je doucement.

« Comme si ce que j'essaie de découvrir pouvait réellement changer les choses. »

Le sourire de Dylan était tendre. « Parce que ça le peut. Et parce que tu comptes, Lyra. Ce que tu fais là-haut... » il désigna l'entrée de l'Observatoire au-dessus de nous, « ... ce n'est pas juste un exercice académique. C'est important. »

Cette simple validation me serra la gorge. Depuis combien de temps quelqu'un ne m'avait-il pas dit que mon travail comptait ? Pas seulement qu'il était impressionnant ou académiquement solide, mais qu'il était *important* ?

Lorsque nous avons atteint l'entrée de l'Observatoire, je fis une pause, la main sur la poignée de porte en cristal. « Dylan, avant d'entrer... cet endroit est... important pour moi. C'est là que je travaille sur des projets qui ne sont pas prêts pour une évaluation académique. Des choses qui pourraient sembler impossibles ou irréalisables. »

« Tu veux dire les trucs vraiment intéressants. »

Je me suis retournée vers lui, surprise par la compréhension dans son expression.

« Allez, Lyra. Tu crois que je ne reconnais pas la différence entre les devoirs et les projets passion ? Je ne suis peut-être pas un génie universitaire, mais je sais reconnaître quand quelqu'un se soucie assez de quelque chose pour risquer de se tromper. »

Cette simple observation me toucha plus profondément qu'elle n'aurait dû. Depuis combien de temps quelqu'un n'avait-il pas reconnu que mes recherches allaient au-delà des notes ou de la réussite académique ? Qu'il s'agissait de repousser les limites, d'explorer des possibilités et de poser des questions qui n'avaient peut-être pas de réponses confortables ?

« Oui », dis-je à voix basse. « Les trucs vraiment intéressants. »

J'ai ouvert la porte et l'ai fait entrer.

Au crépuscule, l'Observatoire était à couper le souffle. Des motifs d'aurores boréales dansaient sur le dôme transparent au-dessus de nous, peignant tout de voiles changeants de vert et de violet. Mes postes de recherche formaient des cercles concentriques autour de la plateforme centrale, chacun dédié à un aspect différent de la théorie magique. Des écrans flottants montraient des schémas énergétiques, des formules magiques étaient suspendues en l'air, et des instruments délicats suivaient les influences célestes sur la résonance magique.

Mais c'est la réaction de Dylan qui me fit voir l'endroit d'un œil nouveau.

Il s'arrêta juste à l'entrée, la bouche légèrement entrouverte, tandis qu'il contemplait le chaos organisé de l'œuvre de ma vie. Puis, lentement, il commença à se déplacer dans l'espace avec l'attention délicate de quelqu'un explorant une cathédrale.

« Lyra, » dit-il doucement en s'approchant de mon affichage de variance aurorale, « c'est incroyable. »

Je l'ai regardé s'arrêter à chaque poste, ses yeux verts absorbant la complexité des instruments que j'avais construits ou modifiés moi-même. Quand il atteignit mon métier à tisser la lumière expérimental, il s'immobilisa complètement.

« Est-ce que c'est... ? » Il désigna la délicate armature où j'avais tenté de manifester physiquement des équations magiques.

« Un prototype pour traduire la théorie mathématique en constructions magiques tangibles », dis-je en venant me placer à côté de lui. « Il est basé sur le principe que si la magie suit des lois mathématiques, ces lois devraient être exprimables sous une forme physique. »

« C'est génial. » Dylan tendit la main vers le métier à tisser, puis s'arrêta. « Je peux ? »

J'ai hoché la tête, observant tandis qu'il touchait légèrement l'un des fils cristallins. Au moment où sa magie entra en contact, toute l'armature s'illumina, des équations coulant à travers les fils comme du feu d'étoile liquide.

« Oh, » soufflai-je en fixant l'affichage. « Ça n'était jamais arrivé avant. »

« Ta magie attendait un catalyseur », dit Dylan, l'émerveillement dans la voix. « Regarde. »

Il avait raison. Le métier à tisser ne se contentait pas de s'allumer — il tissait. Des cadres théoriques complexes avec lesquels je luttais depuis des mois s'écrivaient pratiquement d'eux-mêmes sur les fils luminescents, guidés par l'interaction entre son énergie chaotique et mes schémas structurés.

« Ce n'est pas juste de la théorie », continua-t-il, se dirigeant vers mes études sur les fluctuations saisonnières. « C'est... tu essaies de prédire comment la magie elle-même évolue, n'est-ce pas ? »

J'ai cligné des yeux. « Comment as-tu... la plupart des gens ne voient pas les applications pratiques quand je leur montre les modèles mathématiques. »

« La plupart des gens n'essaient pas de comprendre pourquoi leur propre magie n'arrête pas de changer de manière insensée. » Dylan s'approcha de l'affichage, et je remarquai la façon dont les formules flottantes réagissaient à sa présence, leurs motifs se modifiant comme s'ils étaient attirés par sa signature énergétique chaotique. « Mais si la magie évolue de façon saisonnière, et que la magie de partenariat fonctionne en combinant des schémas complémentaires... »

« Alors les instabilités magiques ne seraient peut-être pas du tout des problèmes », ai-je terminé, observant avec fascination tandis qu'il déduisait les connexions logiques. « Ce seraient des adaptations. »

« Exactement. » Il se tourna vers moi, l'excitation illuminant ses traits. « Lyra, et si la magie des métamorphes-renards avait évolué vers le lancement de sorts en partenariat depuis des générations, mais que nous ne nous en étions jamais rendu compte parce que l'éducation magique moderne nous a séparés de partenaires potentiels ? »

L'hypothèse était brillante. Et terrifiante. Car s'il avait raison, cela signifiait que l'éducation magique elle-même pourrait, par inadvertance, nuire à des étudiants comme Dylan — en les forçant à adopter des schémas de lancement individuels pour lesquels leur magie n'était pas conçue.

Je me suis surprise à penser à ma première année à la NPU, assise seule dans les salles communes pendant que d'autres étudiants formaient des groupes d'étude et des amitiés qui semblaient leur venir si naturellement. Je m'étais dit que je préférais la solitude, que je travaillais mieux seule. Mais si c'était une posture défensive ? Et si j'avais construit l'Observatoire non seulement comme un espace de travail, mais aussi comme un refuge contre la solitude que j'étais trop fière pour admettre ?

« Ça voudrait dire que des milliers de métamorphes ont lutté avec une magie "défectueuse" alors qu'ils avaient juste besoin de partenaires compatibles », dis-je lentement.

« Ce qui expliquerait pourquoi mes problèmes se sont aggravés cette année. La magie devient plus forte, plus insistante pour trouver ses schémas naturels. »

Je me suis approchée de l'un de mes postes de recherche et j'ai commencé à ouvrir des fichiers, mon esprit tourbillonnant de possibilités. « Si ton hypothèse est correcte, nous devrions être capables de suivre la progression. Cartographier ton développement magique par rapport aux changements saisonniers, le croiser avec les principes de la magie de partenariat... »

« Lyra. »

Je levai les yeux des flux de données que j'étais en train d'afficher pour trouver Dylan qui me regardait avec une expression que je ne pouvais pas tout à fait interpréter.

« Quoi ? »

« Tu es incroyable. »

Cette simple déclaration me frappa comme un coup physique. Non pas parce qu'elle était inattendue — bien qu'elle le fût — mais à cause de la façon dont il l'avait dite. Comme s'il venait de découvrir quelque chose de merveilleux et voulait le partager avec le monde entier.

« Je ne fais qu'... appliquer une analyse logique aux données disponibles. »

« Non, ce n'est pas ça. » Dylan s'approcha, et je perçus cette odeur familière d'air hivernal et de magie chaotique qui semblait le suivre partout. « Tu vois des connexions que personne d'autre ne penserait à chercher. Tu poses des questions qui pourraient changer notre compréhension même de la magie. »

Il fit un geste vers l'Observatoire autour de nous, englobant des mois de travail, des années de recherches minutieuses, des rêves manifestés dans un éclat cristallin et une poésie mathématique.

« Ce n'est pas juste impressionnant, Lyra. C'est révolutionnaire. Et tu as fait ça toute seule, ici, où personne ne pouvait voir à quel point tu es vraiment brillante. »

J'ai senti ma gorge se serrer. « Ce n'est pas... Je veux dire, la plupart est théorique. Non prouvé. Le comité d'évaluation académique dirait probablement que c'est excessivement spéculatif. »

« Le comité d'évaluation académique peut aller se faire voir. »

Ce sentiment grossier, livré avec une telle férocité protectrice, me fit rire malgré le poids émotionnel du moment.

« Très académique, » ai-je réussi à dire.

« Je ne suis pas un universitaire. Je suis juste quelqu'un qui reconnaît le génie quand il le voit. » La voix de Dylan s'adoucit. « Merci de m'avoir montré ça. De m'avoir fait confiance. »

Confiance. Était-ce de cela qu'il s'agissait ? Toutes mes défenses prudentes, mes limites professionnelles, mon refus de laisser quiconque s'approcher de trop près — venais-je de tout démolir en amenant Dylan ici ?

Et plus important encore, pourquoi cela me semblait-il la chose la plus intelligente que j'aie faite depuis des années ?

« Je voulais que tu le voies », ai-je admis. « Après la chambre, après avoir découvert que nous pourrions être magiquement compatibles... Je voulais que tu comprennes ce que le partenariat pourrait signifier. Pas seulement pour ta magie, mais pour la recherche magique elle-même. »

« Tu m'en montreras plus ? »

Cette simple demande m'a parcourue d'un frisson qui n'avait rien à voir avec la magie et tout à voir avec la façon dont Dylan me regardait — comme si je détenais les réponses à des questions qu'il s'était posées toute sa vie.

Je me suis déplacée vers la plateforme centrale et j'ai activé le système d'affichage principal. « Voilà ce vers quoi je travaille. Un modèle complet de la manière dont les partenariats magiques pourraient améliorer les capacités individuelles. »

L'Observatoire se remplit d'une lueur radieuse lorsque l'affichage s'activa. Des silhouettes holographiques apparurent autour de nous, démontrant des techniques théoriques de lancement de sorts en partenariat. Des formules mathématiques se tracèrent sur le dôme au-dessus de nous. Des motifs énergétiques dansaient dans l'air comme des êtres vivants.

« Chaque partenariat serait unique », expliquai-je, en faisant un geste pour montrer comment les motifs se modifiaient et évoluaient. « Basé sur les signatures magiques individuelles, la compatibilité émotionnelle, les intentions partagées... »

Tandis que je parlais, je remarquai que Dylan s'approchait de l'affichage central. Lorsqu'il tendit la main pour toucher l'une des équations flottantes, quelque chose d'extraordinaire se produisit. La formule holographique se solidifia sous son contact, devenant réelle, physique et tangible.

« Est-ce que ça vient de… ? » Il regarda sa main avec stupéfaction.

« Ta magie complète le cadre théorique », dis-je, fixant l'équation maintenant solide qui flottait dans sa paume. « Faisant de la théorie une réalité. »

J'ai activé une autre section de l'affichage, et nos propres signatures magiques sont apparues — ses motifs énergétiques chaotiques s'entrelaçant avec ma précision structurée dans la danse familière dont nous avions été témoins dans la chambre cachée.

« Mais certains partenariats », continuai-je, ma voix baissant jusqu'à un murmure alors que je regardais notre magie s'unir en parfaite harmonie, « seraient particulièrement puissants. »

Dylan vint se tenir à côté de moi sur la plateforme, et immédiatement les affichages holographiques réagirent à sa présence. Les modèles théoriques se modifièrent, devenant plus dynamiques, plus vivants. Nos signatures magiques réelles commencèrent à résonner avec celles projetées, créant des boucles de rétroaction qui firent pulser tout l'Observatoire d'une énergie chaude et dorée.

Mais plus encore, l'espace lui-même sembla prendre vie. Des lianes cristallines d'illumination commencèrent à connecter mes postes de recherche, les données s'écoulant entre eux en flots de rayonnement pur. Des projets sur lesquels je travaillais séparément depuis des mois commencèrent soudain à s'intégrer, à se combiner et à évoluer en quelque chose de bien plus complet que je ne l'avais jamais imaginé possible.

« Lyra, » dit Dylan doucement, « je crois que ta magie est heureuse que nous soyons ici ensemble. »

Je regardai autour de moi les affichages qui réagissaient, la façon dont des mois de recherches minutieuses s'épanouissaient soudain en une démonstration active, et je réalisai qu'il avait raison. Pour la première fois depuis que j'avais commencé à travailler dans l'Observatoire, l'espace semblait complet.

« Je crois que tu as peut-être raison. »

Nous sommes restés là dans un silence confortable, regardant notre présence magique combinée transformer ma recherche théorique en art vivant. Les motifs d'aurores boréales au-dessus de nous semblaient danser en réponse à notre harmonie, et les instruments cristallins fredonnaient de contentement.

Quand Dylan a pris ma main, je ne l'ai pas retirée. Au moment où nos doigts se sont entrelacés, la réponse de l'Observatoire s'est intensifiée. Chaque projet, chaque calcul, chaque rêve que j'avais versé dans cet espace s'est enflammé autour de nous, créant une symphonie de résonance magique synchronisée.

« Je peux te poser une question ? » dit Dylan après un moment.

« Bien sûr. »

« Pourquoi m'as-tu vraiment emmené ici ? »

La question que j'avais évitée, même dans mes propres pensées. J'ai envisagé de dévier, de lui donner une réponse académiquement sûre sur la collaboration de recherche et la compatibilité magique.

Au lieu de ça, je me suis surprise à dire la vérité.

« Parce que ça fait deux ans que je suis seule ici, et je n'avais jamais réalisé à quel point c'était solitaire jusqu'à ce que je rencontre quelqu'un dont la magie pouvait partager cet espace avec la mienne. » J'ai baissé les yeux sur nos mains jointes, observant la façon dont nos courants magiques s'unissaient comme des

ruisseaux qui convergent. « Je me disais que je préférais la solitude, que je travaillais mieux seule. Mais je crois... je crois que
j'avais juste peur. »

« Peur de quoi ? »

« De laisser quelqu'un s'approcher assez pour voir à quel
point j'avais besoin de lui. »

Dylan se tourna complètement vers moi, et il y avait quelque
chose dans ses yeux verts qui me coupa le souffle. « J'aime cette
version de toi — celle qui oublie d'être la professeure Lumina. »

La référence à son surnom taquin de nos premières sessions
me fit sourire. « Elle est toujours là. L'universitaire prudente et
contrôlée. Mais peut-être qu'elle n'a pas besoin d'être aux
commandes tout le temps. »

« Tu n'es plus seule, Lyra. »

« Non, » dis-je doucement, en regardant nos signatures
magiques continuer leur danse éternelle autour de nous, « je ne
crois pas, non. »

Et alors que l'Observatoire se remplissait de la chaude lueur
dorée de la magie de partenariat manifestée, je compris enfin ce
que j'avais recherché depuis tout ce temps.

Je n'avais pas seulement étudié la théorie magique.

Je m'étais préparée pour lui.

CHAPITRE SEPT

LA TANIÈRE DU RENARD

DYLAN

La Tanière du Renard n'avait pas changé depuis ma dernière visite, qui, je le réalisai avec un sursaut, remontait à plus d'une semaine. La salle commune, au sous-sol de Reynard Hall, sentait toujours les aiguilles de pin et la malice, et résonnait encore de ce chaos contrôlé si particulier, celui qui naissait de la cohabitation de deux douzaines de polymorphes-renards dans un seul bâtiment. Des lanternes enchantées projetaient des ombres dansantes sur les murs, et quelqu'un avait ensorcelé les meubles pour qu'ils se réarrangent aléatoirement toutes les quelques heures, gardant tout le monde sur le qui-vive.

Avant, j'adorais ce chaos. Le bruit, le mouvement constant, la réorganisation imprévisible du mobilier qui transformait la traversée de la pièce en une course d'obstacles. L'odeur de la pizza à emporter mêlée au musc de renard et à n'importe quelle fumée que la dernière expérience d'enchantement de Kieran produisait. Le son des cartes claquant sur la table tandis que Finn essayait de tricher au poker en utilisant un sortilège d'illusion mineur, pour se faire prendre à chaque fois par l'ouïe supérieure de Jasper.

Mais ce soir, tout semblait légèrement décalé, comme si je regardais mon film préféré dans une langue que je ne comprenais plus.

J'aurais dû avoir l'impression de rentrer à la maison.

Au lieu de ça, alors que je m'installais dans le vieux fauteuil en cuir qui avait toujours été « le mien », dans le coin près de la cheminée, je me surpris à penser à des observatoires cristallins et à une magie d'argent qui dansait avec de l'or.

« Tiens, tiens, dit Finn MacTiernan en se laissant tomber dans le fauteuil en face de moi avec son sourire caractéristique. Regardez qui voilà. Où est-ce que tu te cachais, Vixen ? »

« J'étudiais », répondis-je, ce qui était techniquement vrai.

« *Tu étudiais ?* » Kieran Frost leva les yeux de la partie de cartes qu'il était en train de perdre à la table centrale. « Dylan Vixen ? Qui étudie pour de vrai ? Que quelqu'un vérifie s'il a de la fièvre. »

Les taquineries étaient familières, affectueuses, le genre de chambrage que j'avais toujours apprécié. Mais ce soir, c'était... différent. Creux, d'une certaine manière.

« Ouais, eh bien, il s'avère que la mise à l'épreuve académique, c'est une vraie source de motivation », dis-je en forçant mon habituel sourire désinvolte.

« Dis-moi que tu ne vas pas devenir un de ces étudiants qui disparaissent dans la bibliothèque pendant des semaines », dit Jasper Wilde, un étudiant de troisième année aux cheveux roux striés d'argent qui avait toujours été une sorte de mentor pour les plus jeunes polymorphes-renards. « Tu te souviens de ce qui est arrivé à Tommy Reynard ? Il a passé tellement de temps à étudier qu'il a oublié comment s'amuser. Aux dernières nouvelles, il travaille comme comptable pour le Bureau des Impôts des Elfes. »

Un chœur de frissons exagérés parcourut la pièce.

« Pire que la mort », acquiesça solennellement Finn.

Je ris, parce que c'est ce qu'on attendait de moi, mais le son me parut forcé, même à mes propres oreilles. Un mois plus tôt, l'idée de Tommy Reynard — farceur notoire devenu bureaucrate — m'aurait sincèrement horrifié. Maintenant, je me demandais si Tommy n'avait pas simplement trouvé quelque chose qui comptait plus que les farces et les tours de passe-passe.

« En parlant d'études, dit Kieran en abandonnant sa main perdante pour s'affaler sur le canapé près de mon fauteuil, j'ai entendu dire que tu te faisais aider par Princesse Parfaite en personne. »

Ma colonne vertébrale se raidit. « Princesse Parfaite ? »

« Lyra Lumina, précisa Jasper avec un sourire narquois. La reine des glaces du département de magie de la lumière. Que de la cervelle, aucune personnalité. Comment t'as réussi à te retrouver avec elle ? »

Reine des glaces ? La fille qui m'avait confié son espace le plus intime ? Qui souriait comme la lumière des étoiles quand ses équations prenaient vie ? Qui avait admis qu'elle se sentait seule depuis deux ans parce qu'elle avait trop peur de laisser quiconque s'approcher assez pour voir à quel point elle avait besoin des autres ?

« Elle n'est pas… », commençai-je, avant de me reprendre. La défendre ne ferait qu'inviter plus de taquineries, et pire encore, cela pourrait révéler à quel point elle était devenue importante pour moi. « Elle est une bonne tutrice. Très méthodique. »

« Méthodique », répéta Finn avec un air entendu. « C'est comme ça qu'on appelle ça, maintenant ? »

« Ce n'est pas ça », dis-je rapidement.

« C'est ça », traîna Kieran. « Parce que Dylan Vixen ne serait jamais intéressé par le défi de faire fondre la princesse des glaces. »

Le mépris désinvolte pour Lyra — la réduisant à rien de plus qu'une conquête à remporter — fit flamber quelque chose de chaud et de protecteur dans ma poitrine. C'étaient mes amis, des gars que je connaissais depuis des années, mais soudain, leur badinage familier me parut cruel.

Je savais ce que j'étais censé faire : hausser les épaules, sourire narquoisement, peut-être lancer une blague sur l'alchimie magique. C'est comme ça qu'on gérait les choses dans la Tanière du Renard. Jamais trop sérieux. Jamais trop vulnérable. Rester léger, ne pas s'attarder, dévier avec humour quand les choses devenaient trop réelles.

Mais l'idée de dénigrer ce que Lyra et moi avions découvert ensemble, de le réduire à un coup d'un soir ou à une transaction académique, me fit serrer la mâchoire.

« Elle n'est pas une princesse des glaces », dis-je, ma voix plus sèche que je ne l'aurais voulu. « Elle est brillante. Et dévouée. Et... »

« Oh là », Jasper leva les mains, les sourcils haussés. « Douce-ment, Roméo. On ne fait que discuter. »

La pièce était devenue silencieuse, tous les yeux rivés sur moi. Je réalisai que je serrais les accoudoirs de mon fauteuil si fort que mes jointures avaient blanchi.

« Désolé, dis-je en me forçant à me détendre. Longue journée. »

Mais le mal était fait. Je pouvais le voir sur leurs visages : la curiosité, l'amusement, et quelque chose qui aurait pu être de l'inquiétude.

« Tu sais ce qu'il te faut ? » dit Finn après un moment, essayant clairement de détendre l'atmosphère. « Il faut que tu décompresses. On était justement en train de planifier le Grand Coup des Gargouilles pour demain soir. »

« Le quoi, maintenant ? »

« Tu vois ces gargouilles qui chantent horriblement faux sur Frost Hall ? » Le sourire de Kieran était malicieux. « On va les enchanter pour qu'elles interprètent un opéra rock complet. Avec changements de costumes et pyrotechnie. »

« Tu penses que le professeur Blitzen appréciera *Le Fantôme de l'Opéra* interprété par de l'architecture animée ? » ajouta Jasper.

Une semaine plus tôt, cette idée m'aurait fait planifier des itinéraires de fuite et des alibis. Maintenant, tout ce à quoi je pouvais penser, c'était la sensation de la magie de Lyra lorsqu'elle s'était enroulée autour de la mienne, comment elle avait transformé le chaos en harmonie au lieu d'ajouter au désordre.

« Ça a l'air... élaboré », dis-je.

« Allez, Dylan. » Finn se pencha en avant, son expression sérieuse. « Ça fait combien de temps que tu n'as pas fait quelque chose juste pour le plaisir ? Tu es si sérieux ces derniers temps. »

« Je n'ai pas été sérieux... »

« Si, pourtant », l'interrompit Kieran. « Depuis que tu as commencé à passer du temps avec Lumina. Elle te change, mec. »

Ces mots me frappèrent plus durement qu'ils n'auraient dû. Est-ce que Lyra me changeait ? Et si c'était le cas, pourquoi cela ressemblait-il moins à une perte et plus à... une évolution ?

« Ce n'est peut-être pas une mauvaise chose », dis-je doucement.

Le silence qui suivit fut assourdissant.

« D'accord, dit lentement Jasper, qui es-tu et qu'as-tu fait de Dylan Vixen ? »

« C'est toujours moi », protestai-je, mais même en le disant, je me demandais si c'était vrai. Le Dylan qui était arrivé à la NPU ce semestre n'aurait pas passé soir après soir dans la Bibliothèque des Lumières, n'aurait pas trouvé les équations mathématiques belles, n'aurait pas senti son cœur s'emballer à la vue de la magie d'argent dansant dans l'air cristallin.

« Vraiment ? » demanda Finn, et il y avait quelque chose de presque triste dans sa voix. « Parce que le Dylan que je connais ne choisirait pas les devoirs plutôt que de traîner avec ses amis. Il ne défendrait pas une mage de la lumière coincée qui pense probablement qu'on est tous indignes d'elle. »

« Elle ne pense pas ça », dis-je, plus de chaleur s'insinuant dans ma voix. « Elle n'est pas coincée. Elle est juste... prudente. Réservée. Il y a une différence. »

« Écoute-toi », dit Kieran en secouant la tête. « On dirait que tu es à moitié amoureux d'elle. »

Les mots restèrent en suspens dans l'air comme un défi. Autour de moi, je pouvais sentir l'attention de chaque polymorphe-renard, attendant ma réponse. Attendant que je rejette ça d'un rire, que je fasse une blague, que je dévie avec humour comme je le faisais toujours.

Le silence s'étira. Le canapé enchanté de quelqu'un se déplaça nerveusement, se transformant de causeuse en fauteuil inclinable. Des cartes s'éparpillèrent lorsque la magie d'illusion de Finn vacilla et s'éteignit. Même les lanternes flottantes semblèrent baisser d'intensité, comme si la pièce elle-même retenait son souffle.

Je regardai les visages que je connaissais depuis la première année. Kieran, qui m'avait aidé à concevoir les enchantements pour ma première farce réussie. Finn, qui était resté éveillé toute la nuit pour m'apprendre le poker avancé quand j'avais le mal du pays et un besoin désespéré de distraction. Jasper, qui avait été comme un grand frère, toujours prêt à donner un conseil ou une oreille attentive quand la dynamique de la meute se compliquait.

Ces gars avaient été mon ancre quand je m'étais senti perdu dans le labyrinthe social de la NPU. Leur approbation comptait toujours pour moi, peut-être plus que je ne voulais l'admettre.

Au lieu de cela, je n'arrêtais pas de revoir le regard dans les yeux de Lyra lorsqu'elle m'avait fait confiance avec son Observatoire, quand elle avait admis qu'elle était seule depuis deux ans. Je me souvenais du moment où nos magies s'étaient connectées, où je m'étais senti moins seul que je ne l'avais été depuis des années.

« Peut-être que oui », dis-je doucement.

La pièce explosa.

« Putain de merde, Dylan ! » C'était Tommy Blackfire, un étudiant de première année qui me vénérait silencieusement depuis le début de l'année.

« Tu es sérieux, là ? » La voix de Kieran se cassa comme s'il avait de nouveau quinze ans.

« C'est une catastrophe ! » Finn jeta ses cartes en l'air, où elles restèrent suspendues un instant par la magie résiduelle avant de retomber comme des papillons confus.

« Elle va le ruiner », murmura quelqu'un du fond de la pièce.

« Les polymorphes-renards ne s'engagent pas, Dylan », ajouta une autre voix. « Ce n'est pas dans notre nature. »

Mais Jasper était simplement assis là, m'étudiant avec ces yeux ambrés perçants qui ne manquaient rien.

« Les gars, les gars ! » Il éleva la voix par-dessus l'agitation. « Calmons-nous tous un peu. »

Mais j'en avais assez d'être calme. J'en avais assez de prétendre que ce qui se passait entre Lyra et moi n'était que du tutorat, qu'une compatibilité magique, qu'une collaboration académique.

« Vous voulez savoir la vérité ? » Je me levai, faisant face à mes amis — ma meute — avec quelque chose qui ressemblait dangereusement à de la défiance. « Lyra Lumina est la personne la plus remarquable que j'aie jamais rencontrée. Elle perçoit la magie d'une manière qui pourrait révolutionner notre compréhension de tout ce qui concerne notre monde. Elle est gentille, et brillante, et elle me donne envie d'être meilleur que je ne le suis. »

« Dylan... », commença Finn.

« Non, laisse-moi finir. » Je balayai la pièce du regard, observant les visages des gars qui avaient été mes frères pendant deux ans. « Vous voulez la traiter de coincée ? Très bien. Mais elle a gagné le droit d'être fière de ce qu'elle a accompli. Vous voulez la traiter de princesse des glaces ? Vous avez tort. Elle n'est pas froide — elle est prudente. Et peut-être que si nous n'étions pas si occupés à faire des blagues sur tout, nous comprendrions la différence. »

« D'accord », dit Kieran en levant les mains. « Message reçu. Mais Dylan, les polymorphes-renards, ça ne fait pas dans les relations sérieuses. On n'est pas faits pour ça. Nous sommes des filous, des semeurs de chaos. C'est notre nature. »

« Qui dit ça ? »

« Euh... la tradition ? L'histoire ? La psychologie de base des polymorphes ? »

« Et si la tradition avait tort ? » le défiai-je. « Et si on s'était limités parce que c'est plus facile que d'admettre qu'on veut plus ? »

Je pensai à la chambre de la magie du partenariat, aux fresques montrant des liens magiques qui avaient duré des siècles. À la façon dont la magie structurée de Lyra avait donné à mon chaos un but, une direction et un sens.

« Et si certains d'entre nous étaient destinés à quelque chose de plus profond que des farces et des coups d'un soir ? »

Le silence qui suivit parut lourd, chargé de choses qu'aucun de nous ne savait vraiment comment dire.

Finalement, Jasper prit la parole. « Tu tiens vraiment à elle. »

Ce n'était pas une question.

« Ouais, dis-je. Vraiment. »

« Et tu penses qu'elle tient à toi aussi ? »

Je pensai à la façon dont Lyra m'avait regardé dans l'Observatoire, à la confiance dans ses yeux quand elle m'avait montré son travail le plus précieux. À la façon dont elle avait admis qu'elle était seule, à la sensation de sa main dans la mienne quand nos magies dansaient ensemble.

« Je pense... que peut-être. Ou qu'elle pourrait. »

« Eh bien, dit Finn après un long moment, ça va être intéressant. »

« Qu'est-ce que tu veux dire ? »

« Je veux dire, dit Kieran avec ce qui aurait pu être le début d'un sourire, que si tu es sérieux à ce sujet — vraiment sérieux — alors on assure tes arrières. Mais Dylan ? »

« Ouais ? »

« Si elle te brise le cœur, on va devoir lui faire des farces jusqu'au semestre prochain. Ce n'est rien de personnel. C'est juste la loi de la meute. »

Malgré tout, je me surpris à rire. « Je ne manquerai pas de la prévenir. »

« Bien », dit Jasper fermement. « Maintenant, puisque tu deviens apparemment adulte sous nos yeux, tu veux nous parler de cette histoire de compatibilité magique ? Parce que certaines des rumeurs qui circulent sur le campus sont assez dingues. »

Alors je leur ai raconté. Pas tout — l'Observatoire me semblait trop privé pour être partagé, et je n'allais pas trahir la confiance de Lyra — mais je leur ai parlé de la magie du partenariat, de la façon dont nos signatures magiques semblaient conçues pour fonctionner ensemble, de la possibilité que la magie des polymorphes-renards ait évolué vers la collaboration depuis des générations.

« Attends, attends », interrompit Tommy, se penchant en avant avec de grands yeux. « Tu dis que notre magie est censée fonctionner avec la magie d'autres personnes ? Genre, en permanence ? »

« Pas en permanence, précisai-je. Plutôt... qu'elle fonctionne mieux en partenariat. Comme si elle avait été conçue pour la collaboration. »

« Ça ressemble suspicieusement à de la propagande sur les liens d'âme », dit Kieran, bien que son scepticisme parût forcé.

« Tu peux choisir ton partenaire ? » demanda Finn. « Ou est-ce que la magie… choisit pour toi ? »

« Je ne sais pas », admis-je. « On est encore en train de comprendre. Mais d'après ce qu'on a découvert, il semble que la compatibilité soit à la fois magique et émotionnelle. La magie crée le potentiel, mais tu dois choisir de l'explorer. »

« Et tu as choisi », dit Jasper. Ce n'était pas une question.

« Ouais. J'ai choisi. »

Au moment où j'eus fini d'expliquer ce que je comprenais de la théorie de la magie du partenariat, la Tanière du Renard était devenue silencieuse d'une manière que je n'avais jamais connue auparavant. Pas le silence confortable habituel de gars qui n'avaient plus rien à se dire, mais le silence lourd qui accompagnait l'assimilation de quelque chose qui remettait en question tout ce que vous pensiez savoir sur vous-même.

« La magie du partenariat », dit lentement Finn. « Genre, la vraie magie du partenariat ? Celle des vieilles histoires ? »

« On dirait bien. »

« Dylan », dit Kieran, et sa voix était inhabituellement sérieuse, « est-ce que tu as la moindre idée de la rareté de la chose ? De son importance ? »

« Je commence à m'en rendre compte. »

Jasper se renversa dans son fauteuil, une expression pensive sur son visage. « Tu sais, ma grand-mère racontait des histoires sur son arrière-arrière-grand-mère. Elle disait qu'elle était liée à un farfadet de l'hiver, et qu'ensemble, ils pouvaient déclencher des blizzards qui duraient des semaines. La famille a toujours dit que ce n'était qu'une légende. »

« Mon grand-oncle prétendait pouvoir parler aux arbres quand il travaillait avec son partenaire elfe des bois », ajouta doucement Tommy. « Papa se moquait toujours de lui, disait qu'oncle Marcus était juste un romantique. »

« Et s'ils n'étaient pas juste des romantiques ? » demandai-je. « Et s'ils étaient la dernière génération à comprendre quelque chose que nous avons oublié ? »

« Peut-être pas. » Jasper me regarda avec quelque chose qui ressemblait à du respect. « Si c'est réel, Dylan — si tu as trouvé une véritable partenaire magique — alors tu n'es pas seulement en train de changer. Tu évolues. Et ça... c'est assez incroyable. »

Mais tout le monde n'avait pas l'air convaincu. Je pouvais voir le doute persister sur certains visages, l'inquiétude sur d'autres. Kieran tripotait ses cartes, n'osant pas tout à fait croiser mon regard.

« Qu'est-ce qui se passe si ça ne marche pas ? » demanda-t-il finalement. « Si elle décide qu'elle est trop bien pour toi, ou si la magie s'estompe, ou si les professeurs décident que la magie de partenariat est trop dangereuse pour être étudiée ? »

La question me toucha plus que je ne voulais l'admettre. Parce que c'étaient toutes des possibilités auxquelles j'essayais de ne pas penser.

Pendant une seconde, la peur me tordit les entrailles. Et si la magie s'estompait ? Et si elle changeait d'avis une fois qu'elle aurait vraiment compris ce que signifiait être avec un poly-morphe-renard ? Et si je n'étais qu'un sujet de recherche pratique, après tout ?

« Je ne sais pas, dis-je honnêtement. Mais je sais que ne pas explorer ça — ne pas donner une chance à cette histoire — serait pire que n'importe lequel de ces scénarios. »

« C'est vrai », acquiesçai-je, sentant une partie de la tension se relâcher de mes épaules. « C'est vraiment le cas. »

« Alors, dit Finn avec un sourire qui était à la fois malicieux et plein d'une curiosité sincère, quand est-ce qu'on la rencontre ? Pour de vrai, je veux dire ? »

L'idée de présenter Lyra à la Tanière du Renard — de la regarder naviguer dans le chaos contrôlé des dynamiques sociales des polymorphes-renards — était à la fois terrifiante et étrangement séduisante.

« Laissez-moi lui demander, dis-je. Elle n'est pas exactement... une aventurière sociale. »

« On sera sages, promit Kieran. Relativement sages. Sages à la façon des polymorphes-renards. »

« C'est bien ce qui me fait peur. »

Mais alors que la conversation se tournait vers d'autres sujets et que la chaleur familière de l'amitié de la meute s'installait de nouveau autour de moi, je me surpris à penser que ce ne serait peut-être pas une si mauvaise chose. Peut-être qu'il était temps que mes deux mondes se rencontrent.

Après tout, si Lyra et moi étions vraiment des partenaires — magiquement, académiquement, et peut-être plus — alors elle devrait finir par comprendre toutes les facettes de ma personnalité.

Même les parties chaotiques, malicieuses, et totalement renardesques.

Elle détesterait probablement les séances de planification de farces. Elle décortiquerait certainement nos enchantements et corrigerait nos formes de sort avec une précision terrifiante. Mais peut-être, juste peut-être, qu'elle rirait aussi de nos plans ridicules. Peut-être qu'elle se laisserait entraîner dans le chaos pendant un petit moment, qu'elle baisserait sa garde assez pour voir pourquoi cette meute de fauteurs de troubles était devenue ma famille.

Je n'étais pas sûr si elle survivrait dix minutes ici — ou si elle nous surprendrait tous.

Et peut-être qu'elle réaliserait que même les polymorphes-renards pouvaient évoluer au-delà de leur réputation quand ils trouvaient quelque chose — quelqu'un — qui valait la peine de changer.

La question était : le voudrait-elle ?

CHAPITRE HUIT
LE TUTEUR CONTRE-ATTAQUE

LYRA

Plus tôt dans la journée, j'avais reçu un message du professeur Lumina : un bref rappel que les livrables de ma recherche étaient à rendre bientôt, accompagné d'une suggestion subtile de me concentrer sur des « cadres théoriques éprouvés plutôt que sur des applications expérimentales qui pourraient se révéler... imprévisibles ». Le moment choisi semblait calculé, bien que le professeur Lumina dît rarement quoi que ce fût sans plusieurs sous-entendus.

J'avais essayé de ne pas penser à ce que « imprévisibles » pouvait bien vouloir dire dans le contexte de mes recherches sur la magie de partenariat avec Dylan.

Les équations ne s'équilibraient pas.

Je fixais les formules mathématiques qui flottaient dans mon Observatoire, leurs motifs habituellement stables vacillant avec une irrégularité qui me faisait tiquer. Les calculs de variance aurorale, parfaitement alignés la veille, dérivaient sur l'affichage tels des papillons désorientés, refusant de conserver leur formation correcte.

C'était profondément troublant. Ma magie ne se comportait jamais de manière imprévisible. L'ordre, la précision et une approche systématique étaient les principes fondateurs de tout ce que je faisais. Pourtant, me voilà, trois jours après la dernière visite de Dylan, et chaque sort que je tentais portait le plus léger écho du chaos.

Son chaos.

Je fis disparaître les affichages d'un geste sec, mais même cela me parut différent : moins contrôlé, plus impulsif que mes mouvements mesurés habituels. Les constructions mathématiques se dissolvirent en étincelles d'argent et d'or qui me rappelaient bien trop la façon dont notre magie avait dansé ensemble.

Cela devenait un problème.

Une personne logique analyserait la situation objectivement. La résonance magique que Dylan et moi avions découverte créait clairement des effets persistants sur ma pratique magique. La solution serait de limiter nos contacts à des séances de tutorat structurées, de maintenir une distance professionnelle et d'éviter toute activité susceptible d'intensifier le lien magique.

Malheureusement, la logique se révélait remarquablement inadéquate lorsqu'il s'agissait de Dylan Vixen.

Je me surprenais à penser à lui à d'étranges moments, me demandant ce qu'il faisait, si sa magie subissait des perturbations similaires, s'il pensait à moi aussi. Hier, je m'étais surprise à passer devant le Frost Hall juste pour entendre les gargouilles s'exercer à ce qui ressemblait étrangement à des airs de comédie musicale. La signature magique tissée dans leur enchantement m'avait semblé familière, chaleureuse, empreinte de cette énergie espiègle si particulière qui semblait suivre Dylan partout.

Avait-il pensé à moi en jetant ce sort ?

Cette pensée fit naître un battement d'ailes dans ma poitrine qui n'avait rien à voir avec la résonance magique, mais tout à voir avec la façon dont il m'avait regardée dans l'Observatoire. Comme si j'étais quelque chose de précieux. Quelque chose qui valait la peine d'être protégé.

Concentre-toi, Lyra, me dis-je fermement. *Tu as du travail.*

Mais alors que je tentais de relancer mon étude sur la variance aurorale, je me suis surprise à porter mon attention sur la plateforme centrale où Dylan s'était tenu trois nuits auparavant. Là où notre magie s'était répondu avec une harmonie si parfaite que ma recherche si soigneusement contrôlée s'était transformée en quelque chose de vivant, de dynamique et de magnifique.

Il n'existait aucune variable dans cette équation pour prendre en compte le désir.

Le calme qui avait autrefois été mon sanctuaire me paraissait à présent oppressant. J'adorais la solitude de l'Observatoire, la façon dont le silence me permettait d'entendre mes propres pensées, de me concentrer entièrement sur la théorie magique sans distractions sociales. Mais au cours de la semaine passée, j'avais commencé à remarquer la différence entre la solitude choisie et l'isolement non désiré. L'Observatoire semblait vide quand Dylan n'était pas là pour le remplir de son rire, de ses questions, de son chaos qui, d'une manière ou d'une autre, rendait mon monde ordonné plus vivant.

J'avais passé deux ans à me dire que je préférais travailler seule. Maintenant, je commençais à soupçonner que j'avais simplement eu peur de découvrir à quel point tout était meilleur lorsqu'on le partageait avec la bonne personne.

Un doux carillon provenant de mon agenda enchanté interrompit mes sombres pensées. Nouveau message. Je fis un geste pour l'ouvrir, m'attendant à une autre demande de tutorat ou peut-être à un mot du professeur Lumina sur l'avancement de mes recherches.

À la place, le nom de Dylan apparut en lettres cursives au-dessus d'un bref message : « *Lyra — disponible pour une séance supplémentaire ce soir ? Je crois que j'ai compris un truc sur la théorie de la magie de partenariat. Observatoire à 20 h ? — D* »

Le battement dans ma poitrine s'intensifia. Une séance supplémentaire. Il voulait me voir en dehors de nos rendez-vous prévus, voulait partager des découvertes sur la magie qui nous reliait. La partie pratique de mon esprit nota que des séances de recherche additionnelles feraient progresser notre compréhension du phénomène. La partie professionnelle me rappela qu'une investigation approfondie nécessitait de multiples points de données.

La partie de moi qui rejouait son sourire en boucle depuis trois jours dit simplement *oui* avant que je ne puisse trop y réfléchir.

J'envoyai une brève confirmation, puis je me mis aussitôt à douter. Et si ça n'avait rien à voir avec la recherche ? Et s'il avait réalisé, comme je commençais à le faire, que ce qui se passait entre nous allait bien au-delà de la compatibilité magique ? Et s'il voulait parler de la façon dont nos mains s'étaient emboîtées, ou de la façon dont notre magie avait répondu à la connexion émotionnelle autant qu'aux sortilèges intentionnels ?

Et s'il voulait explorer un territoire qui n'avait pas sa place dans un accord de tutorat ?

Cette pensée aurait dû me terrifier. Aurait dû m'envoyer rédiger à la hâte une réponse formelle et professionnelle qui recentrerait notre attention sur des objectifs académiques. Au lieu de cela, elle me poussa à vérifier mon apparence dans les surfaces réfléchissantes de l'Observatoire et à me demander si les simples robes bleues que je portais pour les sessions de recherche me donnaient trop l'air de la protégée dévouée du professeur Lumina et pas assez de... eh bien, de moi-même.

Qui que cela pût être.

À VINGT HEURES, j'avais réussi à organiser mon matériel de recherche pour donner l'impression d'une préparation académique décontractée plutôt que d'une agitation nerveuse. L'éclairage de l'Observatoire était réglé sur son mode le plus flatteur — non pas que j'essayais d'impressionner qui que ce soit, je créais simplement les conditions de travail optimales pour une analyse magique détaillée.

Dylan arriva pile à l'heure, ce qui devenait une habitude qui me surprenait et me plaisait à la fois. Mais quelque chose était différent chez lui ce soir. Il y avait une énergie dans ses mouvements, une confiance dans sa posture qui n'était pas là lors de nos précédentes séances. Il avait l'air... apaisé. Comme s'il avait résolu quelque chose d'important. Pas dans sa façon de s'habiller ou de parler, mais dans la certitude derrière ses yeux. Comme s'il avait pris une décision et comptait s'y tenir.

Le changement était subtil mais indubitable, et il fit naître un papillonnement nerveux dans mon estomac.

« Salut », dit-il, ses yeux verts brillant de ce qui ressemblait à de l'excitation. « Merci d'avoir accepté de me voir ce soir. Je sais que c'est en dehors de notre emploi du temps habituel. »

« La recherche académique ne suit pas d'emploi du temps », répondis-je, avant de réaliser à quel point cela sonnait formel. « Je veux dire, je voulais entendre parler de ta découverte. »

Le sourire de Dylan était chaleureux, authentique, et n'aidait absolument pas mes efforts pour maintenir un calme professionnel. « C'est plus une hypothèse qu'une découverte. Mais je pense que ça pourrait expliquer pourquoi notre magie fonctionne si bien ensemble. »

Il se dirigea vers la plateforme centrale avec l'aisance qu'il avait développée au fil de nos séances, n'hésitant plus à toucher mon équipement ou à activer les affichages. Le voir naviguer dans mon espace de travail avec une telle familiarité fit ronronner quelque chose de possessif et de satisfait dans ma poitrine.

« Montre-moi », dis-je en le rejoignant sur la plateforme.

Dylan activa l'affichage de magie de partenariat que nous avions utilisé lors de sa première visite à l'Observatoire, mais au lieu de simplement observer les modèles théoriques, il se mit à les manipuler directement. Sa magie s'écoula dans les constructions holographiques, les rendant plus dynamiques, plus réactives.

« Regarde ça », dit-il en désignant l'endroit où nos signatures magiques étaient représentées par des motifs de lumière fluides. « Chaque fois qu'on travaille ensemble, la résonance se renforce. Pas seulement plus intense, mais plus sophistiquée. Comme si la magie apprenait. »

Je me penchai pour examiner l'affichage, remarquant immédiatement ce qu'il voulait dire. Les schémas d'interaction entre nos signatures magiques avaient évolué depuis notre première séance, développant de nouvelles harmoniques et de nouveaux points de connexion qui n'existaient pas auparavant.

« Une résonance adaptative », soufflai-je. « Le lien magique développe sa propre complexité en fonction de l'exposition répétée. »

« Exactement. Ce qui veut dire... » Dylan se tourna vers moi, et je réalisai que nous nous tenions très près sur la petite plateforme. Assez près pour que je puisse voir des éclats d'ambre dans ses yeux verts, que je puisse sentir l'odeur de l'air hivernal, et quelque chose de distinctement lui qui accéléra mon pouls.

« Ce qui veut dire quoi ? » le pressai-je, bien que ma voix sortît plus douce que prévu.

« Ce qui veut dire que ce n'est pas juste une compatibilité magique. C'est une évolution magique. Notre magie devient quelque chose de nouveau, quelque chose qui n'existait pas avant qu'on se trouve. »

Les implications me frappèrent comme un coup de foudre. Si Dylan avait raison, nous n'étions pas seulement en train de vivre un phénomène rare, nous participions à la création active d'une nouvelle forme de partenariat magique. Les possibilités de recherche à elles seules étaient vertigineuses.

Mais plus encore, cela signifiait que notre connexion était unique. Singulière. Quelque chose qui n'appartenait qu'à nous.

« Dylan », dis-je doucement, « est-ce que tu comprends ce que ça signifie ? »

« Qu'on est en train d'écrire l'histoire de la magie ? » Son sourire était enfantin, excité. « Que quoi que ce soit entre nous, ça ne s'est jamais produit avant ? »

Entre nous. La reconnaissance désinvolte qu'il y avait un « nous » fit complètement sauter un battement à mon cœur.

« Ça signifie », dis-je prudemment, « que nous allons devoir être très prudents sur la façon de procéder. L'évolution magique est imprévisible. Il pourrait y avoir des risques que nous n'avons pas envisagés. »

« Ou », dit Dylan en se rapprochant légèrement, « il pourrait y avoir des possibilités que nous n'avons pas imaginées. »

Sa main bougea comme pour toucher la mienne, puis hésita. L'instant s'étira entre nous, chargé de potentiel et d'incertitude. Je sentais sa magie tendre la main vers la mienne, ce chaos chaleureux et familier cherchant la structure que je lui fournissais.

« Lyra », dit-il, sa voix plus basse maintenant, plus sérieuse, « puis-je te demander quelque chose ? »

« Bien sûr. »

« As-tu peur de ce qui se passe entre nous ? »

La question frappa droit au cœur de tout ce que j'avais essayé de ne pas examiner de trop près. Avais-je peur ? De la magie, des implications pour la recherche, de la façon dont mon monde soigneusement contrôlé devenait quelque chose que je reconnaissais à peine ?

Ou avais-je peur d'admettre à quel point je désirais tout ça ?

« Oui », dis-je honnêtement. « Je suis terrifiée. »

« De la magie ? »

« De tout. » L'aveu sortit d'un seul coup. « De la magie, de ce que je ressens quand tu es là, du fait que je ne veux pas que nos séances se terminent. Du fait que j'ai organisé tout mon emploi du temps autour de nos rendez-vous en me disant que c'était juste du zèle académique. »

L'expression de Dylan s'adoucit. « Lyra... »

« Je suis censée être logique », continuai-je, les mots se bousculant maintenant que j'avais commencé. « Systématique. Je fais des plans et je les suis. Je ne me laisse pas distraire par... par... »

« Par quoi ? »

« Par le désir de choses que je n'ai pas prévues dans mon plan de vie. »

Nous étions si proches maintenant que nos auras magiques commençaient à se chevaucher, créant cette harmonie familière qui faisait s'estomper tout le reste en bruit de fond. La main de Dylan acheva enfin son voyage, ses doigts s'entrelaçant avec les miens.

Au moment où notre peau se toucha, mon Observatoire s'anima autour de nous. Pas avec la magie contrôlée et déterminée des démonstrations de recherche, mais avec quelque chose de spontané et de joyeux. Des carillons de cristal se matérialisèrent dans les airs, faisant résonner une mélodie que je n'avais jamais entendue mais que je connaissais d'une manière ou d'une autre. Des motifs d'aurores se peignirent sur chaque surface en rubans fluides d'argent et d'or.

Et je réalisai, avec une clarté saisissante, que c'était à ça que ressemblait ma magie quand elle était heureuse.

« Ton plan de vie », dit Dylan doucement, son pouce traçant des motifs sur le dos de ma main, « a-t-il de la place pour l'évolution ? »

Je regardai l'Observatoire transformé, la beauté magique que nous avions créée simplement en étant honnêtes l'un envers l'autre, et je sentis quelque chose qui était étroitement noué dans ma poitrine commencer à se détendre.

« Je commence à penser », dis-je doucement, « que les meilleures découvertes se produisent quand on est prêt à dévier du plan. »

Le sourire de Dylan était radieux. « J'espérais que tu dirais ça. »

« Pourquoi ? »

« Parce que j'ai une confession à te faire. » Sa main libre se leva pour glisser une mèche de cheveux derrière mon oreille, le doux contact envoyant des frissons dans tout mon corps. « Je n'ai pas demandé cette séance pour discuter de la théorie de la magie de partenariat. »

Mon souffle se coupa. « Non ? »

« Enfin, si, je veux en discuter. Mais surtout, je voulais juste une excuse pour te voir. Pour passer du temps avec toi sans être concentrés sur la réparation de mes problèmes magiques ou l'analyse de cadres théoriques. » Ses yeux verts étaient sérieux maintenant, vulnérables d'une manière qui me fit mal au cœur. « Je voulais voir si tu en avais envie, toi aussi. »

L'aveu flotta entre nous comme un pont, un pont que je pouvais traverser ou fuir, selon le courage que j'étais prête à avoir.

Je pensai aux attentes du professeur Lumina, à mon calendrier de recherche, à la vie soigneusement structurée que j'avais bâtie autour de la réussite scolaire et de la distance émotionnelle. Puis je pensai à la façon dont la magie de Dylan me donnait l'impression de rentrer à la maison, à la joie dans mon Observatoire quand il était là pour la partager, au fait que la solitude était une variable que je n'avais jamais correctement prise en compte dans aucune de mes équations.

« J'en ai envie », dis-je, les mots me donnant l'impression de sauter d'une falaise et de découvrir que je pouvais voler. « J'en ai très envie. »

Le sourire que Dylan m'adressa en retour était assez éclatant pour alimenter tout l'Observatoire.

« Bien », dit-il, amenant nos mains jointes contre sa poitrine, juste au-dessus de son cœur. « Parce que j'ai quelques idées sur la façon dont nous pourrions passer notre temps non académique ensemble. »

Un léger avertissement s'agita au fond de mon esprit : le rappel du professeur Lumina de me concentrer sur des « cadres éprouvés ». Ce n'était pas le cas. Quoi que Dylan et moi étions en train de découvrir, ce n'était ni approuvé, ni sûr, ni attendu. Et je n'étais pas sûre de vouloir que ce le soit.

« Comme quoi ? »

« Eh bien », son sourire devint espiègle, « as-tu déjà assisté à un feu de joie de métamorphes-renards ? Parce que les gars sont vraiment curieux de te rencontrer, et je me disais que peut-être — si tu te sens d'humeur aventureuse — tu aimerais voir ce qu'est vraiment le Fox Den. »

L'idée de rencontrer les amis de Dylan, d'entrer dans son monde comme il était entré dans le mien, était à la fois excitante et terrifiante. Mais en regardant son visage plein d'espoir et d'enthousiasme, je découvris que je voulais être assez courageuse pour essayer.

« Je suppose », dis-je, en essayant d'adopter un détachement académique et en échouant complètement lorsque ma voix sortit chaleureuse et enthousiaste, « que cela constituerait une recherche anthropologique précieuse. »

« Une recherche anthropologique », répéta Dylan en riant. « C'est comme ça qu'on va appeler ça ? »

« Tu préférerais "échange culturel" ? »

« Je préférerais appeler ça par son nom », dit-il, son expression s'attendrissant. « Le fait que tu sois prête à me faire confiance pour te présenter à ma famille. »

Famille. Le mot s'installa dans ma poitrine comme une pièce manquante qui s'emboîte parfaitement. Parce que c'est ce que les métamorphes-renards étaient pour Dylan, n'est-ce pas ? Sa famille de cœur, sa meute, les gens qui l'avaient soutenu bien avant que j'entre dans sa vie.

Pour moi, la famille avait toujours signifié distance, attentes et obligations. Mais la version de Dylan ressemblait à des rires, du chaos et une loyauté sans faille. Et peut-être — pour la première fois — je me demandai ce que ça ferait d'être choisie, au lieu d'être une évidence.

J'hésitai. Pas parce que je ne voulais pas dire oui, mais parce que dire oui signifiait le laisser voir à quel point je voulais appartenir à quelque chose.

Et il voulait que je les rencontre.

« Quand ? » demandai-je.

La question ouvrit un flot d'angoisses que je n'avais pas anticipées. Que portait-on à un feu de joie de métamorphes-renards ? Devais-je préparer des sujets de conversation, ou cela paraîtrait-il gênant et trop formel ? Je planifiais déjà trois excuses polies différentes que je pourrais utiliser si la soirée tournait au désastre, tout en espérant simultanément que je n'en aurais besoin d'aucune.

L'image de Dylan dans son élément — entouré d'amis qui l'adoraient manifestement, animé et détendu d'une manière que je n'avais qu'entraperçue — me rendait curieuse malgré ma nervosité. Comment serait-ce de le voir à travers leurs yeux ? De comprendre le monde qui l'avait façonné avant que nos chemins ne se croisent ?

Peut-être que je voulais savoir si je pouvais trouver ma place dans ce monde, même temporairement.

« Demain soir, si tu es libre. Je te préviens, ils sont bruyants, chaotiques, et ils essaieront probablement de t'apprendre à jouer au poker avec de la magie d'illusion mineure. »

« J'apporterai mon manuel sur les probabilités statistiques. »

Le rire de Dylan emplit l'Observatoire, se mêlant aux carillons de cristal qui résonnaient encore de leur mystérieuse mélodie. « Lyra Lumina, je pense que tu vas t'intégrer mieux que tu ne le crois. »

Alors que notre magie continuait à peindre des motifs d'aurores sur le dôme au-dessus de nous, je me suis surprise à penser que peut-être, dévier du plan n'était pas une perspective si effrayante après tout.

Surtout si cela signifiait plus de soirées comme celle-ci, plus de découvertes qui n'avaient rien à voir avec la réussite académique et tout à voir avec la façon dont Dylan me regardait, comme si j'étais l'énigme la plus fascinante qu'il ait jamais rencontrée.

Une énigme qu'il était sincèrement impatient de résoudre.

CHAPITRE NEUF
PARALLÈLE DE LA FAMILLE DE CŒUR

LYRA

J'ai changé de tenue trois fois avant d'opter pour ce qui, je l'espérais, constituait le juste équilibre entre un air accessible et une tenue appropriée pour un rassemblement en extérieur. Le pull vert foncé semblait moins formel que mes robes habituelles, mais pas au point de suggérer que je faisais trop d'efforts pour m'intégrer. Ce que je ne faisais absolument pas. Il s'agissait purement d'une recherche anthropologique sur les dynamiques sociales des métamorphes renards.

Même à mes propres yeux, le mensonge semblait cousu de fil blanc.

Debout devant Reynard Hall à sept heures et demie précises, je pouvais entendre les bruits du rassemblement de la Tanière des Renards avant même de le voir. Des rires fusaient de derrière le bâtiment, ponctués par ce qui semblait être quelqu'un racontant une histoire complexe à un public conquis. L'odeur de la fumée de bois et des guimauves grillées flottait dans l'air du soir, mêlée à l'énergie magique distinctive qui semblait imprégner tout espace où les métamorphes renards se rassemblaient.

Ça sentait le chaos contrôlé. Ça sentait Dylan.

Mes mains tremblaient légèrement tandis que je suivais le chemin de pierre qui contournait le bâtiment, et je me suis forcée à m'arrêter pour respirer un instant. C'étaient les amis de Dylan — sa famille, comme il les avait appelés. Les gens qui le connaissaient bien avant mon arrivée dans sa vie, qui l'avaient vu se débattre avec sa magie, qui l'avaient soutenu à travers les épreuves qui l'avaient mené à l'UPN.

Les gens dont l'approbation pourrait déterminer si j'avais vraiment ma place dans son monde.

« Lyra ! »

La voix de Dylan, chaleureuse et ravie, a percé ma spirale d'angoisse. Il a surgi d'un bouquet de pins, son visage illuminé par un bonheur sincère de me voir. Le soulagement qui m'a envahie était d'une intensité embarrassante.

« Tu es venue », a-t-il dit en m'atteignant en quelques enjambées rapides.

« J'avais dit que je viendrais. »

« Je sais, mais... » Il a marqué une pause, étudiant mon visage avec ses yeux verts perçants. « Tu es nerveuse ? »

Cela ne servait à rien de mentir. « Terrifiée. »

L'expression de Dylan s'est adoucie. « Hé. Ce ne sont que les gars. Ils vont t'adorer. »

« Tu crois ? » La question est sortie plus fluette que je ne l'avais voulu. « Dylan, je ne suis pas vraiment connue pour mes compétences sociales. Et si je disais quelque chose de travers, ou s'ils me trouvaient trop formelle, ou si... »

« Lyra. » Dylan s'est approché, ses mains se posant doucement de chaque côté de mon visage. « Tu es brillante, gentille et drôle quand tu t'autorises à l'être. Quiconque ne le voit pas est un idiot. »

« Mais et si… »

« Et s'ils voyaient exactement ce que je vois quand je te regarde ? » Les pouces de Dylan ont tracé de doux motifs sur mes pommettes. « Quelqu'un d'extraordinaire qui se cache derrière la perfection académique parce qu'elle a oublié à quel point elle est incroyable juste en étant elle-même ? »

Ces mots m'ont touchée plus profondément qu'ils n'auraient dû. Depuis combien de temps personne ne m'avait-il vue comme plus que la protégée du professeur Lumina ou le service de tutorat du campus ? Depuis combien de temps quelqu'un s'était-il soucié de Lyra plutôt que de ce que Lyra pouvait faire pour lui ?

« D'accord », ai-je dit doucement. « Allons rencontrer ta famille. »

Le sourire de Dylan était radieux. « C'est ma belle. »

Ma belle. La possessivité désinvolte dans sa voix fit éclore quelque chose de chaud dans ma poitrine.

Il a pris ma main, ses doigts s'entrelaçant avec les miens, et m'a entraînée vers les sons du rassemblement. « Je te préviens : ils vont probablement te poser des questions sur la théorie de la magie de partenariat. Et essayer de t'apprendre le poker. Et potentiellement te convaincre de les aider pour la farce élaborée qu'ils préparent pour la semaine prochaine. »

« Je vais essayer de me retenir de corriger leur technique magique. »

« Surtout, ne te retiens pas. Kieran est devenu bien trop arrogant avec ses illusions. »

Le rassemblement de la Tanière des Renards se tenait dans une petite clairière derrière Reynard Hall, où quelqu'un avait bâti un véritable feu de joie entouré d'une collection éclectique de bûches, de chaises de camping et de ce qui semblait être plusieurs meubles ensorcelés pour se réarranger en sièges selon les besoins. Des guirlandes lumineuses étaient suspendues entre les arbres, baignant la scène d'une illumination chaude et dorée qui lui donnait des allures de conte de fées.

Une quinzaine de métamorphes renards étaient dispersés autour du feu, certains faisant griller des guimauves, d'autres engagés dans ce qui ressemblait à un débat intense sur la théorie magique. Une partie de cartes se déroulait sur une table flottant dans les airs, qui changeait constamment de hauteur pour s'adapter à des joueurs de différentes tailles. Quelqu'un avait apporté une guitare et jouait une musique de fond douce qui se mariait à merveille avec le crépitement du feu.

L'endroit semblait confortable. Accueillant. Le genre de rassemblement que j'avais toujours observé de loin, mais auquel je n'aurais jamais pensé être invitée.

« Tout le monde », a lancé Dylan, sa voix portant sans effort à travers la clairière. « Je vous présente Lyra. »

L'effet fut immédiat et quelque peu écrasant. Les conversations se sont interrompues, les têtes se sont tournées dans notre direction, et soudain, je suis devenue le centre de plus d'attention amicale que je n'en avais reçu depuis des années. Mais au lieu du jugement ou du dédain que j'avais à moitié anticipé, j'ai vu une curiosité sincère et ce qui ressemblait à un accueil prudent.

« Alors, c'est vous qui occupez tant Dylan », a dit un métamorphe renard aux cheveux argentés qui s'est levé de l'une des chaises de camping. Il était plus âgé que les autres, avec le genre d'autorité naturelle qui suggérait un meneur. « Je suis Jasper Wilde, la mère poule non officielle de cette bande chaotique. »

« Lyra Lumina », ai-je répondu en acceptant la main qu'il me tendait. « Merci de m'avoir invitée. »

« Dylan nous a pas mal parlé de vous », a poursuivi Jasper

avec un sourire entendu. « Mais je soupçonne qu'il a omis certains des détails les plus intéressants. »

« Jasper », a prévenu Dylan, mais il y avait de l'affection dans sa voix.

« Quoi ? Je dis juste que ce n'est pas tous les jours que quelqu'un réussit à faire en sorte que Dylan passe volontairement du temps à la bibliothèque. »

Un métamorphe renard aux cheveux roux et au regard espiègle s'est approché d'un bond. « Je m'appelle Finn MacTiernan. Dylan dit que tu es une sorte de génie de la magie. C'est vrai que tu peux rendre des équations solides ? »

« C'est une application théorique de... » ai-je commencé, avant de me reprendre. Ce n'était pas un amphithéâtre. « Oui. Sous certaines conditions. »

« C'est incroyable », a dit Finn avec un enthousiasme sincère. « Tu pourrais nous montrer un de ces jours ? Je travaille sur une farce qui bénéficierait bien d'un petit soutien mathématique solide. »

Malgré moi, je me suis surprise à sourire. « Quel genre de farce ? »

« Eh bien, si tu pouvais rendre les calculs de notes du professeur Blitzen temporairement solides, on pourrait les réarranger pour former des motifs plus... esthétiques. »

« Ce serait de la fraude académique », ai-je fait remarquer.

« Seulement si on changeait les notes. On parle juste d'une présentation créative. »

La façon désinvolte dont Finn discutait de l'éthique magique — sans la rejeter, mais en trouvant des manières créatives de contourner les limites — était étrangement charmante. Ce n'était pas le chaos irresponsable auquel je m'attendais d'après les descriptions de Dylan. C'était de la malice structurée, soigneusement planifiée pour éviter tout préjudice réel.

« Finn, laisse-la tranquille », a lancé une autre voix. Un méta-morphe renard avec des mèches blanches distinctives dans ses cheveux sombres s'est approché, l'air légèrement exaspéré. « Je suis Kieran Frost. Il faut bien que quelqu'un empêche ces idiots d'exposer accidentellement nos signatures magiques à la moitié du corps professoral. »

« Kieran est notre voix de la raison », a expliqué Dylan. « Pour ce qu'elle vaut. »

« Hé », a protesté Kieran. « J'ai réussi à les dissuader d'en-chanter toute la salle à manger pour qu'elle joue du Wagner pendant le petit-déjeuner. »

« Seulement parce que tu voulais garder l'idée pour le bal d'hiver », a souligné Finn.

Alors que les taquineries bon enfant se poursuivaient autour de moi, je me suis sentie me détendre d'une manière que je n'avais pas anticipée. La conversation coulait de source, sautant de la théorie magique aux potins du campus, en passant par des spécu-lations élaborées sur la vie personnelle des professeurs. Personne ne semblait attendre de moi que je prouve ma valeur ou que je fasse étalage de mes diplômes. Ils m'avaient simplement... incluse.

« Lyra », a dit Jasper pendant une accalmie dans la conversa-tion, « Dylan a mentionné que vous faisiez des recherches sur la magie de partenariat. C'est un travail fascinant, et historiquement significatif, aussi. »

« Vous connaissez la magie de partenariat ? » ai-je demandé, surprise.

« Ma grand-mère racontait des histoires. Elle disait que c'était plus courant autrefois, avant que l'enseignement magique indivi-duel ne devienne la norme. » L'expression de Jasper est devenue pensive. « Elle a toujours prétendu que les anciennes méthodes produisaient une magie plus puissante, des sortilèges plus stables. »

« Les textes anciens soutiennent cette théorie », ai-je dit, me retrouvant entraînée dans une discussion académique malgré le cadre informel. « La magie de partenariat semble créer des effets composés qui dépassent la somme des capacités individuelles. »

« C'est ce qui se passe avec toi et Dylan ? » a demandé Kieran sans détour.

J'ai senti la chaleur me monter au cou. « Nous sommes encore en train de collecter des données... »

« Oh, allez », a interrompu Finn avec un grand sourire. « Tout le campus sait que quelque chose de magique s'est produit à la Bibliothèque des Lumières la semaine dernière. Les passages secrets ne se révèlent pas comme ça pour de simples séances de tutorat. »

« Comment avez-vous... » ai-je commencé, avant de m'interrompre. Bien sûr que le mot s'était répandu. Le réseau de rumeurs de l'UPN était plus efficace que la plupart des systèmes de communication officiels.

« Alors c'est vrai ? » Un jeune métamorphe renard que je n'avais pas encore rencontré s'est penché en avant, avide. « Vous avez vraiment trouvé d'anciens trucs sur la magie de partenariat ? »

« Nous avons découvert une chambre qui semble avoir été scellée depuis la fondation de l'université », ai-je dit prudemment. « Elle contient des informations historiques sur les partenariats magiques. »

« C'est trop cool », a soufflé le jeune métamorphe. « Tu penses que d'autres personnes pourraient apprendre la magie de partenariat ? Ou est-ce que ça ne concerne que certaines combinaisons ? »

La question était exactement celle qui m'empêchait de dormir la nuit. « Je ne sais pas encore. La recherche n'en est qu'à ses débuts. »

« Mais vous et Dylan avez une compatibilité naturelle », a observé Jasper. « C'est évident rien qu'en vous regardant tous les deux. »

J'ai jeté un coup d'œil à Dylan, qui était assis si près que nos genoux se frôlaient presque. Il a intercepté mon regard et a souri, de ce genre d'expression chaleureuse et intime qui faisait bondir mon pouls.

« Il semblerait », ai-je admis.

« Eh bien », a dit Kieran avec un sérieux surprenant, « si la magie de partenariat est réelle — si c'est quelque chose qui peut être appris ou développé — ça pourrait tout changer dans notre façon de comprendre l'enseignement de la magie. »

« Ça pourrait », ai-je convenu. « C'est pourquoi nous procédons avec prudence. »

« Intelligent », a acquiescé Jasper d'un signe de tête approbateur. « L'administration a tendance à être... réticente aux changements dans le programme d'études magiques. »

Quelque chose dans son ton suggérait qu'il parlait d'expérience.

« En parlant de l'administration », a dit Finn avec un sourire malicieux, « est-ce que quelqu'un a parlé à Lyra du Grand Opéra des Gargouilles ? »

« Ne commence pas », a prévenu Dylan.

« Qu'est-ce que le Grand Opéra des Gargouilles ? » ai-je demandé, la curiosité l'emportant sur la prudence.

« Ce n'est rien », a dit Dylan rapidement.

« C'est génial », a rétorqué Kieran. « On travaille sur un sort qui ferait interpréter aux gargouilles de Frost Hall une version rock opéra complète du Fantôme de l'Opéra. Avec changements de costumes et pyrotechnie. »

Je les ai dévisagés. « Vous voulez transformer des éléments architecturaux en artistes de théâtre ? »

« Pas n'importe quels éléments architecturaux », a dit Finn fièrement. « Des éléments architecturaux animés par magie avec un historique documenté de réaction aux enchantements créatifs. »

« Rien que les sortilèges seraient incroyablement complexes », ai-je dit lentement. « Vous devriez coordonner des charmes d'animation individuels avec une projection audio synchronisée, plus la magie d'illusion que vous utilisez pour les costumes... »

« Exactement ! » Les yeux de Kieran se sont illuminés. « On est bloqués sur le problème de synchronisation depuis des semaines. »

« Et la pyrotechnie nécessiterait une intégration minutieuse avec l'animation de la pierre pour éviter un retour de flamme magique », ai-je poursuivi, mon esprit analysant automatiquement les défis théoriques.

« Voilà, tu commences à comprendre », a dit Finn avec satisfaction.

J'ai réalisé, avec une certaine surprise, que c'était le cas. La complexité magique de leur farce était véritablement impressionnante, nécessitant le genre de sortilèges multicouches que la plupart des étudiants n'essaieraient pas avant les cours avancés.

« Comment comptiez-vous gérer la synchronisation audio ? » ai-je demandé.

« On n'était pas sûrs », a admis Dylan. « On débattait pour savoir s'il fallait utiliser des charmes de projection vocale individuels pour chaque gargouille ou essayer de créer un enchantement maître qui pourrait tout coordonner. »

« Un enchantement maître serait plus efficace », ai-je dit d'un air songeur. « Mais il vous faudrait un moyen de tenir compte des signatures magiques individuelles de chaque gargouille. Elles absorbent la magie ambiante depuis des décennies — elles ont probablement chacune des schémas de résonance légèrement différents maintenant. »

Les métamorphes renards ont échangé des regards.

« Tu pourrais nous aider à trouver la solution ? » a demandé Kieran, plein d'espoir.

J'ai regardé le cercle de visages dans l'attente, le sourire encourageant de Dylan, la façon décontractée dont ils avaient tous accepté ma présence et mon expertise. Ce n'étaient pas des farceurs irresponsables cherchant quelqu'un d'autre pour faire leur travail. C'étaient des étudiants véritablement talentueux qui avaient rencontré un problème magique complexe et voulaient collaborer pour trouver une solution.

C'était exactement le genre de défi intellectuel que j'avais toujours aimé.

« Je suppose », ai-je dit lentement, « que je pourrais jeter un œil à votre structure de sortilèges. Purement par intérêt académique, bien entendu. »

« Intérêt académique », a répété Jasper avec un sourire entendu. « Bien sûr. »

« Mais », ai-je poursuivi, « si je dois aider pour quelque chose d'aussi complexe, nous allons le faire correctement. Avec une base théorique magique complète, des protocoles de sécurité, et absolument aucun lancement de sort tant que nous ne sommes pas certains de pouvoir en contrôler les résultats. »

« Oui, chef », a dit Finn avec une solennité feinte.

« Et quelqu'un doit rechercher s'il existe des précédents historiques d'animation de l'architecture universitaire. Je refuse de déclencher accidentellement une sorte de protection institutionnelle. »

« Je m'en occupe », s'est porté volontaire Kieran.

« Bien. Dylan, j'aurai besoin de mesures détaillées des schémas de résonance magique de chaque gargouille. »

« Je m'en charge », a dit Dylan en souriant.

« Et si quelqu'un pose la question, il s'agit d'un exercice théorique en magie collaborative avancée. Nous ne prévoyons absolument pas de lancer des enchantements non autorisés sur la propriété de l'université. »

« Compris », ont-ils répondu en chœur.

Alors que la conversation bifurquait vers les détails techniques et la théorie magique, je me suis retrouvée entraînée dans le genre de résolution de problèmes collaborative que j'avais toujours aimée, mais que j'avais rarement eu l'occasion de pratiquer. Les métamorphes renards abordaient la magie avec une créativité et une flexibilité qui complétaient parfaitement mon approche analytique plus structurée.

On aurait dit de la magie de partenariat à plus grande échelle.

Environ une heure plus tard, alors que le feu se consumait en braises confortables et que l'air du soir se rafraîchissait, je me suis retrouvée assise entre Dylan et Kieran, débattant des subtilités de la théorie de l'animation des gargouilles pendant que Finn esquissait des diagrammes de sortilèges dans la terre avec un bâton.

« Vous savez », a dit Jasper pendant une pause dans la discussion technique, « c'est la fois où je vois ces gars les plus concentrés depuis des mois. »

« La rigueur académique est contagieuse », ai-je répondu, avant de réaliser à quel point cela sonnait formel. « Je veux dire... »

« Elle veut dire que nous sommes tous des nerds dans l'âme », a dit Dylan avec affection. « On l'exprime juste différemment. »

« Certains d'entre nous l'expriment par des farces élaborées », a ajouté Kieran.

« Certains d'entre nous l'expriment en transformant la magie théorique en démonstrations spectaculaires », a renchéri Finn.

« Et certains d'entre nous », ai-je dit, me surprenant moi-même par l'aisance de ma réponse, « l'expriment en trouvant comment rendre l'impossible possible. »

« Ça », a dit Jasper avec satisfaction, « ça ressemble exactement au genre d'approche dont ce groupe a besoin. »

Alors que le rassemblement commençait à se terminer, divers métamorphes renards retournant vers la résidence, j'ai réalisé que j'étais sincèrement réticente à partir. La camaraderie facile, la stimulation intellectuelle, la façon dont ils m'avaient accueillie non pas comme la petite amie de Dylan ou la protégée du professeur Lumina, mais simplement comme Lyra — c'était tout ce dont j'ignorais avoir manqué.

« Alors », a dit Dylan alors que nous retournions ensemble vers le campus principal, « qu'est-ce que tu en as pensé ? »

« Ils ne sont pas ce à quoi je m'attendais », ai-je admis.

« Déçue ? »

« Le contraire. » J'ai regardé en arrière vers Reynard Hall, où des lumières chaudes brillaient encore à plusieurs fenêtres. « Ils sont brillants. Et gentils. Et ils m'ont acceptée sans toute cette posture académique habituelle. »

« C'est vrai, n'est-ce pas ? » La voix de Dylan portait une note de surprise satisfaite. « Bien que je doive dire que je ne les ai jamais vus aussi enthousiastes à propos de la théorie des sortilèges. »

« L'opéra des gargouilles est un travail vraiment impressionnant. Assez complexe pour défier des étudiants de troisième cycle. »

« Et tu vas vraiment les aider à le mettre au point ? »

J'ai réfléchi à la question. Une semaine plus tôt, la réponse aurait été un non immédiat. Expérimentation magique non autorisée, dommages matériels potentiels, possibles conséquences académiques — trop de variables, trop de risques.

Maintenant, en pensant à la façon dont les yeux de Kieran s'étaient illuminés quand j'avais expliqué la théorie des schémas de résonance, ou comment Finn avait immédiatement saisi les implications des charmes d'animation composés, j'ai constaté que ma perspective avait changé.

« Je suppose que oui », ai-je dit. « Bien que je maintienne qu'il s'agit d'une recherche purement théorique. »

Le rire de Dylan a résonné sur le campus silencieux. « Bien sûr. »

« C'est le cas », ai-je insisté, puis j'ai marqué une pause. « Dylan ? »

« Oui ? »

« Merci. De m'avoir présentée à eux. De m'avoir permis de faire partie de ça. »

Dylan s'est arrêté de marcher et s'est tourné vers moi, son expression sérieuse au clair de lune. « Lyra, tu n'as pas besoin de ma permission pour faire partie de quoi que ce soit. Ils t'ont appréciée parce que tu es incroyable, pas parce que tu es avec moi. »

« Mais si tu ne m'avais pas invitée... »

« Alors j'aurais été un idiot qui aurait gardé la meilleure partie de sa vie séparée de sa famille. » L'expression de Dylan est devenue plus vulnérable. « J'avais peur que tu les trouves trop déjantés, ou que tu me trouves trop déjanté. Que peut-être tu verrais cette partie de moi et déciderais que je n'étais pas... assez. »

Dylan a levé la main pour glisser une mèche de cheveux derrière mon oreille. « C'est moi qui devrais te remercier d'avoir été assez courageuse pour me faire confiance avec ça. »

Debout là, dans l'air calme du soir, entourée par les flèches familières de l'UPN mais ayant l'impression de tout voir avec un nouveau regard, j'ai réalisé que quelque chose d'important avait changé.

Le professeur Lumina avait valorisé la réussite par-dessus tout. Nos dîners avaient été des affaires calmes et formelles — des conversations sur les étapes académiques et les objectifs de recherche, des attentes exposées avec la précision de preuves mathématiques. Pas de rires, pas de feux de joie, pas de parties de cartes autour de meubles enchantés. Et certainement aucune acceptation basée sur quelque chose d'aussi simple que d'être soi-même.

Bien que je comprenne pourquoi le professeur Lumina m'avait élevée avec une discipline aussi structurée — elle voulait que je réussisse dans un monde qui n'acceptait pas facilement les orphelins magiques —, je n'avais jamais connu la chaleur de l'appartenance pour la simple raison de qui j'étais.

Pour la première fois depuis des années, je me sentais à ma place, au-delà des confins de la réussite académique.

J'avais l'impression d'avoir trouvé ma propre famille de cœur.

Et peut-être, juste peut-être, que c'était la découverte la plus magique de toutes.

CHAPITRE DIX
LE FARCEUR FRAPPE

DYLAN

Le premier signe de problème est apparu trois jours après la visite de Lyra à la Tanière du Renard, lorsque je suis arrivé au cours de Théorie avancée de la métamorphose et que j'ai trouvé la professeure Moonheart avec l'air de quelqu'un à qui on venait de dérober sa boule de cristal préférée.

« M. Vixen, dit-elle avant même que je sois complètement entré dans la salle de classe, veuillez rester après le cours. Nous devons discuter de certains développements préoccupants. »

Mon estomac se noua. D'après mon expérience, « développements préoccupants » était le jargon universitaire pour « vous avez de gros ennuis et nous en avons la preuve ».

Le cours se déroula avec le mélange habituel de discussion théorique et d'exercices pratiques, mais il me fut impossible de me concentrer. Ma pratique de la métamorphose était encore plus instable que d'habitude : ma forme de renard vacillait d'énergie nerveuse, ma queue refusant de conserver des proportions correctes. Au moment où la professeure Moonheart congédia les autres étudiants, j'étais quasiment certain d'avoir échoué à l'évaluation que nous venions de passer, quelle qu'elle soit.

« Dylan, dit la professeure Moonheart une fois que nous fûmes seuls, je vais vous poser une question directe, et j'ai besoin que vous y répondiez honnêtement. Avez-vous été impliqué dans des expérimentations magiques non autorisées récemment ? »

Définissez « non autorisées », pensai-je, mais je parvins à garder une expression neutre. « Quel genre d'expérimentations ? »

« Le genre qui pourrait déstabiliser les enchantements existants sur le campus. » Ses yeux argentés étaient perçants, scrutateurs. « Plusieurs professeurs ont signalé des irrégularités dans les protections de leurs salles de classe. Des fluctuations qui suggèrent que quelqu'un a testé des applications de la magie de partenariat. »

Mon sang se glaça. « La magie de partenariat ? »

« Ne jouez pas les innocents, Dylan. Vos... dispositions de tutorat avec Mlle Lumina ont été remarquées. Tout comme le fait que vous avez passé un temps considérable dans des zones du campus où vous n'avez aucune raison académique de vous trouver. »

« Je n'ai rien fait de mal », dis-je, ce qui était techniquement vrai si l'on ignorait toute l'histoire de « projeter d'enchanter des éléments architecturaux ».

« Peut-être pas intentionnellement. Mais la magie de partenariat est dangereuse, Dylan. Imprévisible. Ce n'est pas pour rien qu'elle est tombée en désuétude il y a des siècles. »

« Pour quelle raison ? »

La professeure Moonheart m'étudia un long moment. « Parce que les partenariats peuvent devenir des dépendances. Parce que les liens magiques, une fois formés, peuvent être difficiles à rompre. Et parce que le type de pouvoir généré par de véritables

partenariats magiques s'est historiquement avéré... difficile à
réguler pour les institutions. »

La façon dont elle prononça « réguler » rendit le mot particulièrement inquiétant.

« Êtes-vous en train de me dire d'arrêter de travailler avec
Lyra ? »

« Je suis en train de vous dire d'être prudent. Très prudent.
Certains membres du corps professoral estiment que la recherche
sur la magie de partenariat devrait être entièrement suspendue. »
Elle rassembla ses affaires avec des mouvements secs et précis.
« Je vous suggère, à vous et à Mlle Lumina, de mener vos études
avec beaucoup plus de discrétion. »

Je quittai sa salle de classe l'esprit tournant à plein régime.
Quelqu'un nous observait. Quelqu'un avait remarqué les fluctuations magiques que notre partenariat créait. Et quelqu'un pensait
que nous étions assez dangereux pour mériter un avertissement
officiel.

La question était : qu'allions-nous faire à ce sujet ?

Je trouvai Lyra à la Bibliothèque des Lumières, qui était devenue
notre lieu de rendez-vous par défaut depuis la découverte de la
chambre cachée. Elle était entourée d'encore plus de livres que
d'habitude, ses cheveux sombres tombant comme un rideau alors
qu'elle se penchait sur ce qui ressemblait à des dossiers historiques sur les politiques de régulation magique.

« Des recherches pour notre projet de gargouilles ? » demandai-je en m'installant sur la chaise en face d'elle.

« Des recherches pour savoir pourquoi la professeure Lumina
m'a posé des questions insistantes sur mon emploi du temps
d'étude, répondit Lyra sans lever les yeux. Et pourquoi le doyen

des Études Magiques a demandé à me rencontrer la semaine prochaine. »

Mon estomac se serra davantage. « Ils te mettent la pression à toi aussi ? »

« La professeure Moonheart ? »

« Elle est au courant pour la magie de partenariat. Elle dit que certains professeurs veulent que la recherche soit suspendue. »

Lyra leva enfin les yeux, et je pus voir l'inquiétude gravée sur ses traits. « C'est ce que je craignais. Dylan, et si nous étions allés trop loin, trop vite ? Et si les fluctuations magiques que nous créons étaient réellement dangereuses ? »

« Est-ce qu'elles le sont ? »

« Je ne sais pas », admit-elle, et l'incertitude dans sa voix était plus troublante que n'importe quel avertissement direct. « J'ai parcouru les archives historiques, en essayant de trouver des précédents à ce que nous vivons. La plupart de la documentation sur la magie de partenariat a été délibérément occultée ou retirée des archives. »

« Retirée par qui ? »

« C'est ça qui m'inquiète. Selon ces registres administratifs, il y a eu une purge systématique de la recherche sur la magie de partenariat à la fin des années 1800. Raison officielle : "Protéger les étudiants des pratiques magiques instables." »

« Et la raison non officielle ? »

L'expression de Lyra était sombre. « La peur. La magie de partenariat devenait trop puissante, trop indépendante du contrôle institutionnel. Les étudiants formaient des liens qui surpassaient leur loyauté envers la structure universitaire. »

Je pensai à la sensation de notre magie lorsqu'elle se connectait : sauvage, libre, illimitée par les contraintes prudentes qui régissaient les sorts individuels. Si nous pouvions apprendre à d'autres à accéder à ce genre de pouvoir...

« Ils ont peur qu'on déclenche une révolution », dis-je lentement.

« Ils ont peur qu'on prouve que tout ce sur quoi ils ont bâti leur autorité est fondamentalement défaillant. » Lyra referma le livre qu'elle lisait d'un coup sec. « Dylan, et s'ils essayaient de nous séparer ? Et s'ils décidaient que notre partenariat est trop dangereux pour continuer ? »

Cette pensée me frappa comme un coup de poing. Perdre Lyra ? Perdre la connexion qui avait enfin donné un sens à ma magie, qui m'avait fait me sentir entier pour la première fois de ma vie ?

« Ils ne peuvent pas faire ça », dis-je, mais alors même que les mots quittaient ma bouche, je savais qu'ils n'étaient pas vrais. L'administration pouvait faire ce qu'elle voulait : réaffecter les partenariats de tutorat, restreindre l'accès à certaines zones du campus, même renvoyer des étudiants pour « expérimentation magique non autorisée ».

« En fait, dit une nouvelle voix derrière nous, si, ils le peuvent. Et ils prévoient déjà de le faire. »

Nous nous retournâmes tous les deux pour trouver Marcus Evergreen s'approchant de notre table, ses cheveux argentés captant l'éclairage magique d'une manière qui le faisait paraître plus âgé, plus sérieux que d'habitude.

« Marcus ? » La voix de Lyra était soigneusement neutre. « Qu'est-ce que tu fais ici ? »

« Je viens vous prévenir. » Marcus jeta un regard autour de la bibliothèque, puis se rapprocha et baissa la voix. « Mon père siège au Conseil de Régulation Magique. Ils ont reçu une plainte officielle concernant des recherches non autorisées sur la magie de partenariat menées à la NPU. »

« Une plainte de qui ? » demandai-je, bien que j'étais presque sûr de ne pas vouloir connaître la réponse.

« Du professeur Arcturus de la Cour d'Hiver. » L'expression de Marcus était contrite mais déterminée. « Apparemment, certaines... parties intéressées ont eu vent de votre découverte de la chambre cachée. Ils prétendent que la recherche sur la magie de partenariat représente une menace pour la hiérarchie magique établie. »

Lyra devint très pâle. « La Cour d'Hiver est impliquée ? »

« Qui est ce professeur Arcturus ? » demandai-je, bien que ce nom remuât quelque chose de désagréable dans ma mémoire.

« Le même professeur Arcturus qui m'a envoyé à la NPU, dit Marcus tranquillement. Dylan, c'est lui qui... surveille tes progrès académiques depuis que tu es arrivé. »

Les pièces du puzzle s'assemblèrent avec une clarté écœurante. Le mystérieux bienfaiteur qui avait assuré mon admission malgré des notes médiocres. La pression subtile pour exceller sur le plan académique. La façon dont certains professeurs semblaient en savoir plus sur mes difficultés magiques que je ne leur en avais jamais dit.

« Il m'observait », dis-je.

« Il vous observait tous les deux », corrigea Marcus. « La découverte de la magie de partenariat a apparemment été le déclencheur qu'il attendait. »

« Le déclencheur de quoi ? » exigea Lyra.

Marcus hésita, puis parut prendre une décision. « Pour prouver que la magie de partenariat est intrinsèquement instable et dangereuse. Pour vous faire renvoyer tous les deux de la NPU afin de servir d'avertissement aux autres étudiants qui pourraient être tentés d'explorer des pratiques magiques interdites. »

Les mots tombèrent dans le silence comme une malédiction. Renvoyés. Séparés. Tout ce que nous avions découvert, tout ce que nous avions construit ensemble, détruit parce que quelqu'un d'autre avait peur de ce que nous représentions.

« Marcus, dit Lyra doucement, pourquoi tu nous dis ça ? Tu pourrais avoir de sérieux ennuis pour avoir partagé des informations du Conseil. »

L'expression de Marcus devint conflictuelle. « Parce que mon père n'a pas toujours pensé comme ça. Il avait l'habitude de raconter des histoires sur les anciens partenariats, avant la répression réglementaire. Il disait que c'était la plus belle magie dont il ait jamais été témoin. » Sa voix baissa. « Il a changé après avoir rejoint la Cour d'Hiver. Il a commencé à croire que la hiérarchie magique était plus importante que la liberté magique. Je ne veux pas vous voir devenir les victimes de son... évolution. »

« Il doit y avoir quelque chose que nous puissions faire », dis-je désespérément.

« Il y en a une, répondit Marcus. Mais ça ne va pas vous plaire. »

« Quoi ? »

« Arrêtez. Complètement. Mettez fin à la recherche sur la magie de partenariat, évitez-vous sauf pour les séances de tutorat supervisées, et espérez qu'ils décident que vous avez appris votre leçon. »

« Non. » Le mot sortit plat, final. « Absolument pas. »

« Dylan... » commença Lyra.

« Non, répétai-je en me levant si vite que ma chaise crissa sur le sol. Je ne renonce pas à ça. Je ne renonce pas à toi. Pas parce qu'un politicien d'un autre âge a peur que les étudiants découvrent qu'ils n'ont pas besoin de la permission de l'institution pour être puissants. »

« Baisse la voix », siffla Marcus en jetant des regards nerveux autour de lui.

Mais la discrétion m'importait peu. « C'est exactement ce qu'ils veulent, n'est-ce pas ? Qu'on ait si peur des conséquences qu'on s'autocensure. Eh bien, j'en ai fini d'avoir peur. »

« Dylan, s'il te plaît, dit Lyra en attrapant ma main. Peut-être que Marcus a raison. Peut-être qu'on devrait prendre du recul, être plus prudents... »

« Être plus prudents ? » Je la dévisageai, incrédule. « Lyra, il y a trois jours, tu aidais mes amis à planifier des farces magiques élaborées. Tu riais, tu étais toi-même, tu découvrais ce que ça faisait d'avoir sa place quelque part. Vas-tu vraiment les laisser te prendre ça ? »

« J'essaie de protéger ce que nous avons », dit-elle doucement.

« En le cachant ? En prétendant que ça n'existe pas ? »

« En étant intelligents. »

« Intelligents. » Je ris, mais il n'y avait aucune gaieté dans ce son. « Tu sais ce qui est intelligent, Lyra ? Reconnaître que certaines choses valent la peine qu'on se batte pour elles. »

Je me tournai pour partir, puis m'arrêtai et regardai Marcus. « Dis à ton père et à ses amis de la Cour d'Hiver que s'ils veulent nous arrêter, ils vont devoir faire mieux que des plaintes anonymes et des tactiques d'intimidation. »

« Dylan, attends... » cria Lyra derrière moi, mais je m'éloignais déjà.

J'avais besoin d'air. J'avais besoin d'espace pour penser. Et j'avais besoin de trouver un moyen de protéger la chose la plus importante qui me soit jamais arrivée sans perdre la personne qui lui donnait tout son sens.

Je me retrouvai sur le toit de Frost Hall, qui était devenu mon refuge de prédilection pour gérer mes émotions complexes depuis que j'avais découvert l'escalier d'accès pendant ma première année. Les gargouilles étaient silencieuses maintenant, leur enchantement dormant, mais je pouvais encore sentir la magie résiduelle de nos récentes expériences de farces.

La magie de partenariat est dangereuse, avait dit la professeure Moonheart. *Difficile à réguler.*

C'était peut-être exactement là que résidait son intérêt.

J'étais si perdu dans mes pensées que je faillis manquer le bruit de pas dans les escaliers menant au toit. Je faillis manquer l'odeur familière d'air hivernal et de magie structurée qui signifiait que Lyra m'avait suivi.

« Dylan », dit-elle doucement, s'approchant avec les pas prudents de quelqu'un qui n'est pas sûr d'être le bienvenu.

« Tu es venue me dire que Marcus a raison ? » demandai-je sans me retourner. « Qu'on devrait abandonner tout ce qu'on a découvert parce que ça met les autres mal à l'aise ? »

« Je suis venue m'excuser. » Lyra se plaça à côté de moi au bord du toit, assez près pour que je sente la chaleur de sa présence. « Et te dire que tu as raison. »

Je la regardai enfin. « J'ai raison ? »

« Sur le fait de se battre pour les choses qui comptent. Sur le fait de ne pas laisser la peur décider pour nous. » Elle resta silencieuse un instant, contemplant le campus qui s'étendait sous nos pieds. « J'ai passé tellement d'années à être prudente, Dylan. À suivre les règles, à répondre aux attentes, à ne jamais prendre de risques qui pourraient compromettre mon statut académique. Et tu sais cc quc j'ai accompli ? »

« Des recherches magiques révolutionnaires ? »

« De la solitude », dit-elle simplement. « J'ai accompli beaucoup de solitude. Jusqu'à ce que je te rencontre. »

Quelque chose de serré dans ma poitrine commença à se détendre.

« Je ne veux pas retourner à ça, continua Lyra. Je ne veux pas prétendre que ce que nous avons n'est que du tutorat, ou que notre magie ne rend pas tout plus lumineux, ou que je ne suis pas tombée complètement amoureuse d'un métamorphe-renard qui

me rend assez courageuse pour enchanter des gargouilles et m'in-
cruster à des feux de joie. »

Mon cœur s'arrêta. « Est-ce que tu viens de... ? »

« De dire que je t'aime ? » Lyra se tourna complètement vers
moi, ses yeux pâles brillant de détermination. « Oui. C'est ce que
j'ai fait. Et si le professeur Arcturus et la Cour d'Hiver n'aiment
pas ça, ils peuvent... quel est le terme technique ?... aller se faire
mordre. »

Je la fixai un instant, puis me mis à rire. « Est-ce que Lyra
Lumina vient de dire à la Cour d'Hiver d'aller se faire mordre ? »

« Je crois bien que oui. »

« Et est-ce que tu viens de dire que tu m'aimes ? »

« Je crois bien que j'ai fait ça aussi. »

Je pris ses mains, la tirant plus près de moi. « Pour information, je t'aime aussi. Complètement, désespérément, et probablement depuis le moment où tu m'as sauvé la mise à l'examen de la
professeure Lumina. »

« Ça fait si longtemps ? »

« Probablement plus longtemps encore. » Je touchai son front
du mien. « Lyra, quoi qu'ils nous envoient... »

« Nous y ferons face ensemble, termina-t-elle. Partenaires. »

« Partenaires. »

Et puis, enfin, inévitablement, je l'embrassai.

Ce devait être un baiser doux, hésitant, un premier baiser qui
reconnaissait tout ce qui s'était construit entre nous. Au lieu de ça,
ce fut de la magie. De la magie littérale. Au moment où nos lèvres
se touchèrent, le pouvoir jaillit autour de nous : non pas l'énergie
chaotique de mes sorts habituels ou la précision contrôlée des
siens, mais quelque chose d'entièrement nouveau. Quelque chose
qui nous appartenait à tous les deux et à aucun de nous, quelque
chose qui chantait l'harmonie et la possibilité.

Les gargouilles autour de nous s'éveillèrent, non pas avec

l'animation contrôlée de nos enchantements planifiés, mais avec quelque chose de spontané et de joyeux. Elles se mirent à chanter ; pas de l'opéra, mais quelque chose qui ressemblait à une célébration, à une reconnaissance, comme si l'univers lui-même applaudissait.

Quand nous nous séparâmes enfin, le souffle court, tout le campus était illuminé de motifs d'aurores boréales qui n'étaient certainement pas là quelques instants plus tôt.

« Est-ce qu'on vient de... ? » commença Lyra.

« Créer un spectacle magique massif visible depuis l'orbite ? » finis-je. « Probablement. »

Quelque part en dessous de nous, j'entendis des voix : des étudiants sortant des bâtiments pour contempler l'impossible spectacle de lumière, les murmures inquiets des professeurs montant de la cour.

« Regardez ces motifs ! » cria quelqu'un. « On dirait qu'ils bougent, qu'ils sont vivants ! »

« Est-ce que ça vient de Frost Hall ? » demanda une autre voix.

L'une des gargouilles choisit ce moment pour pousser ce qui ressemblait étrangement à un joyeux sifflement admiratif, et je grimaçai.

« Ils vont forcément être au courant », dit Lyra.

« Qu'ils le soient. » Je pris son visage en coupe, m'émerveillant de la façon dont ses yeux reflétaient les lumières dansantes que nous avions créées accidentellement. « Que tout le monde le sache. J'en ai fini de cacher ce que tu représentes pour moi. »

Le sourire de Lyra était radieux. « Alors je suppose que nous ferions mieux de nous assurer que nous sommes prêts pour ce qui va suivre. »

« Des idées sur la façon de faire ça ? »

« En fait, dit-elle, son expression se transformant en cette intensité concentrée que je reconnaissais comme son mode de résolution de problèmes, j'en ai peut-être quelques-unes. Mais d'abord, je pense que nous devons avoir une conversation avec tes amis de la Tanière du Renard pour accélérer le calendrier de notre projet de gargouilles. »

« Pourquoi ? »

« Parce que s'ils vont essayer de nous empêcher de faire des recherches sur la magie de partenariat, je veux d'abord leur donner un sujet de plainte vraiment spectaculaire. »

Je souris. « Je savais bien qu'il y avait une raison pour laquelle je suis tombé amoureux de toi. »

« Une seule raison ? »

« Eh bien, dis-je en la tirant plus près de moi alors que les aurores boréales continuaient de danser autour de nous, peut-être quelques centaines. Mais ton côté vengeur est clairement sur la liste. »

Alors que nous étions là, sur le toit, entourés de gargouilles chantantes et de lumières impossibles, à planifier ce qui allait probablement être la farce magique la plus élaborée de l'histoire de la NPU, je réalisai que l'administration avait peut-être raison de s'inquiéter.

La magie de partenariat était dangereuse.

Elle était dangereuse pour quiconque profitait du fait de maintenir les étudiants en magie isolés, compétitifs et dépendants de l'approbation institutionnelle.

Et nous étions sur le point de prouver à quel point elle pouvait l'être.

CHAPITRE ONZE
ILLUMINATION

LYRA

La réunion d'urgence du corps enseignant avait été convoquée pour huit heures du matin, le lendemain du jour où notre baiser avait illuminé la moitié du campus. Je le savais parce que l'attitude habituellement si posée du professeur Lumina commençait à se fissurer, et elle faisait les cent pas dans l'Observatoire depuis l'aube.

« Lyra », dit-elle sans préambule alors que j'arrivais pour ce qui était censé être notre séance de recherche habituelle, « nous devons discuter de ce qui s'est passé la nuit dernière. »

« Vous parlez du spectacle d'aurores boréales ? » tentai-je de prendre un ton neutre et académique, mais ma voix me trahit par un léger tremblement.

« Je parle de l'expérience magique non autorisée qui a créé un phénomène à l'échelle du campus, visible depuis trois villes voisines. » Les yeux pâles du professeur Lumina brillaient d'un éclat qui aurait pu être de l'inquiétude ou de la déception. « Le genre de pratique magique qui attire l'attention des organismes de réglementation que nous préférerions éviter. »

Mon estomac se noua. « Professeur, si c'est à propos de la recherche sur la magie en partenariat... »

« C'est à propos du fait que vous et M. Vixen êtes apparemment passés de la recherche à la création d'un lien magique actif. » Elle se dirigea vers la fenêtre est de l'Observatoire, contemplant le campus où les équipes de maintenance essayaient encore de comprendre pourquoi plusieurs bâtiments brillaient d'une énergie aurorale résiduelle. « Avez-vous la moindre idée de ce que vous avez fait ? »

« Créé un magnifique spectacle magique ? » dis-je faiblement.

« Vous avez annoncé à toute personne dotée d'une sensibilité magique dans un rayon de quatre-vingts kilomètres que deux étudiants de l'Université du Pôle Nord ont atteint un lien de partenariat actif. » Le professeur Lumina se retourna vers moi, et son expression était plus grave que je ne l'avais jamais vue. « Lyra, il y a des gens qui tueraient pour étudier un lien comme le vôtre. Et d'autres qui tueraient pour le détruire. »

La mention désinvolte du meurtre me glaça le sang. « Professeur, quand vous parlez de "lien"... parlons-nous de quelque chose de permanent ? De quelque chose d'irréversible ? »

« Les liens de partenariat existent sur un spectre », expliqua soigneusement le professeur Lumina. « Ce que vous et Dylan avez vécu la nuit dernière était le début d'une véritable intégration magique – plus profonde qu'une simple compatibilité, mais pas encore le lien d'âme permanent qui met des années à se développer pleinement. Voyez ça comme... des fiançailles magiques plutôt qu'un mariage. »

« Mais il peut toujours être rompu ? »

« Séparer de force un lien naissant est extrêmement dangereux et souvent traumatisant. Rien que le contrecoup magique... »

Elle secoua la tête. « Disons simplement qu'il y a de bonnes raisons pour que cette pratique ait été interdite après les Guerres de Réglementation. »

« Vous exagérez, sûrement... »

« Vraiment ? Dites-moi, que savez-vous des Guerres de Réglementation Magique des années 1890 ? »

« C'étaient... des conflits sur la standardisation de l'éducation magique ? » J'avais lu quelques lignes à ce sujet, mais ça m'avait toujours semblé être de l'histoire ancienne.

« C'étaient des tentatives systématiques d'éliminer la magie en partenariat de la société magique », corrigea sombrement le professeur Lumina. « Des centaines de paires liées ont été séparées de force. Certaines sont mortes du contrecoup magique. D'autres se sont cachées et n'ont jamais été revues. »

Je m'effondrai sur la chaise la plus proche tandis que les implications me frappaient de plein fouet. « Vous pensez que quelqu'un pourrait essayer de nous séparer de force, Dylan et moi ? »

« Je pense que le professeur Arcturus a déjà commencé à prendre des dispositions pour faire exactement cela. » Le professeur Lumina se dirigea vers son bureau et activa une protection de confidentialité avec des gestes vifs et efficaces. « C'est pourquoi nous devons accélérer considérablement votre entraînement. »

« Un entraînement pour quoi ? »

« Pour défendre votre lien. » Elle sortit plusieurs textes anciens que je n'avais jamais vus auparavant, leurs couvertures marquées de symboles qui semblaient bouger et danser lorsque je les regardais directement. « La magie en partenariat ne consiste pas seulement à combiner des capacités individuelles, Lyra. Les vraies paires liées peuvent accéder à des formes de magie que les lanceurs de sorts individuels ne peuvent pas atteindre. »

Mon pouls s'accéléra, un mélange d'excitation et de terreur. « Quel genre de magie ? »

« Le genre qui a suffisamment effrayé la Cour d'Hiver pour qu'elle passe deux siècles à essayer de l'éliminer. » Le professeur Lumina ouvrit le premier livre, révélant des pages couvertes de diagrammes qui ressemblaient plus à de l'art mystique qu'à des instructions académiques. « Lyra, je suis sur le point de vous dire quelque chose qui pourrait nous mettre toutes les deux en grand danger. Êtes-vous certaine de vouloir continuer ? »

Je pensai à l'expression déterminée de Dylan lorsqu'il avait refusé de cacher notre connexion. À la façon dont sa magie me donnait l'impression de rentrer à la maison. À la possibilité que quelqu'un puisse essayer de nous enlever ça.

« Oui », dis-je fermement. « Dites-moi tout. »

Le sourire du professeur Lumina était à la fois fier et inquiet. « Très bien. Mais d'abord, nous devons aller chercher M. Vixen. Si vous devez apprendre à défendre votre lien, vous devrez le faire ensemble. »

Vingt minutes plus tard, Dylan arriva à l'Observatoire, donnant l'impression d'avoir à peu près aussi bien dormi que moi, c'est-à-dire pas du tout. Ses cheveux couleur rouille étaient plus ébouriffés que d'habitude, et il y avait des cernes sombres sous ses yeux verts.

« Laissez-moi deviner », dit-il en s'installant dans sa chaise habituelle, « on a des ennuis. »

« Des ennuis considérables », confirma le professeur Lumina. « Mais aussi une opportunité considérable. Lyra, voudriez-vous lui expliquer ce dont nous avons discuté ? »

Je fis à Dylan un résumé rapide des Guerres de Réglementation, des intentions probables du professeur Arcturus, et de la révélation que la magie en partenariat pouvait donner accès à des capacités dépassant le lancer individuel. Quand j'eus fini, Dylan avait l'air de traiter une information qui remettait fondamentalement en question tout ce qu'il pensait savoir sur la magie.

« Alors, quand on s'est embrassés hier soir et qu'on a accidentellement illuminé le campus », dit-il lentement, « on n'a pas juste créé un joli spectacle de lumière. On a fait la démonstration du genre de pouvoir qui, historiquement, fait disparaître les gens. »

« Essentiellement, oui », dit le professeur Lumina. « Bien que je doive dire que le spectacle d'aurores était remarquablement sophistiqué pour une paire liée non entraînée. Ce qui nous amène à la leçon d'aujourd'hui. »

Elle fit un geste, et le système d'affichage principal de l'Observatoire s'activa, montrant non pas les modèles théoriques sur lesquels nous avions travaillé, mais quelque chose qui ressemblait à une simulation d'entraînement au combat.

« Aujourd'hui, vous allez apprendre le lancer de sorts en partenariat actif sous pression », annonça le professeur Lumina. « Parce que si le professeur Arcturus agit contre vous, la théorie académique ne suffira pas à protéger votre lien. »

« Le lancer en partenariat actif ? » Dylan avait l'air à la fois intrigué et nerveux. « En quoi ça consiste ? »

« Cela consiste à accéder à des capacités magiques que vous n'avez jamais réussi à utiliser auparavant », répondit le professeur Lumina. « Lyra, vous avez mentionné que la magie du chaos de M. Vixen s'organise autour de vos schémas structurés. Aujourd'hui, nous allons tester si cet effet fonctionne en sens inverse. »

« Que voulez-vous dire ? » demandai-je.

« Je veux dire que nous allons voir si votre magie de la lumière peut aider Dylan à accéder à des capacités que le lancer individuel ne lui a jamais permis d'atteindre. » L'expression du professeur

Lumina devint intense. « Dylan, avez-vous déjà réussi à utiliser la magie de la lumière ? »

« Pas vraiment. Je peux gérer des changements de couleur de base, mais quoi que ce soit de plus complexe... » Dylan haussa les épaules, impuissant. « Ça n'a jamais été mon point fort. »

« Parce que vous avez essayé de la lancer individuellement », dit le professeur Lumina. « Lyra, je veux que vous l'aidiez à tenter quelque chose de plus difficile. »

« Difficile à quel point ? » demandai-je, bien que je soupçonne que je connaissais déjà la réponse.

« Je veux qu'il crée des constructions de lumière soutenues. Le genre de choses généralement réservées aux études supérieures avancées. »

Dylan la dévisagea. « C'est impossible. Je peine à gérer les sorts d'illumination de base. »

« Pas impossible », corrigea le professeur Lumina. « Impossible en lancer individuel étant donné votre signature magique. Mais la magie en partenariat fonctionne selon des règles entièrement différentes. »

Elle activa une section de l'affichage qui montrait deux silhouettes humaines se tenant proches, leurs auras magiques s'entrelaçant en motifs complexes.

« Le vrai lancer en partenariat ne se contente pas de stabiliser la magie chaotique », expliqua-t-elle. « Il permet à chaque partenaire d'accéder à des capacités qui existent dans l'espace de résonance entre leurs signatures individuelles. Dylan, votre magie du chaos combinée à la précision structurelle de Lyra pourrait théoriquement produire des constructions de lumière d'une complexité extraordinaire. »

« Théoriquement », répéta Dylan d'un air dubitatif.

« Il n'y a qu'une seule façon de le savoir », dis-je en venant me placer à côté de lui sur la plateforme centrale. « Es-tu prêt à essayer ? »

Dylan me regarda, puis regarda le professeur Lumina, puis de nouveau moi. « Si ça tourne mal et que je détruis accidentellement votre Observatoire, vous n'avez pas le droit de m'en vouloir. »

« Marché conclu. »

Je pris ses mains, sentant immédiatement l'harmonie familière alors que nos signatures magiques se reconnaissaient. Mais au lieu de la douce résonance que nous avions connue auparavant, le professeur Lumina avait apparemment activé quelque chose dans les systèmes de l'Observatoire qui amplifiait notre connexion.

La sensation était comme passer d'une pièce calme à une salle de concert en pleine symphonie. Notre magie combinée ne se contentait pas de s'unir – elle chantait, créant des harmoniques que je n'aurais jamais cru possibles.

« Maintenant », ordonna le professeur Lumina, « Dylan, je veux que vous visualisiez la création d'une construction de lumière. Pas seulement une illumination, mais une lumière solide qui peut être modelée et maintenue. Lyra, fournissez le cadre structurel dont il a besoin pour concrétiser cette visualisation. »

Je fermai les yeux et fis appel aux principes mathématiques qui sous-tendent la théorie de la manipulation de la lumière. Au lieu de lancer le sort moi-même, j'essayai de créer un modèle que l'énergie chaotique de Dylan pourrait remplir.

« Je le sens », dit Dylan, la voix pleine d'émerveillement. « C'est comme... comme avoir accès à une langue que je n'ai jamais apprise mais que je comprends d'une manière ou d'une autre. »

J'ouvris les yeux et haletai.

Dylan était entouré de constructions de lumière d'une

complexité à couper le souffle. Pas les simples formes géométriques que je créais habituellement, mais des formes organiques
qui semblaient grandir et évoluer sous mes yeux. Des fleurs cristallines s'épanouissaient du bout de ses doigts, leurs pétales
réfractant des motifs arc-en-ciel sur les murs de l'Observatoire.
Des oiseaux faits de lumière pure prirent leur envol autour de
nous, leurs ailes laissant des traînées de feu doré.

Mais ce n'était pas seulement la sophistication technique qui
me coupait le souffle. C'était la qualité artistique. La magie du
chaos de Dylan, guidée par mon cadre structurel, créait une
beauté comme je n'en avais jamais vue.

« Dylan », soufflai-je, « c'est incroyable. »

« La sensation est incroyable », répondit-il, la voix remplie
d'admiration. « J'ai l'impression que... que ma magie a enfin un
sens. »

Le professeur Lumina observait avec une expression de
profonde satisfaction. « Excellent. Maintenant, voyons si vous
pouvez maintenir les constructions sous la pression. »

Avant que l'un de nous puisse demander ce qu'elle voulait
dire, des alarmes se mirent à retentir dans tout l'Observatoire. Pas
les doux carillons de mon système de notification habituel, mais
des avertissements stridents et urgents qui signifiaient un danger
immédiat.

« Que se passe-t-il ? » demanda Dylan, ses constructions de
lumière vacillant alors que sa concentration faiblissait.

« Attaque simulée », dit calmement le professeur Lumina.
« Dans environ trente secondes, cette pièce va être remplie
d'énergie magique hostile conçue pour perturber les liens de
partenariat. Votre tâche est de maintenir votre travail de magie de
la lumière malgré l'interférence. »

« Vous auriez pu nous prévenir ! » protestai-je.

« Les vraies attaques ne viennent pas avec des avertissements », répondit le professeur Lumina. « Dylan, concentrez-vous. Ne laissez pas la pression extérieure briser votre connexion à la magie. »

La première vague d'énergie perturbatrice frappa comme un coup de masse sur mes sens magiques. Chaque instinct me hurlait de rompre la connexion avec Dylan, de me retirer dans le lancer individuel où je pourrais maintenir un meilleur contrôle.

Les constructions de lumière de Dylan commencèrent immédiatement à se déstabiliser, leurs belles formes organiques se dissolvant en tourbillons chaotiques d'énergie.

« Je n'arrive pas à tenir », dit Dylan les dents serrées. « C'est trop… »

« Si, tu peux », dis-je avec acharnement, resserrant ma prise sur ses mains. « Dylan, regarde-moi. »

Ses yeux verts rencontrèrent les miens, et j'y vis de la peur, mais aussi de la détermination.

« Tu es brillant », lui dis-je, mettant chaque once de conviction que je possédais dans ma voix. « Ta magie n'est pas défaillante ou défectueuse. Elle est évolutive. Elle est conçue pour ça. Et en ce moment, j'ai besoin que tu lui fasses confiance. »

« Lui faire confiance ? »

« Nous faire confiance. »

Une autre vague d'énergie perturbatrice déferla sur nous, plus forte que la première. Cette fois, au lieu de la combattre, Dylan fit quelque chose que je ne l'avais jamais vu faire. Il embrassa le chaos.

Sa magie explosa vers l'extérieur, non pas dans l'éclat incontrôlé dont j'avais été témoin lors de notre première séance de tutorat, mais dans une démonstration de puissance délibérée et magnifique, canalisée à travers mon cadre structurel. Les constructions de lumière ne se contentèrent pas de se stabiliser –

elles évoluèrent, devenant plus complexes, plus belles, plus irréelles.

L'énergie perturbatrice destinée à briser notre lien fut absorbée dans le sort de Dylan, devenant partie intégrante du motif au lieu de le détruire. Ce qui aurait dû être une attaque devint le carburant d'une magie encore plus spectaculaire.

« Remarquable », murmura le professeur Lumina en désactivant la simulation. « Dylan, comprenez-vous ce que vous venez d'accomplir ? »

Dylan fixa les constructions de lumière qui dansaient encore autour de nous, son expression oscillant entre l'émerveillement et l'incrédulité. « J'ai utilisé la magie de la lumière. De la vraie magie de la lumière. »

« Tu as utilisé de la magie de la lumière avancée », corrigeai-je, stupéfaite. « Dylan, ces constructions sont d'une complexité de niveau master. Certaines sont des techniques que je n'ai même jamais tentées. »

« Comment est-ce possible ? »

« Parce que », dit le professeur Lumina avec satisfaction, « vous n'essayez plus de forcer votre magie dans des schémas pour lesquels elle n'a pas été conçue. Vous lui permettez d'être ce qu'elle est vraiment : la moitié de quelque chose d'extraordinaire. »

Dylan se tourna pour me regarder, et l'expression sur son visage fit manquer un battement à mon cœur. « Tu penses vraiment que je suis brillant ? »

« Je pense », dis-je en levant la main pour toucher sa joue, « que tu es exactement le partenaire que ma magie attendait. Et je pense que quiconque tentera de nous séparer est sur le point de découvrir à quel point nous pouvons être formidables ensemble. »

« En parlant de ça », interrompit le professeur Lumina, « je crois que vous avez des démonstrations magiques inachevées à envisager. Le professeur Ember a mentionné que vos amis posaient des questions sur le lancement de sorts collaboratifs avancés. »

« Pourquoi ? » demanda Dylan.

« Parce que le professeur Arcturus a demandé un examen d'urgence de votre cas. L'audience est prévue pour demain soir. » L'expression du professeur Lumina s'assombrit. « Ce qui signifie que vous avez environ trente-six heures pour démontrer publiquement que la magie en partenariat crée de la beauté plutôt que du chaos. »

« Trente-six heures », répétai-je, mon esprit déjà en train de parcourir la logistique. « Ce n'est pas assez de temps pour tester correctement toutes les intégrations de sorts... »

« Alors on a intérêt à réussir du premier coup », dit Dylan avec un sourire qui était à parts égales confiance et détermination téméraire. « Heureusement que j'ai la théoricienne en magie la plus brillante de l'école comme partenaire. »

« Et j'ai le mage du chaos le plus naturellement doué », répondis-je. « Bien que je commence à penser que "mage du chaos" n'est plus le bon terme. »

« Comment l'appellerais-tu ? »

Je regardai les constructions de lumière qui brillaient encore doucement autour de nous, la façon dont la magie de Dylan avait transformé l'attaque en art, la perturbation en beauté.

« Révolutionnaire », dis-je. « Je l'appellerais révolutionnaire. »

Et alors que nous commencions à planifier ce qui allait probablement être la démonstration magique la plus spectaculaire de l'histoire de l'UPN, je réalisai que c'était exactement ce que nous étions en train de devenir.

Des révolutionnaires qui se trouvaient être amoureux.

Dehors, par les fenêtres de l'Observatoire, de vagues motifs d'aurores scintillaient encore sur les flèches supérieures des bâtiments du campus, témoins silencieux du baiser qui avait tout changé. Et quelque part en dessous, je pouvais voir des groupes d'étudiants rassemblés dans les cours, leurs conversations animées et leurs doigts pointés indiquant clairement que la nouvelle du spectacle de la nuit dernière se propageait plus vite qu'un feu de prairie en hiver.

D'ici l'audience de demain, tout le monde aurait choisi un camp.

La question était : quelqu'un choisirait-il le nôtre ?

CHAPITRE DOUZE
BRÛLURE ÉMOTIONNELLE

DYLAN

La réunion professorale d'urgence se tenait dans l'Amphithéâtre de Cristal, l'espace académique le plus solennel de NPUNPU, ce qui m'indiqua d'emblée à quel point l'administration prenait notre « situation » au sérieux. J'avais été convoqué par une notification officielle, remise par un lutin administratif à l'air nerveux qui avait pratiquement vibré d'anxiété en me tendant la tablette de message cristalline.

« Monsieur Vixen », disait la notice, de l'écriture nette caractéristique du professeur Blitzen, « votre présence est requise pour une évaluation professorale d'urgence concernant de récentes activités magiques non autorisées. Votre présence est obligatoire. »

Alors me voilà, assis dans l'un des gradins inférieurs de l'amphithéâtre, tandis que ce qui ressemblait à l'ensemble du corps professoral de NPUNPU s'installait dans les sièges surélevés au-dessus de moi. J'avais la dérangeante impression d'être jugé, ce qui, je suppose, était précisément le but.

J'avais déjà fait face à des conseils de discipline — pour des farces, des devoirs non rendus, des incidents magiques occasionnels — mais cette fois, c'était différent. Il ne s'agissait pas de notes ou d'infractions mineures. Il s'agissait de Lyra. De nous. De la possibilité qu'ils essaient de me retirer la chose la plus importante qui me soit jamais arrivée.

Le professeur Lumina était assise au premier rang, son expression soigneusement neutre, mais sa posture rayonnait d'une tension protectrice. Le professeur Moonheart était là aussi, ainsi que les directeurs de tous les départements principaux. Même le professeur Ember, de Théorie Élémentaire, était venue, son habituel tempérament de feu remplacé par quelque chose qui ressemblait à une fascination sinistre.

Et celui qui présidait le tout, depuis la position centrale d'autorité de l'amphithéâtre, était une figure que je n'avais jamais vue auparavant mais que j'avais immédiatement reconnue d'après les descriptions de Marcus : le professeur Arcturus.

Il correspondait exactement à l'image que je m'étais faite du représentant de la Cour d'Hiver : grand, pâle, d'un âge indéfinissable qui suggérait des siècles de conservation magique, avec des cheveux argentés qui semblaient bouger dans une brise que lui seul pouvait sentir. Ses yeux bleu glacier balayèrent le corps professoral assemblé avant de se poser sur moi avec le poids d'un jugement sans appel.

« Monsieur Vixen », dit-il, sa voix portant sans effort dans l'acoustique de l'amphithéâtre, « merci de vous joindre à nous dans un délai aussi court. »

La politesse ne masquait pas l'ordre sous-jacent.

« Professeur », répondis-je, essayant d'égaler son ton formel tout en luttant contre l'envie de gigoter sous le regard collectif de trente membres du corps professoral.

« Je suis certain que vous vous demandez pourquoi nous

avons convoqué cette session d'urgence », poursuivit le professeur Arcturus avec aisance. « Des événements récents ont soulevé de sérieuses inquiétudes quant à des expérimentations magiques non autorisées menées sur le campus. Spécifiquement, des expériences impliquant la magie de partenariat — un champ d'étude qui a été restreint pour de très bonnes raisons. »

« Restreint par qui ? » demandai-je avant de pouvoir me retenir.

Des murmures s'élevèrent parmi les professeurs, un malaise flottant dans l'air. Apparemment, questionner l'autorité de la Cour d'Hiver n'était pas la réaction attendue.

Le sourire du professeur Arcturus était froid et acéré. « Par ceux qui ont la sagesse de comprendre que certaines pratiques magiques sont trop dangereuses pour une exploration estudiantine non supervisée. La magie de partenariat a un historique documenté d'instabilité, d'effets imprévisibles et de conséquences tragiques. »

« Des conséquences tragiques pour qui ? » La voix du professeur Lumina trancha la tension telle une lame. « Pour les étudiants qui ont réalisé des percées magiques extraordinaires, ou pour les institutions qui ne pouvaient pas les contrôler ? »

La température dans l'amphithéâtre sembla chuter de plusieurs degrés.

« Professeur Lumina », dit le professeur Arcturus avec une politesse dangereuse, « je ne pense guère que ce soit le moment de faire du révisionnisme historique. »

Le professeur Moonheart fronça les sourcils, ses doigts tapotant nerveusement l'accoudoir de son siège. Le professeur Blitzen bougea sur son siège mais ne dit rien. Seul le professeur Lumina soutint le regard d'Arcturus, silencieuse mais sans ciller.

« N'est-ce pas ? » Le professeur Lumina se leva de son siège avec une grâce fluide. « Monsieur Vixen, pourriez-vous s'il vous plaît faire la démonstration des constructions de lumière que vous avez réalisées hier ? »

Je clignai des yeux. « Ici ? Maintenant ? »

« Ici et maintenant. »

Je regardai autour de moi les membres du corps professoral qui m'observaient avec des expressions allant de la curiosité à une hostilité à peine dissimulée. Réaliser des démonstrations magiques sous pression n'était pas vraiment mon fort, surtout sans la présence stabilisatrice de Lyra.

« Je ne suis pas sûr que ce soit une bonne idée... »

« Je pense que c'est une excellente idée », déclara fermement le professeur Lumina. « Après tout, le professeur Arcturus semble convaincu que la magie de partenariat ne produit que chaos et destruction. Peut-être devrions-nous laisser les preuves parler d'elles-mêmes. »

Le défi flottait dans l'air, tel un glaive brandi. Je pouvais sentir le poids des attentes de toutes parts — la foi du professeur Lumina, le scepticisme du professeur Arcturus, la curiosité professionnelle du corps professoral.

Et sous tout cela, mon propre besoin désespéré de prouver que ce que Lyra et moi avions découvert valait la peine d'être défendu.

Je fermai les yeux et cherchai le souvenir de la percée de la veille — la façon dont la magie structurée de Lyra avait fourni le cadre à travers lequel mon chaos pouvait s'écouler. Mais sans sa présence physique, sans l'harmonie de nos signatures magiques combinées, la magie de lumière avancée restait frustramment hors de portée.

Ce qui émergea à la place fut une poignée d'orbes d'illumination basiques, jolis mais loin d'être révolutionnaires.

« Intéressant », dit le professeur Arcturus avec satisfaction. « Il semble que les capacités prétendument remarquables de monsieur Vixen requièrent la présence de sa... partenaire pour fonctionner. Quelle remarquable dépendance. »

La chaleur m'envahit les joues. « Ce n'est pas de la dépendance. C'est de la collaboration... »

« C'est un enchevêtrement dangereux », corrigea froidement le professeur Arcturus. « Le genre de relation magique malsaine qui mène historiquement à l'instabilité psychologique et, dans les cas extrêmes, à un effondrement magique complet lorsque le partenariat est rompu. »

« Ce n'est pas... » commençai-je, mais les portes de l'amphithéâtre choisirent ce moment pour s'ouvrir dans un carillon cristallin.

Lyra entra, ses cheveux sombres légèrement en désordre et sa robe bleue de travers, le souffle encore court comme si elle avait couru à travers le campus. Ses yeux pâles trouvèrent immédiatement les miens, et je sentis quelque chose de serré dans ma poitrine se relâcher à sa présence.

« Je suis désolée d'être en retard », dit-elle, sans avoir l'air désolée du tout. « J'avais l'impression qu'il s'agissait d'une réunion professorale, pas d'un tribunal pour étudiants. »

« Mademoiselle Lumina », dit le professeur Arcturus avec une politesse glaciale, « comme c'est aimable à vous de vous joindre à nous. Nous discutions justement des développements préoccupants dans votre... partenariat de recherche avec monsieur Vixen. »

« Vraiment ? » Lyra descendit les marches de l'amphithéâtre avec le genre de précision contrôlée qui signifiait qu'elle était furieuse et essayait de ne pas le montrer. « Et à quelles conclusions êtes-vous parvenus ? »

« Que la magie de partenariat représente un risque inacceptable pour la sécurité des étudiants et la stabilité de l'institution », répondit suavement le professeur Arcturus. « Je suis sûr que vous comprenez nos préoccupations. »

« En fait, non. » Lyra vint se tenir à côté de moi, et immédiatement, je sentis l'harmonie familière lorsque nos signatures magiques se reconnurent. « Peut-être pourriez-vous expliquer précisément quels dangers vous préoccupent tant ? »

« Les dangers », dit le professeur Arcturus, sa voix prenant le ton de quelqu'un donnant un cours à des étudiants particulièrement lents, « que des étudiants forment des dépendances magiques qui surpassent leur loyauté envers les structures éducatives établies. Les dangers de liens magiques qui ne peuvent être correctement supervisés ou régulés. Les dangers de... »

« Les dangers que les étudiants découvrent qu'ils n'ont pas besoin de la permission de l'institution pour être puissants ? » l'interrompit Lyra, sa voix portant clairement à travers l'amphithéâtre.

Le silence qui suivit fut assourdissant.

« Mademoiselle Lumina », dit prudemment le professeur Blitzen, « vous ne suggérez sûrement pas que les étudiants devraient poursuivre des expérimentations magiques non autorisées sans la supervision du corps professoral ? »

« Je suggère », dit Lyra, le menton levé avec une détermination pleine de défi, « que certaines découvertes sont trop importantes pour être limitées par la peur administrative. Dylan et moi n'avons pas seulement redécouvert la magie de partenariat — nous avons prouvé que les postulats fondamentaux de l'éducation magique sur la supériorité du lancer individuel sont faux. »

Elle fit un geste, et le système d'affichage de l'amphithéâtre s'activa, montrant des projections holographiques des interactions de nos signatures magiques.

« Regardez ces schémas de résonance », continua-t-elle,

tombant dans son mode de présentation académique malgré l'audience hostile. « La magie de partenariat ne se contente pas d'additionner les capacités individuelles — elle crée une amélioration exponentielle. La magie du chaos de Dylan offre une flexibilité créative que mon approche structurée ne pourrait jamais atteindre seule. Mon cadre théorique donne à son lancer intuitif la précision dont il a besoin pour atteindre son plein potentiel. »

« Théorie intéressante », dit le professeur Arcturus avec dédain. « Mais ce n'est guère la preuve de... »

« Dylan », dit Lyra doucement, se tournant vers moi, « montre-leur ce que nous avons accompli hier. »

Cette fois, avec la présence de Lyra pour stabiliser mon noyau magique, les constructions de lumière avancées vinrent facilement. Mais au lieu de la beauté organique que j'avais créée dans l'Observatoire, je me retrouvai à façonner quelque chose de différent — des motifs géométriques qui évoquaient une précision mathématique tout en maintenant la créativité fluide qui m'était propre.

Les constructions de lumière qui fleurirent autour de nous n'étaient pas seulement techniquement sophistiquées. Elles étaient une fusion parfaite de nos approches magiques, le chaos et l'ordre dansant ensemble dans des motifs qu'aucun de nous n'aurait pu réaliser seul.

Une inspiration collective résonna dans l'amphithéâtre.

« Remarquable », murmura le professeur Moonheart.

« Une complexité de niveau supérieur », ajouta le professeur Ember, se penchant en avant avec un intérêt évident.

« Et réalisé par deux étudiants de deuxième année travaillant en partenariat », dit le professeur Lumina avec une satisfaction tranquille.

L'expression du professeur Arcturus était devenue dangereusement froide. « Une mise en scène impressionnante », dit-il avec dédain. « Mais l'esbroufe magique ne résout pas les préoccupations fondamentales concernant la stabilité à long terme de la magie de partenariat. »

« Quelles préoccupations, spécifiquement ? » le défia Lyra.

« La préoccupation que les étudiants qui forment ces... liens deviennent de plus en plus isolés des structures académiques et sociales normales. La préoccupation que les partenariats magiques créent des relations exclusives qui résistent aux conseils extérieurs. La préoccupation que... »

« La préoccupation que nous pourrions réaliser que nous n'avons pas besoin de vous », dis-je, les mots sortant avant que je puisse les retenir.

L'amphithéâtre devint complètement silencieux.

Le sourire du professeur Arcturus était arctique. « Quelle honnêteté rafraîchissante. Oui, monsieur Vixen, c'est bien là la préoccupation. Des étudiants qui croient pouvoir poursuivre une éducation magique sans supervision adéquate, sans orientation institutionnelle, sans respect pour la sagesse de leurs aînés. »

« Nos aînés ? » La voix de Lyra portait une nuance dangereuse. « Vous voulez dire la même sagesse institutionnelle qui a passé deux siècles à supprimer l'une des formes de magie les plus puissantes jamais découvertes ? La même supervision qui préférerait maintenir le contrôle plutôt que de permettre aux étudiants d'atteindre leur plein potentiel ? »

« Mademoiselle Lumina », avertit le professeur Blitzen, « vous marchez sur un terrain très dangereux. »

« Tant mieux », rétorqua Lyra. « Il est peut-être temps que quelqu'un le fasse. »

Elle s'avança, s'adressant à l'ensemble du corps professoral assemblé avec le genre d'autorité académique que je l'avais vue utiliser lors de nos séances de tutorat, mais jamais en confrontation directe avec des professeurs.

« La magie de partenariat fonctionne », dit-elle, sa voix résonnant de conviction. « Elle fonctionne mieux que le lancer individuel pour les étudiants dont les signatures magiques sont compatibles. Elle produit une magie plus forte, des sorts plus stables et des applications plus créatives que tout ce que notre modèle éducatif actuel peut atteindre. »

« Et les risques... » commença le professeur Arcturus.

« Sont gérables avec une bonne compréhension », le coupa Lyra. « Les tragédies historiques que vous ne cessez de mentionner n'ont pas été causées par la magie de partenariat elle-même. Elles ont été causées par la séparation forcée de liens établis. Par des institutions qui préféraient détruire les partenariats entre étudiants plutôt que d'admettre qu'elles pourraient avoir besoin de changer leurs méthodes d'enseignement. »

Elle fit un nouveau geste, et l'affichage passa à des documents historiques que je reconnus de ses recherches récentes.

« Chaque cas documenté d'"instabilité de la magie de partenariat" peut être retracé à une interférence externe. Des étudiants dont les liens ont été rompus de force. Des partenaires qui ont été séparés par un décret institutionnel. Une compatibilité magique qui a été traitée comme un problème à résoudre plutôt que comme un don à développer. »

Le sang-froid du professeur Arcturus commençait enfin à se fissurer. « Mademoiselle Lumina, vous préconisez une restructuration complète de l'éducation magique basée sur les expériences de deux étudiants... »

« Je préconise de permettre aux étudiants d'apprendre de la manière qui leur convient le mieux », dit Lyra avec ferveur. « Je préconise un système éducatif qui améliore les capacités des étudiants plutôt que de les limiter pour convenir à la commodité institutionnelle. »

« Et si le Conseil de Régulation Magique n'est pas d'accord avec votre évaluation ? »

« Alors le Conseil de Régulation Magique devra expliquer pourquoi il est plus intéressé à maintenir le contrôle qu'à faire progresser la compréhension magique. »

Le silence qui suivit était lourd de tension et de conséquences tacites.

Le professeur Arcturus se leva de son siège avec la grâce fluide de quelqu'un habitué à avoir le dernier mot dans n'importe quelle conversation.

« Mademoiselle Lumina », dit-il avec un calme meurtrier, « vous venez de prôner des politiques éducatives qui contredisent directement la régulation magique établie. Vous avez publiquement défié l'autorité d'institutions qui ont maintenu la stabilité magique pendant des siècles. Et vous l'avez fait en défendant une recherche qui viole de multiples politiques de l'université. »

« Oui », dit simplement Lyra. « C'est exact. »

« Alors je crains que vous ne me laissiez pas le choix. » Le sourire du professeur Arcturus était triomphant et froid. « Avec effet immédiat, vous êtes démise de tous les programmes de recherche magique avancée. Votre accès aux installations de recherche de l'université est suspendu en attente d'un examen plus approfondi. Et votre arrangement de tutorat avec monsieur Vixen est définitivement terminé. »

Les mots frappèrent comme des coups physiques. Le menton de Lyra resta haut, mais sa main trembla légèrement dans la mienne — une minuscule trahison de la tempête sous son extérieur calme.

« Vous la punissez pour avoir défendu la magie de partenariat ? » demandai-je, me levant d'un bond.

« Je protège l'université d'étudiants qui refusent d'accepter une direction appropriée », répliqua froidement le professeur

Arcturus. « Mademoiselle Lumina a fait son choix. Maintenant, elle doit vivre avec les conséquences. »

« Les conséquences de quoi ? D'avoir prouvé que votre "direction appropriée" est basée sur la peur plutôt que sur la sagesse ? »

« Les conséquences de l'insubordination académique et de la violation de la politique de l'université. » Le professeur Arcturus rassembla ses affaires avec des mouvements secs et décisifs. « Cette audience est terminée. Mademoiselle Lumina, vous vous présenterez au Conseil de Révision Académique demain matin pour discuter de la poursuite de votre scolarité dans cet établissement. »

Il sortit de l'amphithéâtre sans un mot de plus, laissant derrière lui un sillage de silence stupéfait.

« Lyra », dis-je doucement, tendant la main vers la sienne.

Elle la prit automatiquement, mais ses yeux étaient lointains, traitant l'ampleur de ce qui venait de se passer.

« Ils ne peuvent pas faire ça », dis-je désespérément. « Professeur Lumina, dites-leur qu'ils ne peuvent pas faire ça. »

L'expression du professeur Lumina était sombre. « Je crains qu'ils ne le puissent, Dylan. Et ils viennent de le faire. »

« Mais elle défendait quelque chose d'important. Quelque chose qui pourrait améliorer l'éducation magique. »

« Oui », acquiesça tristement le professeur Lumina. « C'est exactement pourquoi ils sont si déterminés à l'arrêter. »

Alors que le corps professoral commençait à quitter l'amphithéâtre, la plupart évitant notre regard, je réalisai que tout avait changé. Pas seulement pour notre recherche ou notre relation, mais pour tout l'avenir de Lyra à NPUNPU.

Elle avait tout risqué pour défendre ce que nous avions découvert ensemble.

Et maintenant, elle risquait de tout perdre à cause de ça.

La question était : qu'est-ce que j'allais faire à ce sujet ?

. . .

Plus tard dans la soirée, je trouvai Lyra assise seule dans l'Observatoire, fixant des écrans de recherche qu'elle n'avait officiellement plus le droit d'utiliser. Elle avait troqué sa robe formelle contre des vêtements simples, et sans la tenue académique, elle paraissait plus jeune, plus vulnérable.

« Salut », dis-je doucement, m'installant sur la chaise à côté d'elle.

« Salut à toi. » Sa voix était stable, mais je pouvais entendre l'épuisement en dessous.

« Comment tu tiens le coup ? »

« J'essaie de déterminer si je viens de commettre la plus grosse erreur de ma carrière universitaire ou de prendre la position la plus importante de ma vie. »

J'étudiai son profil sous la douce lumière aurorale de l'Observatoire. « Des conclusions ? »

« Les deux, probablement. » Elle se tourna vers moi, et je vis la détermination lutter contre la peur dans ses yeux pâles. « Dylan, je veux que tu saches quelque chose. Ce que j'ai dit là-bas — sur la magie de partenariat, sur le contrôle institutionnel — je pensais chaque mot. Même en sachant ce que ça me coûterait. »

« Je sais que c'est vrai. »

« Et je veux que tu saches que je ne le regrette pas. Même s'ils me renvoient, même si je perds mes droits de recherche, même si je dois tout recommencer ailleurs — je ne regrette pas de défendre ce que nous avons. »

La conviction féroce dans sa voix fit éclore quelque chose de chaud dans ma poitrine.

« Lyra », dis-je prudemment, « et s'il y avait un moyen de leur prouver qu'ils ont tort ? Si nous pouvions démontrer que la magie de partenariat crée de la beauté et de la stabilité au lieu du chaos et de la destruction ? »

« Comment ? »

« L'opéra des gargouilles. » Je me penchai en avant, l'excitation montant alors que le plan se cristallisait dans mon esprit. « Demain soir, avant ta réunion avec le conseil de révision. On le joue exactement comme prévu, mais on le rend plus grand. Plus spectaculaire. Plus impossible à ignorer. »

« Dylan, si on se fait prendre à pratiquer de la magie non autorisée après ce qui s'est passé aujourd'hui... »

« Alors on fait en sorte de ne pas se faire prendre avant qu'il ne soit trop tard pour nous arrêter. » Je pris ses mains, sentant l'harmonie familière lorsque notre magie se reconnut. « Lyra, tu l'as dit toi-même — la magie de partenariat fonctionne. Alors prouvons-le d'une manière qu'ils ne pourront pas ignorer, supprimer ou réglementer. »

« C'est incroyablement risqué. »

« Tout ce qui en vaut la peine est risqué. »

Lyra resta silencieuse un long moment, songeant. Puis, lentement, elle se mit à sourire.

« Tu sais », dit-elle pensivement, « je me suis toujours demandé ce que donnerait *Le Fantôme de l'Opéra* interprété par une architecture animée par la magie. »

« C'est un oui ? »

« C'est un oui. » Son sourire devint espiègle. « Bien que je maintienne que c'est à des fins de recherche purement académique. »

« Bien sûr que ça l'est. »

« Et Dylan ? »

« Ouais ? »

« Si on doit faire ça, on va le faire bien. Pas de demi-mesures, pas de plans de secours, pas de filets de sécurité. »

« Je ne l'aurais pas voulu autrement. »

Alors que nous commencions à finaliser les plans pour ce qui allait probablement être la démonstration magique la plus élaborée de l'histoire de NPUNPU, je réalisai que lui retirer ses droits de recherche était peut-être la pire erreur que le professeur Arcturus ait pu commettre.

Parce que maintenant, Lyra n'avait plus rien à perdre.

Et une femme brillante n'ayant plus rien à perdre était le genre de révolutionnaire le plus dangereux.

Elle avait tout risqué pour défendre ce que nous avions découvert ensemble. Maintenant, je devais décider : étais-je prêt à tout risquer pour me battre pour elle ?

La réponse, je le réalisai, n'avait jamais fait aucun doute.

CHAPITRE TREIZE

MÉSAVENTURE MAGIQUE ACCIDENTELLE

LYRA

La Tanière du Renard avait été transformée en un lieu hybride, entre salle de crise et laboratoire de magie. Des diagrammes enchantés couvraient chaque surface disponible, des matrices de sorts flottantes étaient suspendues dans les airs comme des plans en trois dimensions, et quelqu'un avait ensorcelé les meubles pour qu'ils se réorganisent toutes les quelques minutes en configurations optimales d'espace de travail collaboratif.

C'était une symphonie de chaos maîtrisé — et pour une fois, je l'accueillais à bras ouverts.

Pourtant, sous ce bruit productif, une boule de tension se nouait dans mon estomac. Ce n'était pas un simple projet de recherche. C'était une performance magique où tout était en jeu : notre réputation, notre lien.

« Bon », dit Kieran, en consultant une liste flottante qui tentait de temps à autre de se réorganiser elle-même, « les sorts de synchronisation sont prêts, les illusions de costumes sont programmées, et Finn a réussi à convaincre les esprits des cuisines de fournir des effets de brouillard qui ne déclencheront pas le système anti-incendie. »

« Qu'en est-il de la pyrotechnie ? » demanda Dylan depuis l'endroit où il peaufinait les calculs de résonance magique que je l'avais aidé à concevoir.

« C'est réglé », répondit Jasper avec la satisfaction de quelqu'un qui avait passé un temps considérable à résoudre une logistique complexe. « Il se trouve que le professeur Ember a fait des études de théâtre avant de se lancer dans les Études Élémentaires. Elle est... enthousiaste au sujet de notre projet. »

Je levai les yeux de la trame de sort que j'examinais. « Le professeur Ember est au courant ? »

« Elle sait que nous préparons une "démonstration magique créative" », dit Jasper avec précaution. « Elle ne sait pas que ça se passe ce soir, ni que c'est spécifiquement conçu pour prouver la théorie de la magie de partenariat, ni que nous le faisons sans autorisation officielle. »

« En bref, elle ne sait rien d'important », résuma Dylan.

« Exactement. »

Je reportai mon attention sur les matrices magiques, mais quelque chose dans les schémas de synchronisation me tracassait. La trame du sort était solide — pas seulement solide, elle était élégante, presque belle — mais la complexité de la coordination de huit séquences d'animation de gargouilles différentes me rendait nerveuse.

« Dylan », dis-je lentement, « avons-nous testé la répartition de la charge magique ? Je m'inquiète de ce qui se passera quand nous canaliserons autant d'énergie simultanément à travers notre lien de partenariat. »

Dylan vint se tenir à côté de moi, prenant automatiquement ma main tandis qu'il étudiait les diagrammes flottants. Au moment où nos peaux se touchèrent, les matrices de sorts réagirent, leurs motifs se modifiant pour s'adapter à notre signature magique combinée.

« Les calculs ont l'air solides », dit-il, mais je perçus une légère incertitude dans sa voix. « Bien que j'admette que nous travaillons avec des maximums théoriques plutôt qu'avec des paramètres testés. »

« Ce qui veut dire ? »

« Ce qui veut dire que ce soir, nous serons les cobayes », dit joyeusement Finn. « Personnellement, je parie que ça tiendra. Vous deux, vous créez de la magie impossible ensemble depuis des semaines. »

« De la magie impossible, oui », dis-je avec prudence. « Mais jamais rien d'aussi soutenu ou complexe. Dylan, ce que nous prévoyons exige de maintenir une connexion magique active pendant près de vingt minutes tout en coordonnant simultanément plusieurs séquences d'animation, des superpositions d'illusions et des effets environnementaux. »

« Tu as des doutes », observa Kieran.

« J'ai des préoccupations pratiques concernant une surcharge magique », corrigeai-je. « Les liens de partenariat sont puissants, mais ils ne sont pas infinis. Si on pousse trop fort et trop vite, le retour de flamme magique pourrait être dangereux. »

« Dangereux comment ? » demanda Dylan à voix basse.

J'hésitai, passant en revue les scénarios théoriques que j'avais étudiés. « Au mieux, un épuisement magique temporaire et un public très déçu. Au pire... » Ma voix s'éteignit, ne voulant pas exprimer la possibilité qui m'avait tenue éveillée.

« Au pire quoi, Lyra ? »

« Au pire, nous déstabilisons complètement le lien. Potentiellement de façon permanente. »

Un lourd silence s'abattit sur la Tanière du Renard.

« Tu veux dire qu'on pourrait perdre notre connexion

magique ? » La voix de Dylan était soigneusement maîtrisée, mais je pouvais entendre la peur sous-jacente.

« C'est une possibilité. Les liens magiques peuvent être endommagés par une surextension, surtout dans les premières phases de leur développement. » Je regardai autour de moi les visages inquiets qui nous observaient. « J'aurais dû en parler plus tôt, mais j'espérais que les calculs montreraient une plus grande marge de sécurité. »

« Et ce n'est pas le cas ? »

« Ils montrent que nous opérerons juste à la limite théorique. » Je fis un geste vers les diagrammes flottants, soulignant les zones préoccupantes. « Si quoi que ce soit tourne mal — si nous perdons la synchronisation, si les signatures magiques des gargouilles fluctuent, si nous rencontrons une interférence inattendue — la charge magique pourrait dépasser la capacité de notre lien à la gérer en toute sécurité. »

Jasper se pencha en arrière sur sa chaise, étudiant la trame du sort avec le genre d'intensité analytique qui me rappelait pourquoi il était considéré comme l'un des stratèges les plus compétents de la Tanière.

« Et si on réduisait l'échelle ? » suggéra-t-il. « Moins de gargouilles, des effets plus simples, une durée plus courte ? »

« Alors ça devient une jolie démonstration magique au lieu d'une preuve révolutionnaire du potentiel de la magie de partenariat », dit Dylan d'un ton sec. « Jasper, après ce qui s'est passé aujourd'hui, nous avons besoin que ce soit irréfutable. Suffisamment spectaculaire pour qu'ils ne puissent pas l'écarter, suffisamment puissant pour qu'ils ne puissent pas l'ignorer. »

« Dylan a raison », dis-je à contrecœur. « Si nous voulons prouver que la magie de partenariat crée de la beauté plutôt que du chaos, nous devons créer quelque chose d'assez beau pour changer les mentalités. Quelque chose que la magie individuelle ne pourrait jamais accomplir. »

« Même si ça signifie risquer votre lien magique ? » demanda Kieran sérieusement.

Dylan et moi nous sommes regardés, et je vis mes propres sentiments contradictoires se refléter dans ses yeux verts. La magie de partenariat que nous avions découverte était d'une valeur inestimable — elle avait transformé à la fois nos capacités et notre compréhension de ce que la magie pouvait être. La pensée de potentiellement la perdre était terrifiante.

Mais la pensée de laisser le professeur Arcturus gagner, de permettre que la magie de partenariat soit à nouveau réprimée pour un autre siècle, était pire.

« Oui », dis-je doucement. « Même si ça signifie risquer le lien. »

« Eh bien », ajouta Dylan avec une légèreté forcée, « à quoi bon avoir une magie révolutionnaire si on a trop peur de l'utiliser révolutionnairement ? »

« Ce mot n'existe pas », dis-je automatiquement.

« La langue évolue », dit-il, suffisant.

Malgré tout, je me surpris à sourire. « Ton approche de la langue est aussi chaotique que ton approche de la magie. »

« Et ton approche des deux est aussi structurée que d'habitude. Tu vois ? Nous nous équilibrons parfaitement. »

L'affection dans sa voix fit naître quelque chose de chaleureux dans ma poitrine, même si l'anxiété continuait de ronger les recoins de mon esprit.

« D'accord », dit Jasper d'un ton décidé. « Si on le fait, on le fait bien. Plein effet, impact maximal, et on gérera les conséquences, quelles qu'elles soient. »

« D'accord », dit Kieran.

« Absolument », ajouta Finn.

Ils nous regardèrent tous, Dylan et moi, avec expectative.

« Ensemble ? » demanda Dylan en me serrant doucement la main.

« Ensemble », confirmai-je.

DEUX HEURES PLUS TARD, nous étions positionnés sur le toit de Frost Hall, entourés des huit gargouilles qui allaient nous servir d'artistes. L'air de la nuit était vif et clair, parfait pour le genre d'acoustique magique dont nous aurions besoin pour que l'opéra se propage à travers le campus.

« Vérification finale des systèmes », ai-je annoncé, en consultant les dispositifs de surveillance magique que j'avais apportés de l'Observatoire. « Les trames d'animation sont stables, les superpositions d'illusions sont chargées, la matrice de synchronisation est active. »

« Effets pyrotechniques prêts », rapporta Finn.

« Générateurs de brouillard amorcés », ajouta Kieran.

« Protocoles d'arrêt d'urgence activés », dit Jasper en nous lançant à tous un regard entendu. « Si quoi que ce soit commence à mal tourner, je déclencherai un amortissement magique immédiat. »

« Espérons qu'on n'en arrivera pas là », dit Dylan, mais sa tension était évidente dans la raideur de ses épaules.

Je vins me placer à côté de lui, au centre de notre réseau de sorts, prenant ses mains dans ce geste familier qui était devenu aussi naturel que de respirer.

« Prête ? » ai-je demandé.

« Prêt. »

Ensemble, nous avons puisé dans notre magie.

La connexion initiale fut parfaite — nos signatures magiques se trouvant l'une l'autre avec l'harmonie à laquelle nous nous étions habitués. Le lien de partenariat s'embrasa autour de nous, créant la fondation stable dont nous aurions besoin pour le sortilège complexe à venir.

Puis nous avons commencé à activer les animations des gargouilles.

Les trois premières gargouilles prirent vie sans heurt, leurs formes de pierre acquérant la grâce fluide nécessaire à une performance théâtrale. La quatrième et la cinquième suivirent, leurs signatures magiques individuelles s'intégrant sans couture à notre matrice de contrôle.

Mais quand nous avons tenté d'activer la sixième gargouille, quelque chose a mal tourné.

Au lieu de l'intégration fluide que nous avions obtenue avec les autres, la signature magique de la gargouille entra en conflit avec notre lien de partenariat. Le conflit créa une boucle de rétro-action qui envoya une énergie chaotique ricocher à travers toute la trame du sort.

L'air crépita d'énergie instable, l'harmonie entre notre magie se défaisant comme un fil trop tendu. Pour la première fois depuis la découverte de notre lien, je le sentis se tendre, je sentis la possibilité terrifiante que nous pourrions ne pas réussir à le maintenir.

« Dylan ! » ai-je crié alors que la matrice magique autour de nous commençait à se déstabiliser.

« Je le vois ! » répondit-il, injectant plus d'énergie dans les sorts de synchronisation. « Peux-tu compenser le conflit de résonance ? »

J'ai essayé de puiser plus profondément dans notre lien de partenariat pour trouver la capacité magique supplémentaire dont nous avions besoin. Mais la résistance de la gargouille était plus forte que prévu, exigeant plus de puissance que nos calculs n'en avaient tenu compte.

La septième et la huitième gargouille s'activèrent quand même, répondant au chaos magique plutôt qu'à notre contrôle délibéré. Soudain, nous avions six gargouilles animées interprétant des morceaux de musique complètement différents, tandis que deux autres tentaient des acrobaties pour lesquelles leurs formes de pierre n'avaient jamais été conçues.

« Ça devient incontrôlable », cria Kieran pour couvrir la cacophonie.

« Jasper, lance l'arrêt d'urgence ! » ai-je crié en retour.

« J'essaie ! L'amortissement magique ne répond pas ! »

Le chaos se propageait. Notre lien de partenariat, surchargé par les demandes magiques conflictuelles, commençait à fluctuer sauvagement. Je pouvais sentir la magie de Dylan devenir erratique, son chaos habituellement maîtrisé se transformant en quelque chose de réellement dangereux.

Et puis, juste au moment où j'allais suggérer que nous abandonnions complètement le sort, Dylan fit quelque chose d'inattendu.

Au lieu de combattre le chaos, il l'a adopté.

« Lyra », dit-il, sa voix calme malgré la tempête magique qui faisait rage autour de nous, « arrête d'essayer de contrôler les gargouilles individuellement. Laisse-les trouver leur propre harmonie. »

« Ce n'est pas comme ça que fonctionnent les sortilèges synchronisés... »

« Ce n'est pas comme ça que fonctionnent les sortilèges *individuels* », corrigea Dylan. « Mais la magie de partenariat fonctionne différemment, tu te souviens ? Fais confiance à la connexion. »

Contre chacun de mes instincts, je relâchai ma prise sur la matrice de contrôle. Au lieu de diriger les actions de chaque gargouille, je fournis un soutien structurel tout en permettant à la magie du chaos de Dylan de trouver des motifs naturels au sein du pandémonium.

L'effet fut immédiat et surprenant.

Les gargouilles cessèrent de lutter contre notre contrôle et se mirent à... improviser. Les styles musicaux conflictuels fusionnèrent en quelque chose qui tenait à la fois de l'opéra, du jazz et d'une forme entièrement nouvelle d'expression artistique. Les acrobaties devinrent des pas de danse qui complétaient la performance musicale. Le chaos magique se transforma en créativité collaborative.

C'était magnifique. C'était impossible. C'était tout ce que la magie de partenariat était censée être.

Mais cela épuisait aussi nos réserves magiques à une vitesse alarmante.

« Dylan », dis-je, les dents serrées, « nous ne pouvons pas maintenir ça beaucoup plus longtemps. »

« Je sais. Mais regarde-les, Lyra. Regarde ce que nous avons créé. »

Je regardai. Les gargouilles exécutaient quelque chose qui n'avait jamais existé auparavant — une fusion de talent artistique individuel et de magie collaborative qui incarnait tout ce que nous avions découvert sur les liens de partenariat. Des étudiants sortaient des bâtiments à travers le campus, attirés par cette musique impossible. Des membres du corps professoral se tenaient sur le pas des portes, leurs expressions allant de l'étonnement à l'inquiétude.

Et là, dans la foule rassemblée en bas, j'aperçus le professeur Arcturus lui-même, son visage pâle tourné vers notre démonstration.

« Il regarde », dis-je.

« Bien. Qu'il voie à quoi ressemble vraiment la magie de partenariat. »

Mais nos réserves magiques étaient presque épuisées, et je sentais le lien de partenariat commencer à s'effilocher sous la pression continue.

Je le sentais m'échapper — comme essayer de retenir de l'eau dans mes mains. La panique me griffa. Si nous n'arrêtions pas maintenant, nous n'allions pas seulement perdre le contrôle du sort — nous pourrions nous perdre l'un l'autre.

« Dylan, nous devons arrêter ça. Maintenant. »

« Encore une minute... »

« Maintenant ! »

Ensemble, nous avons entamé la séquence d'arrêt, réduisant soigneusement le flux magique vers chaque gargouille tout en maintenant une connexion suffisante pour qu'elles retournent sur leurs piédestaux en toute sécurité plutôt que de simplement s'effondrer.

Les cinq premières gargouilles retombèrent en dormance sans heurt. La sixième — celle qui avait causé le conflit initial — lutta contre l'arrêt, sa signature magique continuant de se heurter à notre lien.

Et c'est là que tout a basculé.

La boucle de rétroaction de la gargouille résistante interagissant avec nos réserves magiques épuisées produisit exactement ce que j'avais craint. Notre lien de partenariat n'a pas seulement fluctué — il s'est complètement déstabilisé, nous projetant tous les deux en arrière alors que des mois de connexion magique soigneusement construite volaient en éclats.

La dernière chose dont je me souviens, c'est la main de Dylan dans la mienne, notre magie se déchirant comme un tissu soumis à une trop forte tension, et la nauséeuse sensation de tomber dans le vide magique là où notre lien avait existé.

Puis l'obscurité m'a happée, et je n'ai plus rien su.

Je me suis réveillée à l'infirmerie, entourée de murs d'un blanc stérile et d'une douce magie de guérison. Une pâle lumière du soleil traversait la pièce, suggérant que j'avais été inconsciente pendant des heures.

« Lyra ? » La voix de Dylan, rauque et inquiète, provenait de quelque part à ma droite.

Je tournai la tête — avec précaution, car tout me semblait fragile et étrange — pour le trouver assis sur une chaise à côté de mon lit. Il avait une mine affreuse : pâle, épuisé, avec des cernes sous les yeux qui témoignaient d'une nuit sans sommeil.

« Salut », dis-je doucement, ma voix sortant plus éraillée que prévu.

« Salut. » Son sourire était faible mais sincère. « Comment te sens-tu ? »

Je fis le point. Physiquement, je semblais intacte, bien qu'il y ait un épuisement jusqu'à la moelle qui suggérait une déplétion magique. Émotionnellement, je me sentais... vide. Comme si quelque chose d'important manquait.

Et puis j'ai réalisé ce que c'était.

« Dylan », dis-je avec précaution, « essaie de te connecter à notre lien de partenariat. »

Son expression se figea. « Lyra... »

« Essaie. »

Je regardai son visage pendant qu'il fermait les yeux et cherchait la connexion magique qui était devenue aussi naturelle que de respirer. Je vis l'espoir se transformer en confusion, la confusion en une alarme grandissante.

« Je ne le sens pas », dit-il doucement. « Je ne te sens plus du tout. »

Ces mots confirmèrent ce que j'avais déjà soupçonné mais espéré être faux.

Notre lien de partenariat avait disparu.

Des mois de développement magique, de connexion émotionnelle et de découvertes révolutionnaires — détruits en une seule nuit par notre propre ambition et une gargouille à la signature magique incompatible.

« Lyra », dit Dylan désespérément, « dis-moi que c'est temporaire. Dis-moi que les liens magiques peuvent se remettre de ce genre de dommage. »

Je voulais le rassurer. Je voulais dire que la magie de partenariat était résiliente, que ce que nous avions construit ensemble pouvait être reconstruit.

Au lieu de cela, je me suis souvenue des avertissements du professeur Lumina sur les dangers de la surextension magique et des cas historiques de paires liées qui ne s'étaient jamais remises de séparations traumatisantes.

« Je ne sais pas », murmurai-je. L'absence en moi était assourdissante. Pendant des semaines, la magie de Dylan avait été un chant à côté de la mienne. Maintenant, il n'y avait que le silence. Un silence vide et froid. « Dylan, honnêtement, je ne sais pas. »

Le silence qui suivit était empli de tout ce que nous aurions pu perdre à jamais.

CHAPITRE QUATORZE
VACANCES D'HIVER

DYLAN

Le domaine familial des Vixen était exactement le même que lorsque je l'avais quitté pour ma deuxième année, trois mois plus tôt : un manoir tentaculaire en pierre recouvert d'un givre perpétuel, des chênes centenaires dont les branches nues scintillaient de cristaux de glace, et l'odeur familière de la fumée de pin s'échappant de multiples cheminées. J'aurais dû avoir le sentiment de rentrer à la maison.

Au lieu de cela, debout dans l'allée circulaire, mes bagages à mes pieds, je me sentais comme un imposteur dans ma propre peau.

« Dylan ! » La voix de ma mère traversa la cour, chaleureuse et remplie d'une joie sincère. Elle sortit de l'entrée principale dans un tourbillon de robes émeraude, ses cheveux auburn captant la lumière hivernale. « Tu es en avance ! Nous ne t'attendions que ce soir. »

« Les cours se sont terminés plus tôt que prévu », dis-je, acceptant son étreinte et essayant de rassembler un enthousiasme que je ne ressentais pas. « Un incident magique lors de la démonstration finale. Ils ont renvoyé tout le monde plus tôt pour des évaluations de sécurité. »

Ce n'était pas techniquement un mensonge. Il y avait bien eu un incident magique, et l'administration menait des évaluations de sécurité, plus particulièrement sur la recherche en magie de partenariat et sur les étudiants qui y avaient participé. Ce que je n'ai pas mentionné, c'est que l'« incident magique » avait détruit la chose la plus importante qui me soit jamais arrivée.

« Eh bien, nous sommes ravis de t'avoir à la maison », dit maman, passant son bras sous le mien alors que nous nous dirigions vers la maison. « Ton père est dans son bureau, il examine les rapports trimestriels, et tes frères devraient arriver demain. Ce sera merveilleux d'avoir toute la famille de nouveau réunie. »

« Oui », approuvai-je d'une voix creuse. « Merveilleux. »

L'intérieur du domaine des Vixen était un témoignage de siècles de succès de la magie des métamorphes-renards : des portraits enchantés qui hochaient la tête en guise de salutation, des bibliothèques qui s'organisaient toutes seules, et des sortilèges de réchauffement qui s'ajustaient en fonction des préférences de chacun. Tout était élégant, efficace et confortable, comme seuls la vieille fortune et la magie ancienne pouvaient le permettre.

J'avais grandi entouré de ce genre de luxe désinvolte, et jusqu'à récemment, j'avais considéré cela comme acquis. Maintenant, après des mois de magie de partenariat et de découvertes révolutionnaires, cette perfection immaculée me semblait étouffante.

« Comment s'est passé le semestre, mon chéri ? » demanda maman alors que nous nous installions dans le petit salon, où des lutins de maison avaient déjà disposé du thé et des gâteaux. « Tes dernières lettres étaient un peu... avares en détails. »

C'était parce que les détails en question impliquaient le fait de tomber amoureux d'une brillante mage de lumière, de découvrir que ma magie supposément défectueuse était en fait évolutive, et de détruire accidentellement notre lien magique lors d'une démonstration publique spectaculaire qui avait probablement mis fin à nos deux carrières universitaires.

« C'était instructif », dis-je prudemment.

« J'en suis sûre. » Les yeux verts de maman — si semblables aux miens — scrutèrent mon visage avec ce genre d'intuition maternelle à qui rien n'échappe. « Dylan, tu as l'air fatigué. Et amaigri. As-tu mangé correctement ? »

« La nourriture du campus, tu sais ce que c'est. »

« Hum. » Elle n'avait pas l'air convaincue. « Eh bien, nous allons remédier à ça pendant que tu es à la maison. Mme McCreedy prépare déjà tes plats préférés. »

J'ai hoché la tête, souri et donné des réponses appropriées à ses questions sur les professeurs, les cours et les activités sociales. Mais une partie de mon esprit ne cessait de dériver vers une infirmerie stérile où j'étais resté assis à côté du lit de Lyra, la regardant gérer la perte de notre connexion magique avec le même détachement analytique qu'elle appliquait aux expériences ratées.

Nous devrions nous laisser de l'espace, avait-elle dit de cette voix soigneusement maîtrisée. *Le temps de digérer ce qui s'est passé sans la complication de la proximité.*

L'*espace* s'était avéré être un code universitaire pour *il vaut peut-être mieux que nous ne nous voyions pas pendant les vacances d'hiver.*

« Dylan ? » La voix de maman me ramena au présent. « Je t'ai demandé quels étaient tes projets pour les vacances. »

« Désolé, j'étais juste en train de penser. Pas de projets particuliers. Repos, temps en famille, peut-être un peu de lecture. »

« De la lecture ? » Les sourcils de maman se haussèrent de surprise. « De la lecture volontaire ? Pendant les vacances ? »

Avant ce semestre, l'idée de passer les vacances avec des livres m'aurait horrifié. Maintenant, l'idée de plonger dans des textes de théorie magique — pour tenter de trouver une référence à la réparation d'un lien de partenariat, un espoir que ce que nous avions perdu puisse être retrouvé — me semblait le seul usage productif de mon temps.

« Je me suis découvert un intérêt pour la théorie magique avancée », dis-je.

« Quelle attitude merveilleusement studieuse. » Le sourire de maman était à la fois satisfait et perplexe. « Bien que je doive dire, cette nouvelle inclination pour les études est plutôt inattendue. »

« Les gens changent. »

« Effectivement. » Elle tendit la main pour me serrer la mienne. « Je suis fière de toi, tu sais. Quoi que ce soit qui ait provoqué cette évolution, ça te va bien. »

La chaleur dans sa voix me fit mal à la poitrine. Comment pouvais-je expliquer que la personne dont elle était fière — le Dylan qui s'était découvert une passion intellectuelle et un but universitaire — n'existait peut-être plus ? Que le partenariat magique qui m'avait fait me sentir brillant, capable et digne était parti, ne laissant derrière lui que l'étudiant médiocre que j'avais toujours été ?

« Merci, maman. »

« Maintenant, dit-elle en se rasseyant avec son thé, parle-moi de cette fille. »

J'ai failli m'étouffer avec mon gâteau. « Quelle fille ? »

« Celle qui est responsable de cette transformation radicale de personnalité. » Le sourire de maman se fit entendre. « Dylan, j'ai élevé trois fils. Je reconnais les signes de l'attachement romantique. »

« Je ne vois pas de quoi tu parles. »

« Les regards perdus dans le vide, la distraction, l'intérêt soudain pour les études, le fait que tu n'aies écrit que trois lettres à la maison ce semestre et qu'aucune d'elles ne mentionnait d'activités sociales. » Elle énuméra les preuves sur ses doigts. « Soit tu es tombé amoureux, soit tu as développé une sérieuse obsession pour la recherche magique. »

Les deux, pensai-je misérablement. *Et j'ai perdu les deux.*

« Elle s'appelle Lyra », dis-je doucement.

« Et ? »

« Et c'est compliqué. »

Maman attendit avec l'expectative patiente de quelqu'un qui avait passé des décennies à extraire des informations de métamorphes-renards évasifs.

« Elle est brillante », continuai-je à contrecœur. « La personne la plus intelligente que j'aie jamais rencontrée. Nous étions... nous avions un partenariat de recherche. Un travail sur la théorie magique. »

« Aviez ? »

« Le projet s'est mal terminé. » Je fixai ma tasse de thé, regardant la vapeur s'enrouler en motifs qui me rappelaient les constructions de lumière que Lyra et moi créions ensemble. « Il y a eu un accident. Maintenant, elle pense qu'il vaut mieux que nous gardions une certaine distance pendant que nous cherchons quoi faire ensuite. »

« Ah. » L'expression de maman s'adoucit avec compréhension. « Ton premier chagrin d'amour. »

« Ce n'est pas... » commençai-je, puis je m'arrêtai. Parce que ça l'était, n'est-ce pas ? La perte de notre partenariat magique était dévastatrice, mais la perte de Lyra elle-même était pire. L'idée qu'elle puisse décider que nous étions mieux séparés, que le

Dylan sans magie révolutionnaire ne valait pas son temps, me pesait sur la poitrine.

« Oh, mon chéri », dit maman doucement, venant s'asseoir à côté de moi sur le canapé. « Je suis désolée. »

« Le pire », dis-je, surpris de m'entendre parler, « c'est qu'elle avait raison pour la distance. Être près l'un de l'autre en ce moment est... difficile. Tout nous rappelle ce que nous avons perdu. »

« Qu'avez-vous perdu, exactement ? »

Comment pouvais-je expliquer la magie de partenariat à quelqu'un qui n'en avait jamais fait l'expérience ? Comment pouvais-je décrire la façon dont la magie de Lyra m'avait semblé être une pièce manquante de moi-même, ou l'harmonie que nous avions atteinte lorsque nos capacités fonctionnaient ensemble ?

« Une connexion », dis-je finalement. « Quelque chose qui nous rendait tous les deux meilleurs que nous ne l'étions seuls. »

« Et tu penses que ça ne peut pas être reconstruit ? »

« Je ne sais pas. Peut-être. Mais si ce n'est pas possible ? Et si nous l'avions perdu pour toujours, et que Lyra réalisait qu'elle est mieux sans moi pour plomber sa carrière universitaire ? »

Maman resta silencieuse un instant, réfléchissant.

« Dylan, dit-elle enfin, puis-je te dire quelque chose à propos de ton père et moi ? »

J'ai hoché la tête.

« Quand nous nous sommes rencontrés, j'étais convaincue que nous étions complètement incompatibles. Il était le chaos incarné : spontané, désorganisé, toujours avec trois longueurs d'avance sur la catastrophe. Moi, j'étais la structure, la planification et la considération attentive des conséquences. »

« Ça me dit quelque chose », dis-je avec un faible sourire.

« Nous avons eu une dispute spectaculaire pendant notre troisième année d'université. Quelque chose à propos d'une farce qui a mal tourné et d'approches contradictoires pour résoudre des problèmes magiques. Je lui ai dit que nous étions trop différents pour travailler ensemble, que son approche chaotique se heurterait toujours à ma nature méthodique. »

« Et qu'est-ce qui s'est passé ? »

« Nous avons passé six semaines misérables à nous éviter pendant que j'essayais de me convaincre que j'étais mieux seule. » Le sourire de maman devint ironique. « Il s'est avéré que le chaos et la structure ne sont pas des forces opposées. Ce sont des forces complémentaires. Il m'a appris à embrasser la spontanéité ; je lui ai appris la valeur de la planification. Ensemble, nous sommes devenus quelque chose qu'aucun de nous n'aurait pu accomplir individuellement. »

« Mais que faire si la connexion a disparu ? Si nous ne pouvons pas retrouver ce que nous avions ? »

« Alors vous construisez quelque chose de nouveau. » Maman tendit la main pour glisser une mèche de cheveux derrière mon oreille, un geste douloureusement familier de mon enfance. « L'amour ne consiste pas à retrouver des moments parfaits, Dylan. Il consiste à choisir de grandir ensemble malgré l'imperfection. »

« Même si nous avons tous les deux changé ? Même si je ne suis plus la personne dont elle est tombée amoureuse ? »

« Surtout dans ce cas. » La voix de maman était pleine de conviction. « Les meilleurs partenariats ne se construisent pas sur qui vous étiez quand vous vous êtes rencontrés. Ils se construisent sur qui vous choisissez de devenir ensemble. »

Je voulais la croire. Je voulais penser que Lyra et moi pourrions peut-être retrouver notre chemin l'un vers l'autre, même sans le partenariat magique qui nous avait réunis. Mais le souvenir de son expression soigneusement distante à l'infirmerie, la façon dont elle s'était retirée quand j'avais essayé de lui prendre la main, suggérait le contraire.

« Et si elle est passée à autre chose ? » demandai-je douce-ment. « Et si elle a décidé qu'elle était mieux sans moi ? »

« Alors bats-toi pour elle », dit simplement maman. « Montre-lui que ce que vous avez ensemble vaut la peine qu'on se batte pour, partenariat magique ou non. »

« Comment ? »

« En étant la personne dont elle est tombée amoureuse. En prouvant que tu ne t'intéressais pas seulement à la magie, tu t'in-téressais à elle. »

J'y ai pensé tandis que l'après-midi avançait, tandis que papa sortait de son bureau pour m'accueillir à la maison avec une affec-tion démonstrative, tandis que la maison se remplissait des bruits et des odeurs familiers d'un rassemblement de la famille Vixen. Mes parents s'attendaient clairement à ce que je me réinstalle dans les rythmes confortables de la vie de famille, mais je me sentais déconnecté de tout cela.

Le Dylan qui était parti pour la NPU s'était contenté de se laisser porter par la vie, usant de son charme et de ses privilèges héréditaires. Le Dylan qui était revenu avait goûté à ce que c'était d'être vraiment brillant, vraiment puissant, vraiment nécessaire au bonheur de quelqu'un d'autre.

Je n'étais plus sûr de quelle version de moi-même j'étais censé être.

Ce soir-là, je me suis retrouvé dans la bibliothèque du domaine, entouré de tomes poussiéreux sur la théorie magique auxquels je n'avais jamais prêté attention auparavant. La plupart étaient axés sur les techniques de lancement individuelles et l'éducation magique traditionnelle — rien qui ne puisse aider à la restauration d'un lien de partenariat.

Mais enfoui dans une section sur les pratiques magiques historiques, j'ai trouvé quelque chose qui m'a fait me redresser avec un intérêt soudain.

« *Liens de Partenariat : Rétablissement et Restauration* » *par Maître Elias Thornfield, daté de 1847.*

Le livre était vieux, sa reliure en cuir craquelée par l'âge, mais les sortilèges de préservation magique avaient gardé les pages lisibles. Je l'ai ouvert avec précaution, le cœur battant du premier espoir que je ressentais depuis des jours.

« *L'idée fausse la plus répandue à propos des partenariats magiques,* » lisait-on dans l'introduction, « *est que le lien lui-même est la source du pouvoir. En vérité, le lien n'est qu'une manifestation d'une compatibilité plus profonde — un alignement émotionnel, intellectuel et spirituel qui existe indépendamment de la connexion magique. Bien qu'une séparation traumatisante puisse en effet sectionner les aspects magiques du partenariat, la compatibilité sous-jacente reste intacte, attendant d'être redécouverte par un effort conscient et une confiance renouvelée.* »

J'ai lu le passage trois fois, osant à peine croire à ce qu'il suggérait.

Si Thornfield avait raison, alors ce que Lyra et moi avions perdu n'était pas vraiment parti — c'était dormant. Attendant que nous retrouvions le chemin vers la connexion émotionnelle et intellectuelle qui avait rendu le partenariat magique possible en premier lieu.

« *La clé de la restauration* », continuai-je de lire, « *ne réside pas dans la tentative de recréer le lien original, mais dans la construction d'une nouvelle fondation basée sur une compréhension plus profonde et un choix conscient plutôt que sur un accident magique.* »

Pour la première fois depuis mon réveil à l'infirmerie, je ressentis quelque chose qui aurait pu être de l'espoir.

Peut-être que le partenariat magique avait disparu pour toujours. Peut-être que nous ne pourrions jamais recréer l'harmonie exacte que nous avions atteinte lors de nos premières découvertes. Mais peut-être que cela n'avait pas d'importance.

Peut-être que ce qui importait, c'était de prouver à Lyra que j'étais tombé amoureux d'elle, pas seulement de notre compatibilité magique. Que j'appréciais son intelligence, son courage, sa détermination obstinée à se battre pour ce en quoi elle croyait — non pas parce que ces qualités amélioraient ma magie, mais parce qu'elles amélioraient ma vie.

Peut-être que maman avait raison. Peut-être que les meilleurs partenariats ne consistaient pas à retrouver des moments parfaits, mais à choisir de grandir ensemble malgré l'imperfection.

Et peut-être, juste peut-être, que Lyra passait ses vacances d'hiver à arriver à la même conclusion.

J'ai passé le reste de la soirée à lire l'œuvre de Thornfield, à prendre des notes minutieuses et à formuler un plan qui n'avait rien à voir avec la magie et tout à voir avec la fille qui m'avait appris ce que signifiait être brillant.

Au moment de me coucher, je savais exactement ce que je devais faire à mon retour à la NPU.

La question était de savoir si j'aurais le courage de le faire.

LE LENDEMAIN MATIN ramena mes frères à la maison dans un tourbillon de bagages, de rires et de récits compétitifs. Marcus et Adrian étaient tous deux plus âgés, tous deux couronnés de succès dans leurs carrières magiques respectives, et tous deux ravis d'avoir leur petit frère à la maison pour les vacances.

« Dylan ! » Marcus m'attrapa dans une étreinte d'ours qui me souleva du sol. « Regarde-toi, tout studieux et sérieux. Qu'est-il arrivé au gamin qui mettait de la poudre à gratter dans mes robes de cérémonie ? »

« Il a grandi », dis-je en me dégageant de son étreinte.

« Tragique », dit Adrian avec une solennité feinte. « Encore un farceur prometteur perdu au profit de la responsabilité académique. »

Ils me taquinaient, mais il y avait une affection sincère sous-jacente. Mes frères m'avaient toujours protégé, moi le plus jeune et le moins brillant des trois fils Vixen sur le plan scolaire. En grandissant, ils avaient couvert mes ratés magiques, m'avaient aidé avec des devoirs que je ne pouvais pas gérer seul, et ne m'avaient jamais fait me sentir inadéquat malgré leur évidente supériorité en toute chose magique.

Maintenant, assis autour de la table du petit-déjeuner à écouter leurs histoires de succès professionnels et d'aventures romantiques, je réalisai que quelque chose avait changé. Je ne me sentais plus comme le petit frère décevant qui avait besoin de protection et d'assistance.

Je me sentais comme quelqu'un qui avait découvert sa propre valeur et était prêt à se battre pour ce qui comptait pour lui.

« Alors, dit Adrian avec la bouche pleine de crêpes enchantées, maman a mentionné qu'il y a une fille impliquée dans cette trans-formation de personnalité. »

« C'est vrai », dis-je simplement.

« Et ? » incita Marcus.

« Et je vais la reconquérir. »

Mes frères échangèrent un regard.

« La reconquérir ? » Les sourcils d'Adrian se haussèrent. « Qu'est-ce que tu as fait de mal ? »

« Je n'ai rien fait de mal. Nous avons tous les deux fait des choix qui semblaient logiques à l'époque mais qui se sont avérés être des erreurs. »

« Comme quoi ? »

Je me suis retrouvé à expliquer la recherche sur la magie de partenariat, l'opposition du corps enseignant, la démonstration spectaculaire et les conséquences dévastatrices. Pas les détails techniques — ceux-ci auraient nécessité plus de connaissances en théorie magique que mes deux frères n'en possédaient — mais le cœur émotionnel de ce que nous avions découvert et perdu.

« Donc tu es tombé amoureux d'une universitaire brillante qui t'a aidé à découvrir des capacités dont tu ignorais l'existence », résuma Marcus quand j'eus fini.

« Oui. »

« Et ensuite, vous avez perdu à la fois les capacités et la fille dans un accident magique spectaculaire », ajouta Adrian.

« Oui. »

« Et maintenant tu veux prouver que tu n'aimais pas seulement sa magie, tu l'aimais, elle », continua Marcus.

« Exactement. »

Mes frères se regardèrent de nouveau, puis me fixèrent.

« Quel est ton plan ? » demanda Adrian.

Pour la première fois depuis des jours, je souris. « Je vais lui construire un jardin de lumière. »

« Un quoi, pardon ? »

« Un jardin entièrement fait de magie de lumière entretenue. Chaque fleur, chaque arbre, chaque brin d'herbe fabriqué à partir d'énergie lumineuse pure et maintenu indéfiniment sans l'aide d'un lien de partenariat. »

« Dylan », dit Marcus prudemment, « tu réalises que ce genre de magie de lumière avancée est généralement au-delà de la capacité de lancement individuelle ? Surtout pour les métamorphes-renards ? »

« Je sais. »

« Et tu prévois de tenter le coup quand même ? »

« Je prévois de la maîtriser », le corrigeai-je. « Parce que Lyra m'a appris que la magie ne dépend pas de ce pour quoi on est soi-disant doué. Elle dépend de ce pour quoi on est prêt à travailler. »

« Et si tu n'y arrives pas ? » demanda doucement Adrian.

« Alors je trouverai un autre moyen de lui montrer ce qu'elle représente pour moi. » Je regardai mes frères, ces deux hommes accomplis et sûrs d'eux qui m'avaient toujours semblé incroyablement capables quand j'étais plus jeune. « Mais je vais essayer. Parce qu'elle en vaut la peine. »

Marcus arbora un large sourire soudain. « Eh bien, merde. Regardez qui a enfin compris ce qu'il veut. »

« Il était temps », approuva Adrian. « Alors, petit frère, comment peut-on t'aider ? »

L'offre était inattendue et extrêmement généreuse.

« Vous voulez m'aider ? »

« Dylan », dit Marcus sérieusement, « nous t'avons regardé te laisser porter par la vie pendant des années, te frayant un chemin à travers les défis avec ton charme sans jamais vraiment te soucier du résultat. C'est la première fois que tu parles de quelque chose qui compte vraiment pour toi. »

« La première fois que tu donnes l'impression de savoir qui tu veux être », ajouta Adrian.

« Bien sûr que nous allons t'aider. »

Et c'est ainsi que j'ai fini par passer le reste des vacances d'hiver en entraînement magique intensif avec mes frères, à travailler pour maîtriser des techniques de magie de lumière qui auraient dû être impossibles pour un métamorphe-renard les tentant seul.

C'était un travail épuisant et frustrant. Sans le cadre structurel de Lyra pour guider mon énergie chaotique, chaque sortilège demandait exponentiellement plus d'efforts et de concentration. Les progrès se mesuraient en infimes améliorations plutôt qu'en percées spectaculaires.

Mais lentement, progressivement, j'ai commencé à comprendre ce que Lyra avait essayé de m'apprendre sur la discipline et l'approche systématique. J'ai appris à canaliser mes

instincts magiques naturels par une préparation théorique minutieuse. J'ai découvert que l'accomplissement magique individuel
n'était pas une question de puissance brute, mais de patience, de
précision et de la volonté d'échouer à plusieurs reprises jusqu'à
réussir.

À la fin des vacances d'hiver, je pouvais maintenir des
constructions de lumière complexes pendant près d'une heure
sans assistance. Ce n'était pas de la magie de partenariat — ça
n'avait pas l'harmonie sans effort ou l'amélioration exponentielle
qui venait de la collaboration magique.

Mais c'était à moi. Un accomplissement individuel obtenu par
un effort dévoué, guidé par tout ce que Lyra m'avait appris sur
l'approche de la magie avec une rigueur intellectuelle.

C'était la preuve que j'avais intériorisé ses leçons même sans
notre lien.

Et peut-être, juste peut-être, que ce serait suffisant pour la
convaincre que ce que nous avions construit ensemble valait la
peine d'être reconstruit, quelle que soit la forme que cela pourrait
prendre.

La question était de savoir si elle me donnerait la chance
d'essayer.

Alors que le traîneau me ramenait à la NPU pour le semestre
de printemps, je serrais le livre de Thornfield dans une main et un
petit cristal contenant la première fleur de lumière que j'avais
réussi à créer seul dans l'autre.

Il était temps de savoir si le partenariat pouvait survivre à la
perte de la magie de partenariat.

Il était temps de découvrir si l'amour était plus fort que la
peur de l'imperfection.

CHAPITRE QUINZE

RÉPARER ET RECONSTRUIRE

LYRA

J'étais seule dans l'Observatoire quand Dylan est revenu sur le campus, trois jours avant le début officiel du semestre de printemps. Cette arrivée précoce n'aurait pas dû me surprendre – la ponctualité était devenue l'un de ses traits de caractère inattendus au fil de notre partenariat – mais elle m'a tout de même prise au dépourvu.

J'avais passé la majeure partie des vacances d'hiver à l'Observatoire, bien que n'ayant officiellement pas accès aux installations de recherche. La professeure Lumina s'était discrètement arrangée pour que ma carte d'accès continue de fonctionner, même si nous prétendions toutes les deux qu'il s'agissait d'un oubli plutôt que d'une gentillesse délibérée. L'alternative – passer des semaines à la maison à subir les questions insistantes de mes parents sur mon avenir universitaire – m'avait semblé infiniment pire que de hanter le campus désert tel un fantôme érudit.

Je me disais que j'étais là pour la recherche. Que tout reconstruire de mémoire était une nécessité universitaire, et non une béquille émotionnelle. Mais chaque fois que je cherchais une réponse que nous avions autrefois trouvée ensemble, je ne rencontrais que le vide.

Le doux carillon de la porte de l'Observatoire me fit lever les yeux du cadre théorique que je reconstruisais de mémoire. Dylan se tenait sur le seuil, l'air à la fois nerveux et déterminé, un sac de voyage en bandoulière et ce qui semblait être une grande boîte ornée flottant derrière lui.

« Salut », dit-il simplement.

« Salut à toi. » J'ai sauvegardé mon travail d'un geste, prétendant que le soubresaut dans ma poitrine était dû à la surprise, et non à l'espoir. « Tu es en avance. »

« Toi aussi. »

« Je ne suis jamais partie. »

Une lueur traversa son expression, peut-être de l'inquiétude, ou de la culpabilité. « Lyra, tu as passé toutes les vacances ici ? Seule ? »

« Pas entièrement seule. La professeure Lumina venait me voir régulièrement. Et les lutins de maintenance sont des interlocuteurs étonnamment bons. »

C'était une piètre tentative d'humour, mais le froncement de sourcils inquiet de Dylan suggérait qu'elle n'avait pas été convaincante.

« Ça a dû... » Il marqua une pause, semblant choisir ses mots avec soin. « Ça a dû être solitaire. »

« Je suis habituée à la solitude », dis-je, ce qui était vrai mais sonna plus durement que je ne l'avais voulu.

« Vraiment ? Parce que je me souviens de quelqu'un qui illuminait l'Observatoire juste en ayant un partenaire avec qui partager ses découvertes. »

Ses mots m'ont frappée comme la lumière à travers du verre : à la fois éclairants et douloureux. Je me suis retournée vers mes écrans de travail, espérant qu'il ne verrait pas que mes mains s'étaient mises à trembler légèrement.

« C'était différent », dis-je à voix basse. « C'était quand nous avions le partenariat magique. Quand la recherche comptait pour quelqu'un d'autre que moi. »

« Elle compte toujours pour moi. »

« Dylan... »

« Je sais que nous ne pouvons pas recréer ce que nous avions », m'interrompit-il, s'avançant dans l'Observatoire avec cette précision prudente qu'il avait développée durant nos sessions ensemble. « Je sais que le partenariat magique est peut-être perdu à jamais. Mais cela ne veut pas dire que le travail que nous avons fait ensemble n'avait aucune valeur. »

Je me suis enfin retournée pour lui faire face et fus frappée de voir à quel point il avait l'air différent. Pas physiquement – il était toujours le même séduisant renard métamorphe aux cheveux cuivrés et aux yeux verts qui semblaient voir jusqu'au tréfonds de mon âme. Mais il y avait quelque chose dans sa posture, son expression, qui parlait d'une confiance gagnée plutôt qu'héritée.

Le garçon qui se reposait autrefois sur son charme se tenait maintenant devant moi, tel un homme façonné par un but.

« Lyra, je sais que nous étions d'accord pour nous laisser de l'espace. Je sais que nous avions dit que nous trouverions une solution pour la suite sans la complication de la proximité. Mais je ne peux pas simplement prétendre que ce que nous avions ne signifiait rien. »

« Je n'ai jamais dit que je ne ressentais pas la perte jusqu'au plus profond de moi... »

« Tu as dit qu'il valait mieux que nous gardions nos distances », interrompit Dylan doucement. « Tu as dit qu'être près l'un de l'autre était difficile parce que tout nous rappelait ce que nous avions perdu. »

Ses mots étaient exacts, et ils piquaient parce que je les pensais quand je les avais prononcés. Les premiers jours après avoir perdu notre connexion magique avaient été une agonie – chaque regard échangé, chaque contact fortuit, chaque tentative de retrouver l'harmonie qui n'était plus là avait été comme appuyer sur une plaie à vif.

Mais les semaines de solitude qui avaient suivi avaient été pires.

« Dylan », dis-je prudemment, « le partenariat magique était extraordinaire. Ce que nous avons accompli ensemble, la façon dont nos capacités se renforçaient mutuellement... c'était quelque chose de sans précédent dans l'éducation magique moderne. »

« Je sais. »

« Et sans lui, nous sommes juste... » Je peinais à trouver des mots qui ne sembleraient pas cruels. « Nous sommes juste deux étudiants qui travaillaient bien ensemble, autrefois. »

« C'est tout ? » Dylan s'approcha de ma plateforme centrale, sa main planant au-dessus des commandes, ses yeux cherchant ma permission dans les miens – comme s'il n'était pas sûr d'avoir le droit d'illuminer à nouveau mon monde. « Parce que j'aimerais te montrer quelque chose. »

L'Observatoire s'emplit de lumière – non pas l'éclat combiné de la magie de notre partenariat, mais quelque chose de complètement différent. Des constructions de lumière individuelles, d'une complexité à couper le souffle, commencèrent à se matérialiser autour de nous, chacune façonnée avec une précision qui témoignait de mois de pratique assidue.

Des fleurs éclosaient à partir de rien – chacune une déclaration, une question, une excuse – leurs pétales captant et réfractant des motifs d'Aurore. Des arbres poussèrent depuis le sol de la plateforme, leurs branches s'étendant pour créer une voûte de pure luminescence. De l'herbe tapissa l'espace autour de nos pieds, chaque brin étant individuellement façonné et maintenu.

C'était un jardin entièrement fait de magie de la lumière. Un jardin qui existait indépendamment des liens de partenariat ou de la collaboration magique.

« Dylan », soufflai-je, tournant lentement sur moi-même pour embrasser l'étendue ce qu'il avait créé. « C'est impossible. De la magie de la lumière de cette complexité, maintenue sans support externe... »

« Est exactement ce que tu m'as appris que la magie pouvait être si j'étais prêt à travailler pour ça », termina-t-il. « Lyra, tu m'as montré que la capacité magique ne dépend pas de ce pour quoi tu es censé être doué. Elle dépend de ce que tu es prêt à apprendre. »

J'ai tendu la main pour toucher l'une des fleurs lumineuses, m'émerveillant de sa solidité et de sa chaleur. « Tu as fait ça seul ? Sans aucune amélioration de partenariat ? »

« Complètement seul. En utilisant tout ce que tu m'as appris sur l'approche systématique et la préparation théorique. » La voix de Dylan portait une fierté tranquille. « Ça m'a pris trois semaines pour créer une seule fleur qui durait plus de cinq minutes. Mais j'ai continué à travailler dessus parce que je voulais prouver quelque chose. »

« Quoi ? »

« Que je ne suis pas tombé amoureux de notre partenariat magique. » Il se rapprocha, ses yeux verts sérieux et vulnérables. « Je suis tombé amoureux de la personne qui m'a donné envie d'être meilleur que je ne l'étais. Qui a vu en moi un potentiel que je n'avais jamais reconnu. Qui a affronté toute l'administration de la NPU pour défendre ce que nous avions découvert ensemble. »

Mon souffle se coupa. « Dylan... »

« Je suis tombé amoureux de toi, Lyra. Pas de ce que ta magie pouvait faire pour la mienne, mais de ton génie, de ton courage, de ta détermination têtue à poser des questions qui n'avaient pas de réponses confortables. » Le jardin de lumière pulsa autour de nous, répondant à son état émotionnel. « Et si notre partenariat magique a disparu pour toujours, si nous ne pouvons jamais recréer cette harmonie parfaite que nous atteignions autrefois, ça me va. Parce que ce que je veux, ce n'est pas une collaboration magique. C'est toi. »

Les mots restèrent en suspens dans l'air entre nous, chargés d'espoir et de peur, et du poids de tout ce que nous avions perdu, trouvé et pourrions perdre à nouveau.

« Tu as passé toutes tes vacances d'hiver à apprendre la magie de la lumière avancée », dis-je lentement, « pour prouver que tu m'aimais moi, plutôt que notre partenariat. »

« Entre autres choses, oui. »

« C'est... » Je regardai autour de moi le jardin impossible qu'il avait créé par sa seule détermination et son talent individuel. « C'est soit le geste le plus romantique de l'histoire de la NPU, soit la démonstration académique la plus élaborée jamais tentée. »

« Ça ne peut pas être les deux ? »

Malgré tout – le partenariat perdu, l'incertitude de notre avenir, la peur que nous ne puissions jamais retrouver ce que nous avions eu – je me surpris à sourire.

« Tu sais », dis-je d'un air songeur, « il y a quelque chose de magnifiquement symétrique dans le fait qu'un renard méta-morphe maîtrise la magie de la lumière pour reconquérir une mage de la lumière qui lui a enseigné la théorie magique systé-matique. »

« C'est ce que je suis en train de faire ? Te reconquérir ? »

L'espoir prudent dans sa voix me serra le cœur. Car la vérité, c'est qu'il ne m'avait jamais vraiment perdue. Le partenariat magique avait peut-être disparu, mais la connexion sous-jacente

– la compatibilité intellectuelle, la compréhension émotionnelle, la façon dont il me faisait sentir comme la meilleure version de moi-même – n'avait jamais vacillé.

« Dylan », dis-je doucement, « tu n'as jamais eu besoin de me reconquérir. Tu avais besoin de me convaincre que nous pouvions construire quelque chose de nouveau ensemble. Quelque chose qui ne dépendait pas d'un partenariat magique pour exister. »

« Et alors ? »

Je fis un geste vers le jardin de lumière qui nous entourait, vers les cristaux de recherche reconstitués sur ma plateforme, vers la preuve de mois de travail acharné, entrepris non pas pour un gain personnel mais pour réparer ce qu'il pensait que nous avions perdu.

« Je pense que tu viens de réussir. »

Le sourire que m'adressa Dylan en retour était assez radieux pour alimenter tout l'Observatoire.

« Alors, qu'est-ce qu'on fait maintenant ? » demanda-t-il.

« Maintenant », dis-je en me rapprochant jusqu'à pouvoir prendre ses mains sans la douleur lancinante de la connexion magique manquante, « nous allons découvrir à quoi ressemble un partenariat quand il est construit sur le choix plutôt que sur un accident magique. »

Au moment où nos peaux se touchèrent, quelque chose d'extraordinaire se produisit. Pas le retour de notre lien originel – cette harmonie était partie, probablement pour toujours – mais quelque chose de nouveau. Quelque chose qui ressemblait à une reconnaissance, à un retour à la maison, à deux personnes choisissant de construire quelque chose ensemble parce qu'elles le voulaient, et non parce que la magie en avait décidé ainsi pour elles.

« C'est différent », dit Dylan à voix basse.

« Mieux ou moins bien ? »

« Différent », répéta-t-il, songeur. « Plus... intentionnel. Comme si nous étions là parce que nous choisissons de l'être, pas parce que notre magie a choisi pour nous. »

Je comprenais ce qu'il voulait dire. Le lien de partenariat original avait été un heureux hasard magique – une confluence parfaite de capacités compatibles qui avait créé quelque chose qu'aucun de nous n'aurait pu accomplir seul. Ceci semblait plus ancré, plus délibéré. Moins de magie, plus de choix.

« Tu m'as manqué », avouai-je. « Ces dernières semaines, à travailler seule dans l'Observatoire, je n'arrêtais pas de me tourner pour partager mes découvertes avec quelqu'un qui n'était pas là. »

« Tu m'as manqué aussi. C'est comme ça que j'ai su que ce que nous avions était plus qu'une simple compatibilité magique. »

« Qu'était-ce, alors ? »

Le sourire de Dylan était doux et sûr. « Un partenariat. Un vrai partenariat. Le genre qui survit à l'imperfection et se renforce grâce au choix conscient plutôt qu'à l'accident magique. »

Alors que nous nous tenions là, dans son impossible jardin de lumière, les mains entrelacées et l'Observatoire brillant autour de nous, preuve de dévouement, de détermination et d'amour exprimé par la réussite universitaire, je réalisai que perdre notre lien magique avait peut-être été la meilleure chose qui pouvait nous arriver.

Parce que maintenant nous savions, sans l'ombre d'un doute, que ce que nous avions construit ensemble était assez solide pour survivre à tout.

Même à la perte de la magie elle-même.

« Alors », dis-je en regardant le jardin lumineux qu'il aurait été impossible pour l'un de nous de créer six mois plus tôt, « sur quoi devrions-nous travailler ensuite ? »

« Ensemble ? »

« Toujours ensemble. »

Le sourire de Dylan était pure malice de renard métamorphe. « Eh bien, j'avais quelques idées sur la théorie avancée du partenariat qui ne nécessitent pas de liens magiques... »

« La théorie du partenariat universitaire ? »

« Entre autres. »

Et alors que nous commencions à planifier notre prochaine collaboration – magique, intellectuelle et romantique – je ne pus m'empêcher de penser que parfois, les découvertes les plus importantes se produisent non pas lorsque tout se passe comme prévu, mais lorsque vous êtes assez courageux pour tout reconstruire à partir de zéro.

Parfois, la magie la plus puissante consistait simplement à choisir, encore et encore, de se tenir aux côtés de quelqu'un qui vous donnait envie d'être la meilleure version de vous-même.

Parce qu'un vrai partenariat n'était pas quelque chose que la magie nous donnait. C'était quelque chose que nous choisissions de créer – encore et encore – les mains tendues et le cœur ouvert.

CHAPITRE SEIZE

PREMIER BAISER DANS L'OBSERVATOIRE

DYLAN

Retravailler avec Lyra, c'était comme redécouvrir une langue que j'avais oublié savoir parler.

Nous avions passé les trois derniers jours à reconstruire non seulement notre partenariat académique, mais aussi le rythme fluide de notre collaboration, celui qui avait rendu notre lien magique originel si puissant. Sans l'harmonie écrasante de notre énergie magique partagée, je pouvais enfin apprécier les manières plus subtiles dont nous nous complétions — comment l'approche systématique de Lyra structurait mes élans créatifs, comment ma volonté d'embrasser le chaos l'aidait à dépasser les frontières théoriques établies.

C'était un partenariat sans la magie du partenariat. Et pourtant, cela semblait plus intentionnel, plus précieux, parce que nous le choisissions au lieu de nous laisser emporter par notre compatibilité magique.

Il n'y avait plus le bourdonnement du lien magique pour nous guider — juste deux forces distinctes qui réapprenaient à coexis-

ter. Et pourtant, quelque chose miroitait sous la surface, infor-
mulé et en attente.

« Dylan, pourrais-tu vérifier les calculs de résonance sur le
sort de projection d'aurore ? » appela Lyra depuis l'endroit où elle
peaufinait le système d'affichage principal de l'Observatoire. « Je
veux m'assurer qu'on ne va pas créer accidentellement un autre
spectacle lumineux à l'échelle du campus. »

« C'est ça, parce que la dernière fois qu'on a fait ça, ça a si bien
marché pour nous », dis-je sèchement en consultant les cadres
mathématiques qu'elle m'avait demandé d'examiner.

Nous nous préparions pour la présentation du lendemain
devant la Commission d'Examen Académique — l'ultime chance
pour Lyra de prouver que ses recherches méritaient d'être réinté-
grées, et notre occasion mutuelle de démontrer que la théorie de
la magie de partenariat pouvait produire des applications
pratiques sans instabilité dangereuse.

« Les calculs ont l'air solides », rapportai-je, parcourant une
dernière fois les schémas de distribution d'énergie. « Impact
visuel maximal, risque minimal de débordement magique
systémique. »

« Bien. » Lyra apporta quelques ajustements finaux à la
matrice de projection, puis recula pour contempler notre travail.
« Je crois qu'on est prêts. »

L'Observatoire ressemblait à un croisement entre un laboratoire magique et une installation artistique. Des écrans flottants
montraient des cadres théoriques pour la génération contrôlée
d'aurores, tandis que des cristaux de lumière soigneusement positionnés créaient des réseaux de focalisation qui canaliseraient
notre énergie magique combinée en motifs précis plutôt qu'en
manifestations chaotiques.

C'était élégant, sophistiqué, et exactement le genre de
démonstration contrôlée qui convaincrait la Commission

d'Examen que la magie de partenariat pouvait être académiquement responsable.

« Nervouse ? » demandai-je en venant me placer à côté d'elle sur la plateforme centrale.

« Terrifiée », admit Lyra avec un sourire contrit. « Si ça ne marche pas, si on n'arrive pas à prouver que la théorie du partenariat a des applications pratiques... »

« Alors on trouvera autre chose », dis-je fermement. « Lyra, que la Commission d'Examen rétablisse ou non tes droits de recherche, qu'elle décide ou non que la magie de partenariat est acceptable sur le plan académique, ça ne change rien à ce que nous avons accompli ensemble. »

« Vraiment ? » Elle se tourna vers moi, et je pus voir la peur qu'elle avait tenté de cacher derrière sa préparation académique. « Dylan, et s'ils avaient raison ? Et si la magie de partenariat était intrinsèquement instable, intrinsèquement dangereuse ? Et si on avait poursuivi quelque chose qui risquait plus de blesser les gens que de les aider ? »

La vulnérabilité dans sa voix me serra le cœur. C'était cette peur qui la rongeait depuis que notre lien s'était brisé — pas seulement la perte de notre connexion magique, mais l'idée que nous avions peut-être eu tort de la rechercher au départ.

« Tu te souviens », dis-je avec précaution, « de la première fois où on a réussi à créer des constructions de lumière ensemble ? Dans cette pièce, avec tes cadres théoriques pour guider ma magie du chaos ? »

« Bien sûr. »

« Et qu'est-ce que tu as ressenti ? »

Lyra resta silencieuse un instant, se remémorant. « J'ai eu l'impression que c'était la magie telle qu'elle était censée être. Comme si je découvrais que tout ce que j'avais essayé d'accomplir seule n'était que le début de ce qui était possible. »

« Ce sentiment — cette impression de justesse, de potentiel, de magie s'étendant au-delà des limitations individuelles — penses-tu que c'était dangereux ? »

« Non, mais... »

« Penses-tu que l'opéra des gargouilles était dangereux ? Même quand ça a mal tourné ? »

« Dylan, nous avons perdu notre lien magique. En quoi ce n'est pas dangereux ? »

« Parce que nous sommes toujours là », dis-je simplement. « Toujours à travailler ensemble, toujours à découvrir de nouvelles applications pour la théorie du partenariat, toujours à prouver que la collaboration magique peut créer de la beauté au lieu du chaos. Nous avons perdu la connexion magique, oui. Mais nous n'avons pas perdu ce qui avait rendu cette connexion possible au départ. »

Je fis un geste vers l'Observatoire qui nous entourait, vers la preuve des semaines de travail collaboratif.

« Lyra, regarde ce que nous avons bâti ensemble sans l'amélioration du partenariat magique. Regarde les recherches que nous avons développées, les cadres théoriques que nous avons étendus, et les applications pratiques que nous avons conçues. Si ça, ce n'est pas la preuve que la théorie de la magie de partenariat a de la valeur, alors je ne sais pas ce qui pourrait l'être. »

« Mais si la Commission d'Examen ne le voit pas de cette façon ? S'ils décident que le moindre risque de rupture du lien magique rend tout le domaine trop dangereux à explorer ? »

La peur dans sa voix était à vif, réelle et complètement compréhensible. Lyra avait bâti toute son identité académique autour de la recherche magique, et la pensée de se la voir retirer — surtout pour avoir défendu quelque chose en quoi elle croyait — devait être terrifiante.

« Alors nous saurons que nous nous sommes battus pour une

cause qui en valait la peine », dis-je en prenant ses mains. « Et nous trouverons ce qui vient après. »

Au moment où nos peaux se touchèrent, quelque chose d'extraordinaire se produisit.

Pas le retour de notre lien magique originel — cette harmonie avait disparu pour toujours. Mais quelque chose de nouveau, quelque chose qui ressemblait à une reconnaissance à un niveau plus profond que la magie. Comme deux personnes qui s'étaient retrouvées non pas à cause de forces extérieures, mais par un choix délibéré.

« Dylan », dit doucement Lyra, ses yeux clairs scrutant mon visage. « Et si on ne pouvait pas recréer ce que nous avions ? Et si c'était ce qui s'approchait le plus de cette parfaite harmonie magique ? »

« Alors ça me suffit », dis-je sans hésiter. « Lyra, ce lien magique était incroyable, mais il n'a jamais été la chose la plus importante dans notre collaboration. »

« Qu'est-ce que c'était, alors ? »

« Le fait que tu me donnes envie d'être meilleur que je ne le suis. La façon dont tu vois en moi un potentiel que je n'avais jamais reconnu moi-même. Le fait qu'être à tes côtés me donne l'impression d'être la version la plus intelligente et la plus capable de moi-même. »

Je me rapprochai, jusqu'à ce que nous soyons assez proches pour que je puisse voir les éclats argentés dans ses yeux bleus.

« Et peut-être », continuai-je, ma voix s'abaissant à un murmure, « le fait que je sois complètement, désespérément amoureux de toi. »

Le souffle de Lyra se coupa. « Dylan... »

« Je sais qu'on était d'accord pour reconstruire lentement. Je sais qu'on a dit qu'on chercherait à quoi ressemble le partenariat sans l'amélioration magique. Mais Lyra, je ne peux pas passer un jour de plus à prétendre que ce que je ressens pour toi est purement académique. »

« Qui a parlé de purement académique ? » demanda-t-elle, sa voix douce et songeuse.

« Je... quoi ? »

« Dylan, tu pensais vraiment que j'ai passé trois jours à travailler seize heures par jour avec toi parce que j'étais intéressée par les applications de la recherche ? »

Je clignai des yeux. « Ce n'était pas le cas ? »

« J'étais intéressée par les applications de la recherche », dit Lyra avec un sourire qui était un mélange d'amusement, d'affection, et complètement dévastateur. « Mais surtout, j'étais intéressée par le chercheur. »

« Le chercheur ? »

« Le brillant, têtu et incroyablement adorable métamorphe renard qui a passé toutes ses vacances d'hiver à recréer des mois de mon travail parce qu'il pensait que j'en avais besoin. » Elle s'approcha, jusqu'à ce qu'il ne reste presque plus d'espace entre nous. « L'homme qui a maîtrisé la magie de la lumière avancée par pure détermination, parce qu'il voulait prouver que ce que nous avions ensemble valait plus qu'une simple commodité magique. »

« Lyra... »

« Je t'aime aussi, Dylan Vixen. Irréversiblement », dit-elle simplement. « J'aime ta créativité, ta volonté d'embrasser le chaos et d'y trouver de la beauté. J'aime la façon dont tu me fais rire, la façon dont tu remets en question mes certitudes, la façon dont tu donnes l'impression que tout est possible. »

« Même sans le partenariat magique ? »

« Surtout sans le partenariat magique. » Son sourire était radieux. « Parce que maintenant, je sais avec certitude que ce que nous avons ensemble ne dépend pas de la magie. C'est juste... nous. »

Le mot flotta dans l'air entre nous, chargé de promesses, de possibilités et du poids de tout ce que nous avions découvert, perdu et choisi de reconstruire.

« Nous », répétai-je, m'émerveillant de tout l'espoir qui pouvait tenir en un seul mot.

« Nous », confirma Lyra. « Dylan, est-ce que tu... »

Mais j'avais déjà bougé, comblant les derniers centimètres qui nous séparaient pour prendre son visage en coupe entre mes mains. J'avais imaginé ce moment une centaine de fois depuis les vacances d'hiver, mais en étant là, à la regarder comme si je comptais au-delà de la magie, je réalisai que j'étais terrifié. Pas par le rejet. Par tout ce que cela signifiait.

« Je peux t'embrasser ? »

« J'attends ça depuis que tu es revenu. »

Et sur cette simple phrase, je l'embrassai.

Je voulais que ce soit doux, un baiser qui reconnaisse tout ce que nous avions traversé et tout ce que nous espérions reconstruire ensemble. Au lieu de ça, ce fut de l'alchimie — le choix transmuté en pouvoir.

Pas l'harmonie écrasante de notre lien de partenariat perdu, mais quelque chose de plus profond, de plus fondamental. La magie de deux personnes se choisissant complètement, d'une connexion émotionnelle qui transcendait toute amélioration extérieure.

Au moment où nos lèvres se touchèrent, l'Observatoire répondit.

La lumière jaillit autour de nous — pas d'un sort que nous avions lancé, mais de l'intersection de nos signatures magiques individuelles. Ce n'était pas la magie qui nous forçait à l'harmonie, c'était notre magie qui répondait à l'harmonie que nous avions bâtie nous-mêmes. Là où mon énergie chaotique rencontrait sa précision structurée, des motifs d'aurores commencèrent à se peindre sur le dôme au-dessus de nos têtes. Les cristaux de lumière que nous avions soigneusement disposés pour la démonstration du lendemain s'activèrent spontanément, créant des cascades de lumière argentée et dorée.

Mais cette fois, au lieu de la dangereuse surcharge magique qui avait détruit notre lien, l'énergie semblait contrôlée, belle, durable, comme si nos magies individuelles avaient appris à danser ensemble sans perdre leurs qualités distinctes.

Quand nous nous séparâmes enfin, tout l'Observatoire était empli de lumières douces et tourbillonnantes qui pulsaient au rythme de nos battements de cœur.

« Est-ce qu'on vient de... » commença Lyra.

« Manifester de la magie par un baiser ? » finis-je, en regardant la beauté impossible qui nous entourait. « Je crois bien que oui. »

« Sans essayer. Sans aucune structure de sort formelle ni cadre théorique. »

« Juste en s'embrassant », ajoutai-je avec émerveillement.

Lyra se mit à rire, un son clair et incrédule. « Dylan, tu réalises ce que ça veut dire ? »

« Qu'on est encore plus compatibles magiquement qu'on ne le pensait au départ ? »

« Qu'on a découvert une nouvelle forme de magie de partenariat. » Ses yeux brillaient d'enthousiasme et de découverte. « Pas la connexion dépendante et liée que nous avions avant, mais quelque chose de collaboratif et volontaire. Une magie qui répond à la connexion émotionnelle plutôt qu'à un partenariat magique formel. »

Je regardai les motifs d'aurores qui dansaient encore au-dessus de nous, la preuve d'une magie créée par le choix plutôt que par l'accident.

« Donc, on a accidentellement découvert le Saint Graal de la théorie de la magie de partenariat », dis-je. « Une amélioration magique collaborative sans les risques d'un lien formel. »

« En s'embrassant dans mon Observatoire », ajouta Lyra avec un grand sourire. « Je dois dire que ce n'est pas comme ça que j'imaginais la progression de nos recherches. »

« Déçue ? »

« Tu plaisantes ? » Elle désigna les lumières qui tourbillonnaient encore autour de nous. « Dylan, c'est exactement le genre d'application pratique que la Commission d'Examen a besoin de voir. La preuve que la magie de partenariat peut être à la fois puissante et stable, à la fois collaborative et indépendante. »

« Donc, la présentation de demain vient de devenir beaucoup plus intéressante. »

« La présentation de demain vient de devenir une démonstration qui pourrait révolutionner la théorie de l'éducation magique. » Le sourire de Lyra était éclatant. « Bien que je suppose qu'on devrait probablement tester la reproductibilité de cet effet. »

« Tester la reproductibilité ? »

« Tu sais, s'assurer que ce n'était pas juste un événement unique. » Son expression était innocemment académique, mais une lueur de malice dansait dans ses yeux. « Une méthode scientifique rigoureuse exige plusieurs points de données. »

« Lyra Lumina », dis-je avec délice, « es-tu en train de suggérer qu'on doit s'embrasser à nouveau pour les besoins de la recherche ? »

« Je suggère », dit-elle en se rapprochant jusqu'à ce que ses mains reposent sur ma poitrine, « qu'une enquête approfondie de ce phénomène est cruciale pour notre compréhension académique. »

« Eh bien », dis-je en la serrant contre moi, « loin de moi l'idée de m'opposer à une méthodologie scientifique rigoureuse. »

Le second baiser fut encore meilleur que le premier. En partie parce que nous n'étions plus surpris par la réponse magique cette fois, en partie parce que nous pouvions nous concentrer l'un sur l'autre plutôt que de nous inquiéter de ce que cela signifiait.

Mais surtout parce que c'était comme rentrer à la maison, auprès de quelqu'un qui m'avait attendu toute ma vie.

Les aurores qui s'épanouirent autour de notre baiser étaient plus complexes, plus belles, plus parfaitement coordonnées que tout ce que nous avions accompli durant notre partenariat magique originel. Elles peignirent l'Observatoire de motifs qui évoquaient l'harmonie sans la dépendance, la collaboration sans la perte de l'identité individuelle.

Quand nous reprîmes enfin notre souffle, je réalisai que tout avait changé.

Pas seulement notre compréhension magique, pas seulement nos perspectives de recherche, mais nous. La distance prudente que nous avions maintenue depuis la perte de notre lien avait disparu, remplacée par quelque chose qui semblait solide, certain et qui n'avait absolument pas peur des défis à venir.

« Alors », dis-je, mes bras toujours enroulés autour d'elle, la lumière des aurores dansant dans ses cheveux sombres, « qu'est-ce qui se passe maintenant ? »

« Maintenant », dit Lyra avec un sourire qui était un mélange de joie, de détermination et qui était absolument irrésistible, « nous allons montrer à la Commission d'Examen Académique exactement ce que la magie de partenariat peut accomplir quand elle est bâtie sur le choix plutôt que sur l'accident. »

« Et après ça ? »

« Après ça, on trouvera ce qui vient ensuite. Ensemble. »

« Toujours ensemble ? »

« Toujours ensemble », confirma-t-elle en se hissant sur la pointe des pieds pour déposer un doux baiser sur mes lèvres. « Bien que je devrais probablement te prévenir, j'ai quelques idées de projets de recherche collaboratifs qui pourraient nous occuper pour les prochaines décennies. »

« Des projets académiques ? »

« Entre autres. »

En regardant la beauté impossible que nous avions créée simplement en nous choisissant, la preuve d'une magie qui répondait à l'amour plutôt qu'à un partenariat formel, je ne pus m'empêcher de penser que les prochaines décennies allaient être très intéressantes, en effet.

Parce que nous avions découvert quelque chose qu'aucune opposition institutionnelle ne pourrait nous enlever : que la magie la plus puissante n'était pas quelque chose que l'on trouvait par accident.

C'était quelque chose que l'on construisait, jour après jour, choix après choix, battement de cœur après battement de cœur, baiser après baiser, avec quelqu'un qui vous faisait croire que tout était possible.

Et demain, nous allions le prouver au monde entier.

CHAPITRE DIX-SEPT

LE CASSE PREND DE L'AMPLEUR

LYRA

L'alarme d'urgence qui me réveilla à trois heures du matin n'était pas le doux carillon d'une notification standard du campus. C'était la sirène stridente et pressante qui signalait un danger magique immédiat — le genre de danger qui faisait évacuer les étudiants des bâtiments et tirait les professeurs de leur lit en panique.

Je sortis en titubant de ma chambre de dortoir, encore à moitié endormie, rejoignant le flot d'étudiants confus qui se dirigeait vers le point de rassemblement d'urgence dans la cour principale. L'air hivernal me cingla le visage, aidant à dissiper le brouillard de mon sommeil interrompu.

« Qu'est-ce qui se passe ? » demanda Sera, ma colocataire, qui avait émergé de notre chambre avec un air aussi déconcerté que le mien.

« Je ne sais pas », répondis-je, scrutant la foule à la recherche de visages familiers qui pourraient avoir des réponses. « Mais regarde. »

Je désignai du doigt l'Aile de la Lumière, où une activité inhabituelle était clairement visible même de loin. Des barrières de confinement magique d'urgence scintillaient autour de tout le bâtiment, et je pouvais voir des silhouettes en robes officielles se déplacer avec détermination dans les couloirs.

« Ce n'est pas bon signe », dit Sera dans un bel euphémisme.

Le professeur Lumina apparut près de moi comme si elle s'était matérialisée depuis les ombres, son expression habituellement sereine tendue d'inquiétude.

« Lyra, dit-elle tout bas, j'ai besoin que vous veniez avec moi. Maintenant. »

« Qu'est-ce qui ne va pas ? »

« Quelqu'un s'est introduit dans la chambre forte des artéfacts de magie de la Lumière. Trois artéfacts majeurs ont disparu, et le résidu de signature magique suggère que ce n'était pas un vol au hasard. »

Un froid glacial parcourut mes veines. La chambre forte des artéfacts de magie de la Lumière contenait certains des objets magiques les plus puissants et les plus dangereux de la collection de l'UPN — des objets qui nécessitaient des connaissances spécialisées ne serait-ce que pour les approcher en toute sécurité, et encore plus pour les voler.

« Professeur, qu'est-ce que cela a à voir avec moi ? »

« Le voleur savait exactement quels artéfacts prendre et comment contourner les systèmes de sécurité sans déclencher les alarmes immédiates. Cela suppose une connaissance intime de la théorie de la magie de la Lumière et des protocoles de la chambre forte. » Les yeux pâles du professeur Lumina étaient graves. « Des connaissances que très peu d'étudiants possèdent. »

L'implication me frappa comme un coup de poing. « Vous pensez que je suis une suspecte. »

« Je pense que vous êtes en danger », corrigea le professeur

Lumina. « Lyra, celui qui a fait ça essaie soit de vous faire accuser du vol, soit il prépare quelque chose qui nécessite à la fois les artéfacts volés et votre expertise spécifique. »

Avant que je ne puisse demander ce qu'elle voulait dire, Dylan apparut de l'autre côté, l'air échevelé et inquiet. « Lyra, ça va ? Quand les alarmes ont sonné, je suis venu te chercher... »

« Monsieur Vixen, l'interrompit le professeur Lumina. En fait, votre présence tombe à pic. Je crois que vous devriez entendre ceci également. »

Elle nous fit signe de la suivre loin de la foule d'étudiants, vers une zone plus calme près des Jardins de Cristal où nous pourrions parler sans être entendus.

« Les artéfacts volés, commença le professeur Lumina sans préambule, sont la Lentille de l'Aurore, l'Amplificateur de Résonance et le Prisme de Liaison. »

Dylan fronça les sourcils. « Je ne sais pas à quoi tout ça sert. »

« La Lentille de l'Aurore peut projeter des illusions magiques à grande échelle, visibles de très loin », dis-je, mon esprit analysant déjà les implications. « L'Amplificateur de Résonance augmente la puissance des liens magiques entre des praticiens compatibles. Et le Prisme de Liaison... »

Je m'interrompis alors que l'horrible possibilité me venait à l'esprit.

« À quoi sert le Prisme de Liaison ? » demanda Dylan.

« Il peut créer de force des partenariats magiques entre des participants non consentants, murmurai-je. Ou détruire de façon permanente des liens magiques existants. »

« Mon Dieu », souffla Dylan. « Quelqu'un a l'intention de transformer la magie de partenariat en arme. »

« C'est notre hypothèse de travail », confirma le professeur Lumina d'un air sombre. « Et ce n'est pas tout. L'analyse de la signature magique suggère que le voleur a utilisé une magie d'illusion avancée pour éviter la détection — de la magie d'illusion de métamorphe-renard, plus précisément. »

Dylan devint livide. « Professeur, vous ne pensez pas sérieusement que... »

« Je ne pense pas que vous soyez impliqué, monsieur Vixen. Mais quelqu'un veut clairement le faire croire. » L'expression du professeur Lumina était troublée. « Le résidu magique était trop évident, sa signature trop nettement celle d'un métamorphe-renard. On dirait une tentative délibérée de vous impliquer. »

« Mais pourquoi quelqu'un voudrait-il piéger Dylan ? » demandai-je, bien qu'une partie de moi soupçonnât déjà la réponse.

« Parce que les capacités de métamorphe-renard de Dylan font de lui le bouc émissaire idéal », dis-je, comprenant soudain tout. « Quelqu'un avec sa signature magique commettant un vol renforcerait tous les stéréotypes sur les métamorphes-renards, les dépeignant comme des escrocs indignes de confiance. »

Nous nous retournâmes et vîmes le professeur Arcturus approcher, flanqué de deux silhouettes que je ne reconnus pas mais dont les robes officielles les désignaient comme des dignitaires de la Cour d'Hiver.

« Professeur Arcturus, dit le professeur Lumina avec une politesse glaciale. Je n'étais pas au courant que la Cour d'Hiver avait été invitée à participer à cette enquête. »

« Le vol d'artéfacts magiques ayant des applications de partenariat relève de la juridiction de la Cour d'Hiver », répondit le professeur Arcturus d'un ton suave. « Surtout lorsque les preuves désignent si clairement des étudiants impliqués dans des expérimentations non autorisées sur la magie de partenariat. »

« Les preuves indiquent que quelqu'un essaie de piéger ces étudiants, lançai-je avec fougue. N'importe quel enquêteur magique compétent reconnaîtrait une signature placée là intentionnellement. »

Le sourire du professeur Arcturus était froid et tranchant. « Mademoiselle Lumina, votre loyauté envers votre partenaire de recherche est admirable, mais malavisée. Les faits sont très clairs : quelqu'un possédant une connaissance intime à la fois de la magie de la Lumière et des techniques d'illusion des métamorphes-renards a volé des artéfacts spécifiquement conçus pour la manipulation de la magie de partenariat. »

« Par coïncidence, quelques jours seulement avant mon audience devant le Conseil de Révision Académique », ajoutai-je alors que je commençais à comprendre. « Comme c'est pratique pour votre dossier que la magie de partenariat soit dangereuse. »

« Je ne pense pas avoir besoin de fabriquer des preuves de l'instabilité inhérente de la magie de partenariat, dit le professeur Arcturus avec un calme mortel. Votre propre échec public spectaculaire en a fourni une ample démonstration. »

Dylan s'avança, ses yeux verts brillant de colère. « Notre "échec" était le résultat d'une volonté de repousser les limites de la magie en quête de savoir. Une chose que vos amis de la Cour d'Hiver semblent déterminés à empêcher. »

« Notre préoccupation, intervint l'un des autres dignitaires de la Cour d'Hiver, est de prévenir les catastrophes magiques qui pourraient mettre en danger des étudiants innocents. »

« C'est drôle, dit Dylan avec une douceur dangereuse, parce que pour le moment, on dirait que votre préoccupation est de fabriquer une crise pour justifier l'arrêt d'une recherche que vous ne pouvez pas contrôler. »

La tension dans l'air était si épaisse qu'on aurait pu la couper au couteau. Le professeur Lumina se déplaça subtilement entre notre groupe et les dignitaires de la Cour d'Hiver, sa posture dégageant une autorité protectrice.

« Messieurs, dit-elle avec une politesse arctique, à moins que vous n'ayez des preuves liant mes étudiants à ce vol au-delà de signatures magiques circonstancielles, je vous suggère de concentrer votre enquête sur la recherche du véritable coupable. »

« Nous enquêtons sur toutes les possibilités », répondit le professeur Arcturus. « Y compris la possibilité que l'audience imminente de Mademoiselle Lumina ait motivé un acte désespéré. »

« Qu'est-ce que ça veut dire ? » exigeai-je.

« Ça veut dire, dit le professeur Arcturus avec satisfaction, que quelqu'un qui fait face à la disgrâce académique et à une exclusion possible pourrait être tenté... d'acquérir un levier supplémentaire pour sa situation. »

L'accusation flotta dans l'air comme une malédiction. Il ne suggérait pas seulement que Dylan et moi étions impliqués dans le vol — il suggérait que j'avais tout orchestré dans une sorte de tentative désespérée pour sauver ma carrière universitaire.

« C'est ridicule, dit Dylan catégoriquement. Lyra ne ferait jamais... »

« Ne le ferait-elle pas ? » Le regard du professeur Arcturus se fixa sur moi avec une intensité de laser. « Mademoiselle Lumina, vous avez démontré à plusieurs reprises une volonté de violer les politiques de l'université dans la poursuite de vos objectifs de recherche. Est-il si difficile de croire que vous pourriez passer au vol alors que la pression académique augmentait ? »

« Oui, dis-je avec une fureur contenue, c'est difficile. Parce que contrairement à certaines personnes, je crois réellement aux principes de la recherche magique éthique. »

« La recherche éthique », répéta le professeur Arcturus d'un ton moqueur. « Est-ce ainsi que vous appelez une expérimentation magique qui a entraîné une perturbation magique à l'échelle du campus et la destruction d'un lien de partenariat ? »

« J'appelle ça apprendre de ses erreurs et travailler pour les éviter à l'avenir, rétorquai-je. Ce qui est plus que ce que je peux dire des gens qui préfèrent supprimer le savoir plutôt que de risquer d'admettre qu'ils pourraient avoir tort. »

Le professeur Lumina posa une main sur mon bras en guise d'avertissement. « Lyra. »

« Non, dis-je en me dégageant de son emprise. J'en ai assez d'être polie avec des gens qui sont plus intéressés par le contrôle que par la vérité. »

Je m'approchai du professeur Arcturus, affrontant son regard froid avec une détermination provocante.

« Vous voulez savoir ce que je pense qu'il s'est passé ici ? Je pense que quelqu'un ayant accès aux ressources de la Cour d'Hiver et une connaissance détaillée des systèmes de sécurité de l'UPN a orchestré ce vol spécifiquement pour nous piéger, Dylan et moi. Je pense que c'est une crise fabriquée de toutes pièces, conçue pour justifier l'arrêt définitif de la recherche sur la magie de partenariat. »

« C'est une accusation grave, Mademoiselle Lumina. »

« C'est une situation grave, Professeur Arcturus. Quelqu'un a volé de puissants artéfacts magiques qui pourraient être utilisés pour causer un réel préjudice aux étudiants. Mais au lieu de vous concentrer sur la recherche du véritable voleur, vous êtes ici à essayer de faire porter le chapeau aux boucs émissaires les plus commodes. »

« Les suspects les plus évidents », corrigea froidement le professeur Arcturus.

« Les chercheurs les plus dérangeants, ai-je contré. Dylan et moi avons prouvé que la magie de partenariat peut être à la fois puissante et stable. Nous avons développé des cadres théoriques qui pourraient révolutionner l'éducation magique. Et cela menace tout ce sur quoi vous avez bâti votre autorité. »

Les dignitaires de la Cour d'Hiver échangèrent des regards qui suggéraient que j'avais touché la vérité de plus près qu'ils ne l'auraient souhaité.

« Mademoiselle Lumina, dit le professeur Arcturus avec un calme menaçant, vous portez des accusations qui frisent la sédition. »

« Je fais des observations qui frisent la vérité. »

« Assez. » La voix du professeur Lumina coupa la tension comme une lame. « Cette conversation est devenue improductive. Messieurs, à moins que vous n'ayez des preuves spécifiques justifiant la détention de mes étudiants, je vous suggère de retourner à votre enquête. »

« L'enquête se poursuivra, dit le professeur Arcturus, son regard ne quittant jamais mon visage. Et Mademoiselle Lumina, j'espère pour votre bien que les preuves ne soutiendront pas les conclusions qu'elles suggèrent actuellement. »

« Est-ce une menace ? »

« C'est un avertissement. La Cour d'Hiver prend le vol d'artéfacts magiques très au sérieux. Surtout lorsque ces artéfacts pourraient être utilisés pour déstabiliser l'ordre magique établi. »

Après le départ des dignitaires de la Cour d'Hiver, nous restâmes tous les trois en silence pendant un long moment, digérant ce qui venait de se passer.

« Eh bien, dit finalement Dylan, c'était terrifiant. »

« C'était révélateur, dis-je d'un air sombre. Tu as remarqué que le professeur Arcturus savait exactement quels artéfacts avaient été volés ? Il a mentionné leurs applications pour la magie de partenariat avant que le professeur Lumina n'ait précisé à quoi ils servaient. »

Le professeur Lumina hocha lentement la tête. « Je l'ai remarqué. Tout comme le fait qu'il semblait plus soucieux de monter un dossier contre vous deux que de récupérer les objets volés. »

« Alors, qu'est-ce qu'on fait ? » demanda Dylan.

« Nous trouvons le vrai voleur, dis-je avec détermination. Avant qu'il ne puisse utiliser ces artéfacts pour quoi que ce soit qu'il prépare réellement. »

« Lyra, dit le professeur Lumina avec précaution, je comprends votre désir de laver votre nom, mais c'est extrêmement dangereux. Quiconque a orchestré ce vol dispose de ressources magiques importantes et de relations à la Cour d'Hiver. Ils n'hésiteront pas à éliminer quiconque menace leurs plans. »

« Alors on a intérêt à les trouver avant qu'ils nous trouvent », dit Dylan d'un air sombre.

Je le regardai — cet homme courageux et brillant qui avait déjà tant risqué pour se tenir à mes côtés — et je sentis une vague féroce de détermination protectrice m'envahir.

« Dylan, tu n'es pas obligé de... »

« Si, je le dois », m'interrompit-il. « Lyra, nous sommes partenaires. Ça veut dire que nous affrontons ensemble tout ce qui nous attend. »

« Même si ça signifie affronter directement la Cour d'Hiver ? »

« Surtout dans ce cas. » Son sourire était un mélange d'affection et de résolution obstinée. « D'ailleurs, je suis curieux de voir ce que peut accomplir un partenariat sans liens magiques quand il est correctement motivé. »

Malgré tout — le vol, les accusations, le danger bien réel auquel nous étions maintenant confrontés — je me surpris à lui sourire en retour.

« Dans ce cas, dis-je, je suppose qu'on ferait mieux de commencer. Parce que la personne qui est derrière tout ça a fait une erreur cruciale. »

« Laquelle ? »

« Elle nous a donné un ennemi commun. » Je regardai vers l'Aile de la Lumière, où les barrières d'urgence scintillaient toujours de manière menaçante. « Et rien ne motive un partenariat autant que quelqu'un qui essaie de détruire ce que vous avez bâti ensemble. »

Alors que nous commencions à planifier notre enquête sur le vol, je ne pouvais me défaire du sentiment que c'était exactement ce que le professeur Arcturus avait attendu — une excuse pour passer de la pression académique aux accusations criminelles.

Mais ce qu'il n'avait peut-être pas anticipé, c'est que Dylan et moi n'étions plus les étudiants incertains qui étaient tombés par hasard sur la magie de partenariat.

Nous étions des partenaires par choix, des chercheurs par formation, et maintenant, apparemment, des détectives par nécessité.

Et nous allions prouver que certains partenariats étaient trop forts pour être brisés par le vol, les accusations, ou même la Cour d'Hiver elle-même.

La question était : allions-nous découvrir qui était vraiment derrière tout ça avant qu'ils n'achèvent leur plan, quel qu'il soit, qui nécessitait le vol d'artéfacts de magie de partenariat ?

Et plus important encore : qu'avaient-ils l'intention de faire avec le pouvoir de créer — ou de détruire — de force des liens magiques ?

Les réponses à ces questions, je le soupçonnais, allaient déterminer non seulement notre avenir académique, mais l'avenir même de la recherche sur la magie de partenariat.

Il était temps de découvrir jusqu'où nous étions prêts à aller pour protéger ce que nous avions découvert ensemble.

CHAPITRE DIX-HUIT

LA CONFIANCE MISE À L'ÉPREUVE

DYLAN

L'enquête n'avançait pas, et je voyais la tension épuiser Lyra à chaque heure qui passait.

Nous avions passé les, Deux derniers jours à suivre des pistes qui s'évaporaient sous un examen attentif, à analyser des signatures magiques qui ne nous apprenaient rien que nous ne sachions déjà, et à essayer de reconstituer une chronologie qui donnerait un sens au vol. la Lentille Aurore, l'Amplificateur de Résonance et le Prisme de Liaison avaient disparu d'une chambre forte qu'il aurait dû être impossible de forcer sans laisser de traces magiques massives.

Pourtant, d'une manière ou d'une autre, la seule preuve que l'enquête officielle avait trouvée pointait directement vers moi.

« Ça n'a aucun sens », marmonna Lyra, penchée sur une pile de rapports de criminalistique magique dans son Observatoire. Des cernes sombres ombraient ses yeux, et sa posture habituellement parfaite avait cédé la place à l'affaissement épuisé de quelqu'un qui avait trop tiré sur la corde pendant trop longtemps. « La signature magique est trop propre, trop manifestement celle d'un métamorphe-renard. Les vrais voleurs ne laissent pas de cartes de visite. »

« À moins qu'ils ne veuillent se faire prendre », ai-je fait remarquer, bien que même en le disant, l'explication semblait creuse.

« Mais tu ne voudrais pas te faire prendre. Et tu es trop intelligent pour laisser des preuves aussi évidentes même si tu étais impliqué d'une manière ou d'une autre, ce qui n'est pas le cas. » Lyra se frotta les tempes avec des doigts tremblants. « J'ai l'impression que tout est orchestré. »

Je la regardai se débattre avec cette énigme, notant la façon dont son esprit brillant revenait sans cesse à la même conclusion impossible : quelqu'un essayait délibérément de me piéger. Ce que je n'arrivais pas à comprendre, c'était pourquoi cette possibilité semblait lui causer tant de détresse — au-delà des implications évidentes pour notre enquête.

Elle n'arrêtait pas de me jeter des regards quand elle pensait que je ne la regardais pas, son expression passant par des émotions que je n'arrivais pas à identifier. Il y avait quelque chose qu'elle ne me disait pas, quelque chose qui la rongeait de l'intérieur.

« Lyra », dis-je prudemment, « tu sais que je n'ai pas volé ces artéfacts, n'est-ce pas ? »

Elle leva les yeux de ses rapports, ses yeux bleu pâle écarquillés par ce qui ressemblait presque à du soulagement face à cette question directe. « Bien sûr que je le sais. Dylan, tu as passé toutes tes vacances d'hiver à recréer mes recherches et à apprendre la magie de la lumière avancée. Tu n'es pas vraiment du genre à te tourner vers le vol quand les choses deviennent difficiles. »

Mais même en disant cela, je perçus une légère hésitation, la façon dont son regard n'arrivait pas tout à fait à croiser le mien directement.

« Alors pourquoi as-tu l'air de ne pas avoir dormi depuis des jours ? »

« Parce que quelqu'un veut réduire en cendres tout ce que nous avons bâti — et ils se servent de toi pour allumer la mèche », dit-elle avec une intensité cassante. « Parce que quiconque est derrière ce vol s'en sert comme une arme contre la recherche sur la magie du partenariat. Parce que la Cour d'Hiver nous souffle dans le cou et que mon audience devant le comité d'examen a lieu demain et si nous ne pouvons pas prouver ton innocence, ils vont utiliser ça comme justification pour mettre fin à toutes les études sur la magie du partenariat de façon permanente. »

« Et ? »

« Et quoi ? »

« Il y a autre chose », dis-je en me rapprochant de l'endroit où elle était assise, entourée de papiers éparpillés et de tasses à café vides. « Lyra, je te connais assez pour reconnaître quand tu caches quelque chose. Qu'est-ce que tu ne me dis pas ? »

Pendant un instant, elle me fixa, son expression passant par des émotions que je n'arrivais pas à identifier. Puis, avec la délibération prudente de quelqu'un qui approche un danger, elle attrapa quelque chose sous la pile de rapports.

« Je n'allais pas te montrer ça », dit-elle doucement, sa voix chargée d'un sentiment qui aurait pu être de la culpabilité. « Je n'arrêtais pas de me dire que ça n'avait pas d'importance, que je te connaissais mieux que ce qu'une analyse de criminalistique magique pouvait suggérer. Que te questionner serait trahir tout ce que nous avons construit ensemble. »

Une chape de plomb me tomba dans l'estomac. « Qu'est-ce que c'est ? »

« L'analyse détaillée de la signature magique trouvée sur le lieu du vol. » Les mains de Lyra tremblaient alors qu'elle sortait une seule feuille de parchemin. « Dylan, j'ai passé des heures à regarder ça, à essayer de trouver une explication qui ne me fasse pas remettre en question tout ce que je pensais savoir sur toi. »

« L'analyse détaillée de la signature magique trouvée sur le lieu du vol. » La voix de Lyra était ferme, mais ses mains tremblaient légèrement en me tendant le parchemin. « Dylan, la magie qu'ils ont trouvée... ce n'est pas seulement un travail d'illusion de métamorphe-renard. C'est spécifiquement ta signature magique. »

Les mots furent un coup violent, mais la vraie douleur vint en voyant le doute dans les yeux de Lyra — un doute à mon sujet, à notre sujet, au sujet de tout ce que nous avions construit ensemble.

Pendant un instant, je ne pus parler. Je ne pus comprendre que la personne qui me connaissait mieux que quiconque me demandait si j'étais peut-être en train de lui mentir en face.

« C'est impossible », dis-je finalement, mais ma voix semblait faible même à mes propres oreilles.

« Je sais. » Les mots sortirent avec effort, comme s'ils avaient été forcés à travers quelque chose de serré et de douloureux. « Dylan, je sais que c'est impossible. Mais les preuves... »

« Lyra, j'étais dans ma chambre de dortoir quand le vol a eu lieu. Kieran peut en témoigner — nous travaillions sur cette dissertation de métamorphose pour le professeur Moonheart jusqu'à presque deux heures du matin. »

« Je sais », répéta-t-elle, mais je vis bien qu'elle ne pouvait pas tout à fait me regarder directement.

« Vraiment ? »

La question resta en suspens entre nous, chargée d'implications que je n'étais pas sûr d'être prêt à affronter.

« Dylan », dit prudemment Lyra, « à quel point comprends-tu

tes propres capacités magiques ? Je veux dire, les comprends-tu vraiment ? »

« Quel genre de question est-ce ? »

« Le genre de question qui compte quand on essaie de comprendre comment ta signature magique exacte s'est retrouvée sur une scène de crime où tu n'étais pas présent. » Le sang-froid académique de Lyra s'effritait, révélant la peur sous-jacente. « Dylan, est-il possible que quelqu'un ait pu... je ne sais pas, dupliquer ta magie d'une manière ou d'une autre ? Créer une version artificielle de ta signature ? »

« Je ne pense pas. La magie des métamorphes-renards est assez distinctive, et les motifs de chaos sont censés être impossibles à répliquer artificiellement. »

« Et pendant notre lien de partenariat ? Quelqu'un aurait-il pu enregistrer ta signature magique à ce moment-là et trouver un moyen de la reproduire plus tard ? »

La suggestion me donna la chair de poule, mais plus encore, elle déclencha un souvenir à moitié oublié. « Tu sais, il y a eu quelque chose... » fis-je, en essayant de saisir ce souvenir élusif. « Pendant l'une de nos sessions à l'Observatoire, je me souviens avoir remarqué un étrange scintillement dans l'air. Comme si quelqu'un avait jeté un sort d'observation très subtil. »

Lyra se redressa. « Quand ? »

« Quelques semaines avant que notre lien ne se brise. Je t'en ai parlé, mais tu as dit que c'était probablement juste la lumière de l'aurore qui se reflétait sur les surfaces de cristal. » Le souvenir devenait plus clair maintenant, apportant avec lui une réalisation inconfortable. « Mais en y repensant, le scintillement bougeait. Comme s'il suivait notre connexion magique. »

« Quelqu'un nous observait », dit Lyra avec une certitude croissante. « Enregistrait nos signatures magiques, étudiait les motifs de notre lien. »

« Je pense que quelqu'un avec les ressources de la Cour d'Hiver et une connaissance détaillée de la théorie de la magie du partenariat aurait pu trouver des moyens de nous observer que nous n'avons jamais détectés. » La voix de Lyra devenait plus aiguë, plus tendue. « Ton admission a été parrainée par quelqu'un de la Cour d'Hiver. Ta magie a commencé à fluctuer lorsque la recherche sur le partenariat a attiré l'attention. Maintenant, ta signature apparaît sur le site d'un vol. Dylan, le schéma... il est là. »

Je la fixai, assimilant non seulement les implications de ce qu'elle suggérait, mais aussi le fait qu'elle avait assemblé ce schéma sans m'en parler.

« Et tu penses que je pourrais faire partie de ce schéma », dis-je doucement.

« Je pense que tu pourrais ne pas tout savoir sur ta propre situation. » Les mots semblèrent briser quelque chose en elle. « Parce qu'en ce moment, je ne sais même pas si je me connais moi-même. »

« C'est... » Je peinais à trouver des mots adéquats pour la trahison qu'elle suggérait. « C'est monstrueux. »

« Ce serait efficace », dit Lyra d'un ton sinistre. « Détruire notre lien de partenariat, voler nos signatures magiques, puis les utiliser pour commettre des crimes qui justifieraient l'arrêt de toute recherche sur la magie du partenariat. C'est exactement le genre de stratégie à long terme que la Cour d'Hiver emploierait. »

« Mais tu ne peux pas le prouver. »

« Non. Et c'est ça le problème. » Lyra se leva brusquement, arpentant la pièce jusqu'à la fenêtre est de l'Observatoire. « Dylan, les preuves contre toi sont convaincantes. Pas seulement la signature magique, mais le moment, les connaissances spécialisées requises, le fait que tu aies été publiquement associé à une expérimentation non autorisée de la magie du partenariat. »

« Lyra, où veux-tu en venir ? »

Elle se tourna pour me faire face, et pour la première fois depuis que je la connaissais, je vis un vrai doute dans ses yeux. Pas une incertitude académique, mais un doute personnel à mon sujet, à notre sujet, sur tout ce qu'elle avait cru pouvoir faire confiance.

« J'ai besoin que tu me dises la vérité », dit-elle doucement. « Sur tout. Sur tes capacités magiques, sur tes liens familiaux, sur la moindre possibilité — la moindre possibilité — que tu puisses être impliqué dans ce vol. »

Les mots furent comme un couteau entre mes côtes. Après tout ce que nous avions traversé, tout ce que nous avions construit ensemble, elle me demandait si je pouvais être en train de lui mentir.

Je reculai d'un pas, la distance physique me semblant soudain nécessaire. « Tu penses que je te mens. »

« Tu me demandes de mettre de côté la logique, la formation — tout ce sur quoi j'ai bâti ma carrière — pour un sentiment. »

Je restai assis dans un silence stupéfait, essayant de comprendre ce qu'elle me demandait vraiment. Pas seulement si j'étais coupable de vol, mais si toute notre relation avait été construite sur la tromperie.

« Lyra », dis-je finalement, « te souviens-tu de ce que tu m'as dit sur la magie du partenariat ? Sur le fait que la véritable compatibilité magique ne peut être ni simulée ni forcée ? »

« Oui. »

« Te souviens-tu de ce que notre magie a ressenti quand elle s'est connectée ? De la façon dont elle a reconnu quelque chose en l'autre que nous ne savions même pas que nous cherchions ? »

« Dylan... »

« Tu te souviens de la façon dont ta magie a réagi quand nous

nous sommes embrassés il y a deux jours ? Comment elle a créé des motifs d'aurore qui étaient plus beaux que tout ce que nous avions accompli pendant notre lien de partenariat formel ? »

« Ce n'est pas la question... »

« C'est exactement la question. » Je me levai, me déplaçant pour lui faire face à travers l'espace qui semblait soudain être un gouffre. « Lyra, la magie ne ment pas. Les signatures magiques individuelles peuvent être dupliquées, les liens de partenariat peuvent être manipulés, même les souvenirs peuvent être altérés. Mais la façon dont la magie de deux personnes répond à une connexion émotionnelle authentique ? Ça ne peut pas être simulé. »

« Tu me demandes de faire confiance à la magie plutôt qu'aux preuves. »

« Je te demande de faire confiance à ce que tu sais être vrai, plutôt qu'à ce que quelqu'un veut te faire croire. » Je saisis ses mains, notant la façon dont elle hésita avant d'autoriser le contact. « Lyra, si j'étais un agent de la Cour d'Hiver, si tout entre nous avait été une manipulation orchestrée, penses-tu vraiment que ma magie aurait répondu à la tienne comme elle l'a fait ? »

« Je ne sais pas », murmura-t-elle, et cet aveu sembla briser quelque chose en elle. « Dylan, je veux te faire confiance. Je veux croire que ce que nous avons ensemble est réel. Mais les preuves... »

« Les preuves sont au mieux circonstancielles et au pire délibérément trompeuses. » Je serrai doucement ses mains, essayant de l'ancrer à quelque chose de plus substantiel que des rapports de criminalistique et des soupçons. « Lyra, regarde-moi. »

Elle croisa mon regard à contrecœur.

« Je n'ai pas volé ces artéfacts. Je n'ai jamais travaillé pour la Cour d'Hiver. Tout ce que je t'ai dit sur mes sentiments, mes intentions, mon engagement envers notre partenariat — tout est vrai. » Je fis une pause, m'assurant qu'elle m'entendait vraiment. « Mais plus que ça, tu sais que c'est vrai. Pas à cause des preuves, de la logique ou de la criminalistique magique, mais parce que tu me connais. Tu sais qui je suis quand personne d'autre ne regarde. »

« Vraiment ? »

« Tu sais que je suis le genre de personne qui a passé toutes ses vacances d'hiver à recréer tes recherches parce que je ne supportais pas l'idée que tu perdes quelque chose d'important. Tu sais que je suis le genre de personne qui a appris la magie de la lumière avancée juste pour prouver que notre connexion ne dépendait pas d'une commodité magique. Tu sais que je suis le genre de personne qui préférerait faire face à des accusations criminelles plutôt que de te laisser te battre seule. »

Lyra resta silencieuse un long moment, étudiant mon visage comme si elle pouvait y lire la vérité.

« La correspondance de la signature magique est exacte, Dylan. Pas similaire, pas réminiscente de ta magie — exacte. Jusqu'aux fluctuations des motifs de chaos qui devraient être impossibles à répliquer. »

« Alors quelqu'un a trouvé un moyen de répliquer l'impossible », dis-je fermement. « Ou quelqu'un a enregistré ma signature magique pendant notre lien de partenariat et a trouvé un moyen de la reproduire artificiellement. Ou quelqu'un avec les ressources de la Cour d'Hiver a développé une technologie que nous ne connaissons pas. Ce que je n'ai pas fait, c'est voler de puissants artéfacts magiques pour les utiliser contre la recherche pour laquelle nous avons tous les deux tant sacrifié. »

« Tu me demandes d'ignorer des preuves matérielles en faveur d'une conviction émotionnelle. »

« Je te demande de te souvenir que les découvertes les plus importantes ne peuvent pas être mesurées par des moyens conventionnels. » Je me rapprochai, jusqu'à ce que nous soyons assez proches pour que nos auras magiques commencent à se chevaucher. « Lyra, que te dit ta magie à propos de la mienne ? En ce moment même, sans influences externes ni améliorations artificielles — que te dit ton instinct ? »

Elle ferma les yeux, et je sentis sa conscience magique s'étendre vers la mienne. Pas les techniques de diagnostic formelles qu'elle utilisait pour la recherche académique, mais la reconnaissance intuitive qui avait rendu notre partenariat possible en premier lieu.

Au moment où nos signatures magiques se touchèrent, des motifs d'aurore commencèrent à se peindre sur les murs de l'Observatoire. Pas les démonstrations spectaculaires que nous avions créées lors de moments passionnés, mais quelque chose de plus subtil, de plus fondamental. L'harmonie silencieuse de deux systèmes magiques qui se reconnaissaient à un niveau plus profond que la pensée consciente.

« C'est comme rentrer à la maison », dit doucement Lyra, les yeux toujours fermés. « Comme la magie telle qu'elle est censée être. »

« Ce sentiment pourrait-il être créé artificiellement ? »

« Non », admit-elle. « Les signatures magiques individuelles peuvent être dupliquées, mais la résonance entre des magies compatibles... cela vient d'un alignement émotionnel et spirituel qui ne peut être simulé. »

« Alors fais confiance à ça », dis-je doucement. « Fais confiance à ce que tu sais être vrai, pas à ce que quelqu'un veut te faire douter. »

Quand Lyra ouvrit les yeux, une partie de la tension avait quitté sa posture. « Dylan, si tu n'es pas impliqué dans le vol, alors quelqu'un disposant de ressources magiques incroyablement sophistiquées se donne un mal extraordinaire pour te piéger. »

« Oui. »

« Ce qui signifie que nous n'avons pas seulement affaire à des criminels opportunistes. Nous avons affaire à des gens qui ont accès à la magie de la Cour d'Hiver et une connaissance détaillée de notre recherche sur le partenariat. »

« Aussi oui. »

« Et ils sont prêts à violer les principes les plus fondamentaux de l'éthique magique pour atteindre leurs objectifs. »

« Ce qui nous dit exactement à quel point ils considèrent la magie du partenariat comme dangereuse », ai-je fait remarquer. « Lyra, les gens ne se donnent pas autant de mal pour supprimer quelque chose d'inoffensif. Ils ont peur de ce que nous représentons. »

« Qu'est-ce que nous représentons ? »

« La preuve que les hypothèses fondamentales de l'éducation magique sont fausses. La preuve que les étudiants n'ont pas besoin de la permission de l'institution pour accomplir des choses extraordinaires. Une démonstration que les partenariats magiques peuvent être à la fois puissants et volontaires. »

Lyra hocha lentement la tête. « Tout ce qui menace leur autorité. »

« Tout ce qui menace leur contrôle », ai-je corrigé. « Ce qui signifie que nous ne nous battons pas seulement pour laver mon nom ou sauver ta carrière universitaire. Nous nous battons pour l'avenir de l'éducation magique elle-même. »

« Aucune pression, alors. »

« Aucune. » Je souris, soulagé au-delà de toute mesure de voir le retour de son humour pince-sans-rire. « Alors, sommes-nous partenaires dans cette enquête ? Ou dois-je prouver mon innocence avant que tu ne me fasses confiance pour veiller sur tes arrières ? »

« Nous sommes partenaires », dit Lyra sans hésitation. « Dylan, je suis désolée d'avoir douté de toi. Les preuves étaient si convaincantes, et j'ai eu si peur de perdre tout ce que nous avons construit ensemble... »

« Tu n'as pas besoin de t'excuser de poser des questions difficiles. C'est ce qui fait de toi une bonne chercheuse. » Je la pris dans mes bras, notant à quel point elle s'ajustait parfaitement contre moi. « Mais la prochaine fois que tu t'inquiètes pour quelque chose, parles-en-moi avant de te torturer avec les pires scénarios. »

« Marché conclu. Bien que je devrais probablement te prévenir, j'ai plusieurs autres scénarios catastrophes sur lesquels j'ai travaillé. »

« Comme quoi ? »

« Comme la possibilité que celui qui a volé ces artéfacts prévoie de les utiliser lors de mon audience devant le comité d'examen demain. Penses-y — la Lentille Aurore pour des illusions à grande échelle, l'Amplificateur de Résonance pour améliorer les effets magiques, et le Prisme de Liaison pour démontrer les "dangers" de la magie du partenariat. »

Je sentis le sang quitter mon visage. « Ils vont mettre en scène une catastrophe magique pendant ton audience. »

« Ce serait le couronnement parfait de leur campagne contre la recherche sur la magie du partenariat. Fabriquer une crise qui semble prouver leur point de vue sur l'instabilité inhérente, puis l'utiliser pour justifier des restrictions permanentes sur le domaine. »

« Lyra, s'ils prévoient quelque chose de si spectaculaire, ils ne se soucieront pas des dommages collatéraux. Des gens pourraient être sérieusement blessés. »

« Je sais. » Son expression était sombre mais déterminée. « C'est pourquoi nous devons trouver un moyen de les arrêter avant demain après-midi. »

« Des idées ? »

« En fait, oui. » Lyra se déplaça vers sa plate-forme centrale, affichant des hologrammes des artéfacts volés et de leurs applications théoriques. « Mais ça ne va pas te plaire. »

« Essaie toujours. »

« Nous allons devoir les battre à leur propre jeu. Utiliser notre connaissance de la théorie de la magie du partenariat pour retourner contre eux le piège qu'ils préparent. »

« Comment ? »

« En leur donnant exactement ce qu'ils pensent vouloir — une démonstration publique de la puissance de la magie du partenariat — et en nous assurant qu'elle prouve le contraire de ce à quoi ils s'attendent. »

J'étudiai les artéfacts tournant dans l'affichage holographique, mon esprit déjà en train de réfléchir aux implications de ce qu'elle suggérait.

« Lyra, c'est incroyablement dangereux. Si nous nous trompons dans nos calculs, s'ils ont des plans de secours que nous n'avons pas anticipés... »

« Alors nous ferons face aux conséquences ensemble », dit-elle simplement. « Dylan, nous avons passé des mois à prouver que la magie du partenariat peut créer la beauté au lieu du chaos. Demain, nous allons prouver qu'elle peut créer l'espoir au lieu de la peur. »

« Et si nous nous trompons ? »

« Alors au moins, nous tomberons en nous battant pour quelque chose en quoi nous croyons. » Le sourire de Lyra était féroce et sans peur. « D'ailleurs, j'ai une confiance totale en la capacité de mon partenaire à trouver des solutions créatives à des problèmes impossibles. »

« Ton partenaire étant le gars qui vient d'être accusé de vol magique ? »

« Mon partenaire étant le gars qui a choisi de reconstruire plutôt que de battre en retraite quand tout semblait perdu. » Elle attrapa mes mains, et immédiatement l'Observatoire se remplit d'une douce lumière d'aurore. « Le gars qui a prouvé qu'un vrai partenariat est plus fort que des liens magiques, plus puissant que l'opposition institutionnelle, et plus précieux que la sécurité. »

« Aucune pression, alors », répétai-je, mais cette fois, je souriais.

« Absolument aucune. » L'expression de Lyra redevint sérieuse. « Dylan, es-tu vraiment prêt à tout risquer pour un plan qui pourrait se retourner contre nous de façon spectaculaire ? »

« Je suis prêt à tout risquer pour protéger ce que nous avons construit ensemble », dis-je sans hésitation. « En plus, quel est le pire qui puisse arriver ? »

« Nous pourrions être expulsés, arrêtés, vidés de notre magie, ou tués. »

« D'accord, donc il y a un certain potentiel d'inconvénients. »

« Un potentiel d'inconvénients considérable. »

« Mais aussi un potentiel d'avantages considérable », ai-je fait remarquer. « Si nous réussissons, nous ne faisons pas que laver mon nom et sauver tes privilèges de recherche. Nous exposons celui qui est vraiment derrière cette conspiration et prouvons que la magie du partenariat mérite une place dans l'éducation magique. »

« Et si nous ne réussissons pas ? »

« Alors nous aurons fait de notre mieux. » Je serrai doucement ses mains. « Lyra, je préfère échouer en tentant quelque chose d'extraordinaire que de réussir quelque chose d'ordinaire. »

« Ça », dit-elle avec un sourire qui était un mélange d'admiration et d'exaspération, « c'est la chose la plus métamorphe-renard que tu aies jamais dite. »

« Je le prends comme un compliment. »

« Tu devrais. » Lyra se tourna de nouveau vers les affichages holographiques, son expression passant à l'intensité concentrée que je reconnaissais comme son mode de planification. « Très bien, si nous allons faire ça, nous devons trouver exactement comment transformer une catastrophe magique mise en scène en une démonstration de la stabilité et de la beauté de la magie du partenariat. »

« Des premières idées ? »

« Plusieurs. Mais d'abord, je dois te demander quelque chose d'important. »

« Quoi ? »

« Dylan, es-tu prêt à me faire entièrement confiance demain ? À suivre mes directives même si mon plan semble impossible ou dangereux ? »

« Toujours. »

« Même si cela signifie utiliser des techniques de magie du partenariat que nous n'avons jamais testées ? Même si cela signifie nous mettre au centre de n'importe quel chaos magique qu'ils prévoient de créer ? »

« Surtout dans ce cas. » Je vins me tenir à côté d'elle devant la plate-forme, notre présence combinée rendant les affichages théoriques plus dynamiques et vivants. « Lyra, nous avons déjà affronté des catastrophes magiques. Nous avons survécu à la destruction d'un lien de partenariat, à l'opposition institution-nelle et à des accusations criminelles. Quoi qu'ils nous lancent demain, nous le gérerons ensemble. »

« Ensemble », acquiesça-t-elle. « Bien que je devrais proba-blement te prévenir, mon plan implique plusieurs applications illégales de la théorie magique, au moins trois violations du règle-ment de l'université, et une technique qui n'existe techniquement pas encore. »

« Ça a l'air parfait pour nous. »

« Je pensais bien que tu dirais ça. » Le sourire de Lyra était éclatant de détermination et d'affection. « Très bien, partenaire. Sauvons la magie du partenariat. »

Alors que nous commencions à planifier ce qui allait probablement être la démonstration magique la plus spectaculaire de l'histoire de la NPU, je ne pus m'empêcher de penser que quiconque avait essayé de me piéger avait fait une erreur de calcul cruciale.

Ils avaient supposé que des accusations criminelles nous sépareraient, Lyra et moi, que le doute et la suspicion détruiraient ce que nous avions construit ensemble.

Au lieu de ça, ils nous avaient donné quelque chose d'encore plus puissant qu'un partenariat magique : la certitude absolue que nous nous battions pour quelque chose qui valait la peine d'être défendu.

Demain, nous découvririons si cette certitude était suffisante pour changer le cours de l'éducation magique pour toujours.

Ou si nous allions tous les deux finir en fumée dans des flammes de magie du partenariat, spectaculaires et magnifiques.

Ensemble, nous étions imprévisibles, incontenables et inarrêtables. Et ça, réalisai-je, c'était le genre de magie qu'ils ne comprendraient jamais — parce qu'elle ne venait pas de règles. Elle venait de *nous*.

CHAPITRE DIX-NEUF
POUVOIR DÉCHAÎNÉ

DYLAN

L'audience de la commission d'examen était à quatorze heures. Cela nous laissait quatre heures pour attraper un voleur, retrouver trois artéfacts volés et préparer la présentation la plus importante de l'histoire de la magie de partenariat.

Aucune pression, donc.

« Tu es sûre de ce plan ? » ai-je demandé à Lyra pour la troisième fois alors que nous traversions les couloirs avant l'aube en direction de l'Aile de la Lumière. L'écho de nos pas se mêlait au faible bourdonnement des systèmes de chauffage magique qui maintenaient le château au chaud.

« Non », répondit Lyra. « Mais c'est le meilleur que nous ayons. »

Notre plan ? Pénétrer dans l'Aile de la Lumière, trouver les artéfacts et ne pas se faire prendre. C'était risqué, à la limite de l'illégalité, et le genre de chose que seuls deux étudiants désespérés tenteraient.

« D'ailleurs », poursuivit Lyra, « ta magie de l'illusion s'est considérablement développée depuis que nous avons commencé à travailler ensemble. Les constructions lumineuses individuelles que tu maîtrises devraient être plus que suffisantes pour créer un camouflage visuel. »

« En supposant que je puisse les maintenir sous la pression. »

« Tu le peux. » Sa voix était empreinte d'une confiance absolue. « Dylan, tu as passé des mois à apprendre à lancer des sorts complexes sans l'amélioration du partenariat. Fais-toi confiance. »

Nous avons atteint l'entrée de service de l'Aile de la Lumière, où Lyra a activé un petit appareil de balayage qu'elle avait emprunté à son équipement de l'Observatoire. Le détecteur de résonance magique nous aiderait à identifier toute signature énergétique inhabituelle qui pourrait indiquer des artéfacts cachés.

« Très bien », dit-elle doucement en étudiant l'écran. « Je détecte de faibles traces de magie aurorale provenant des niveaux de stockage supérieurs. Ça pourrait être un résidu de la Lentille Aurorale. »

« Ou ça pourrait être l'énergie ambiante standard de l'Aile de la Lumière. »

« Il n'y a qu'un seul moyen de le savoir. »

J'ai fermé les yeux et j'ai puisé dans ma magie, créant une illusion qui courberait la lumière autour de nous et nous rendrait effectivement invisibles à une observation nonchalante. Le sort exigeait une concentration importante, mais il semblait stable, contrôlé — la preuve que des mois de pratique systématique avaient porté leurs fruits.

« Beau travail », murmura Lyra alors que nous disparaissions de la vue. « Je te vois à peine, et je suis juste à côté de toi. »

« Merci. Espérons que ça tiendra quand nous ferons face aux mesures de sécurité qu'ils ont mises en place. »

Nous avons gravi les escaliers de service, en nous déplaçant prudemment pour éviter de faire du bruit qui pourrait attirer l'attention. L'Aile de la Lumière semblait différente dans l'obscurité de l'aube — plus mystérieuse, plus dangereuse, comme un lieu où les secrets vivaient dans les ombres entre les expériences magiques.

« Là », chuchota Lyra, en montrant une porte marquée « Stockage de Recherche Avancée - Personnel Autorisé Uniquement ». « C'est là qu'ils garderaient tout ce qui est trop sensible pour les coffres ordinaires. »

Je maintenais l'illusion pendant que Lyra s'occupait des mécanismes de verrouillage de la porte. Sa connaissance théorique des systèmes de sécurité magiques s'est avérée étonnamment pratique lorsqu'elle a été appliquée à une véritable effraction.

« J'ai réussi », dit-elle alors que la porte s'ouvrait silencieusement. « Même si je devrais probablement mentionner que contourner les protections de sécurité de l'UPN est sans aucun doute un motif d'expulsion. »

« Ajoute ça à la liste des infractions académiques que nous commettons aujourd'hui. »

La salle de stockage au-delà était organisée de manière obsessionnelle — à l'exception d'un coin, où quelqu'un avait clairement travaillé. Des vides sur les étagères, des résidus magiques, des signes d'utilisation récente.

« Dylan, regarde ça. » Lyra montra la section en désordre. « Quelqu'un a utilisé cet espace comme atelier. »

J'ai laissé tomber l'illusion, ayant besoin de concentrer mon énergie magique sur le sort de balayage que Lyra m'avait enseigné. Immédiatement, j'ai pu sentir les traces persistantes d'artéfacts magiques puissants — projection de lumière aurorale, amplification de résonance, et quelque chose qui ressemblait à une liaison magique forcée.

« Ils étaient ici », ai-je dit. « Tous les trois. Mais quelqu'un les a déplacés. »

« Récemment déplacés », ajouta Lyra, en étudiant son équipement de détection. « Les signatures magiques sont encore chaudes. Dylan, celui qui les a pris les a déplacés au cours des dernières heures. »

« Ce qui signifie qu'ils sont probablement quelque part dans le château, se préparant pour ce qu'ils prévoient de faire pendant ton audience. »

« La question est où. » Lyra fronça les sourcils en regardant son scanner. « La Lentille Aurorale aurait besoin d'une ligne de mire sur la salle d'audience pour un effet maximal. L'Amplificateur de Résonance devrait être assez proche pour améliorer toute démonstration magique. Et le Prisme de Liaison... »

« ...devrait être positionné de manière à pouvoir affecter toutes les personnes présentes », ai-je terminé. « Lyra, ils ne prévoient pas seulement de mettre en scène une catastrophe magique. Ils prévoient d'utiliser une liaison magique forcée pour faire croire que la magie de partenariat est intrinsèquement dangereuse pour les participants non consentants. »

Les implications étaient horribles. La liaison magique forcée était l'un des crimes les plus graves en droit magique — une violation de l'autonomie personnelle qui pouvait causer des dommages psychologiques et magiques permanents.

« Nous devons trouver ces artéfacts avant le début de l'audience », déclara Lyra avec une détermination urgente.

« Tu as une idée de l'endroit où ils pourraient être ? »

« En fait, oui. » Elle consulta à nouveau son scanner, puis leva les yeux avec une satisfaction sinistre. « Les schémas de résonance magique suggèrent qu'ils se trouvent quelque part avec un accès direct à la salle d'audience, mais cachés de l'observation normale. Quelque part comme... »

« ...la galerie au-dessus de l'Amphithéâtre de Cristal », ai-je dit, comprenant immédiatement. « Ligne de mire parfaite, connectée acoustiquement, et normalement vide pendant les procédures formelles. »

« Exactement. Dylan, si j'ai raison, nous avons environ deux heures pour monter là-haut, neutraliser le piège qu'ils ont tendu, et trouver un moyen de retourner leur plan contre eux. »

« Et si tu as tort ? »

« Alors nous aurons passé nos dernières heures de liberté dans une quête vaine au lieu de préparer de meilleures défenses. »

J'ai réfléchi un instant. « Tu sais quoi ? Je prends le risque. »

Nous sommes retournés à travers l'Aile de la Lumière et avons traversé le campus en direction de l'Amphithéâtre de Cristal, nous déplaçant prudemment pour éviter le nombre croissant d'étudiants et de professeurs lève-tôt. La matinée était fraîche et claire, avec des motifs auroraux peignant le ciel dans des nuances de vert et d'or qui me rappelaient la magie que Lyra et moi créions ensemble.

« Dylan », dit Lyra alors que nous approchions de l'entrée de service de l'amphithéâtre, « je dois te dire quelque chose d'important avant que nous n'entrions. »

« Quoi ? »

« Si ça tourne mal — si on se fait prendre, si le plan se retourne contre nous, si la personne derrière tout ça a des plans d'urgence que nous n'avons pas anticipés — je veux que tu saches que te faire confiance hier a été la décision la plus facile que j'aie jamais prise. »

Cette simple déclaration m'a frappé plus fort que n'importe quelle déclaration d'amour n'aurait pu le faire.

« Même après avoir vu les preuves de la police scientifique ? Même en sachant que te faire confiance signifiait ignorer l'analyse logique en faveur de la conviction émotionnelle ? »

« Surtout à ce moment-là. » Lyra sourit, et la chaleur dans son expression fit vibrer ma poitrine d'affection. « Dylan, la logique et l'analyse peuvent te renseigner sur les signatures magiques et les preuves circonstancielles. Mais elles ne peuvent pas te parler du caractère, de l'intégrité, ou de la façon dont la magie de quelqu'un se ressent lorsqu'elle reconnaît quelque chose de vrai. »

« Et ma magie te semble vraie ? »

« Ta magie, c'est comme un foyer pour moi », dit-elle simplement. « Comme tout ce que j'ai cherché sans savoir que je cherchais. »

Avant que je ne puisse répondre, elle se dirigeait déjà vers l'entrée de l'amphithéâtre, me laissant la suivre avec ces mots résonnant dans mon esprit comme une bénédiction.

Comme un foyer.

La galerie au-dessus de l'Amphithéâtre de Cristal était exactement là où nous nous attendions à trouver des preuves du vol, mais ce que nous y avons découvert était pire que tout ce que nous avions imaginé.

Les artéfacts volés avaient été disposés en un triangle précis autour d'une plateforme centrale qui surplombait la salle d'audience en contrebas. Mais plus que ça, ils avaient été modifiés — améliorés avec des composants magiques supplémentaires qui les transformaient d'outils puissants mais contrôlables en quelque chose qui s'apparentait à des armes.

« Sainte magie », souffla Lyra, son scanner vibrant presque d'alarme alors qu'elle prenait des mesures. « Dylan, ils ont bricolé ces artéfacts pour en faire un système d'amplification à rétroaction. Lorsqu'ils seront activés, ils ne se contenteront pas de créer des illusions ou d'améliorer des liens magiques — ils forceront des connexions magiques entre chaque personne dans l'amphithéâtre. »

« Des connexions forcées qui seront probablement instables

et douloureuses », dis-je, en étudiant l'installation avec une horreur croissante.

« Plus que douloureuses. Potentiellement mortelles. » Le visage de Lyra était pâle de compréhension. « Dylan, si ce système s'active dans une salle remplie de professeurs et d'administrateurs, le contrecoup magique pourrait tuer des dizaines de personnes. »

« Et quiconque survivra aura fait l'expérience directe des "dangers" de la magie de partenariat qui a mal tourné. »

« C'est l'opération sous fausse bannière parfaite. Créer une catastrophe magique, rejeter la faute sur la recherche en magie de partenariat, et utiliser la tragédie pour justifier des restrictions permanentes sur le domaine. »

Je me suis approché pour examiner la plateforme centrale, notant la façon dont les artéfacts avaient été positionnés pour concentrer leur énergie combinée vers le bas, en direction de la salle d'audience.

« Lyra, cette installation est sophistiquée. La personne qui a conçu ça connaît l'ingénierie magique avancée et a accès à des composants rares. Ce n'est pas seulement quelqu'un avec des relations à la Cour d'Hiver — c'est quelqu'un avec de sérieuses ressources et une expertise technique. »

« Ce qui réduit considérablement notre liste de suspects. » Lyra prenait des scans détaillés des artéfacts modifiés. « Dylan, je pense savoir comment désactiver ce système, mais ça va nécessiter un travail magique précis sous pression. Prêt pour un peu de lancement de sorts collaboratif ? »

« Avec toi ? Toujours. »

« Bien, parce qu'on va avoir de la compagnie. »

Je l'ai entendu aussi — des bruits de pas dans les escaliers de la galerie, s'approchant au rythme mesuré de quelqu'un qui était à sa place ici. Quelqu'un qui venait faire les derniers préparatifs pour ce qui était prévu pendant l'audience.

« Cache-toi », chuchota Lyra, en montrant une section de sièges de la galerie qui nous dissimulerait.

J'ai activé ma magie de l'illusion, courbant la lumière autour de nous deux juste au moment où la porte de la galerie s'ouvrait pour laisser entrer une silhouette que j'ai reconnue avec une incrédulité choquée.

La professeure Ember des Études Élémentaires entra dans la galerie, se déplaçant avec une familiarité évidente vers le dispositif d'artéfacts. Elle était suivie par quelqu'un que je ne reconnaissais pas — une grande silhouette pâle en robes de la Cour d'Hiver dont la signature magique ressemblait à un vent arctique et à une autorité ancienne.

« Les calibrations sont terminées ? » demanda le dignitaire de la Cour d'Hiver.

« Tout est prêt », répondit la professeure Ember, en faisant de petits ajustements à l'Amplificateur de Résonance. Sa voix était tendue de quelque chose de plus profond — de l'amertume, peut-être même de la peur. « Quand Mademoiselle Lumina fera sa présentation, la Lentille projettera un faux succès. Puis le Prisme s'activera — liaisons forcées, chaos, et une salle pleine de victimes accusant la magie de partenariat. »

« Et les liaisons forcées se déstabiliseront immédiatement ? »

« En quelques minutes. Le contrecoup sera attribué à l'instabilité de la magie de partenariat, et les survivants témoigneront des dangers de la recherche sur les liaisons non supervisées. Vous pensez qu'il s'agit de pouvoir ? Il s'agit de survie. La Cour d'Hiver ne tolère pas la dissidence. »

Elle parlait de morts comme de logistique. Ce n'était pas de la politique — c'était un meurtre avec préméditation.

« Le professeur Arcturus sera satisfait », dit le dignitaire de la

Cour d'Hiver avec satisfaction. « La menace de la magie de partenariat sera éliminée de façon permanente, et l'autorité de la Cour d'Hiver sur l'éducation magique sera incontestée. »

« Et les étudiants qui ont découvert la recherche originale ? » demanda la professeure Ember. « Mademoiselle Lumina et Monsieur Vixen ? »

« Des victimes malheureuses de leurs propres expériences dangereuses », répondit froidement le dignitaire. « Leurs morts serviront d'avertissement aux futurs étudiants qui pourraient être tentés de poursuivre des recherches magiques non autorisées. »

J'ai senti Lyra retenir brusquement son souffle à côté de moi, et j'ai dû résister à l'envie de la réconforter. Entendre discuter de nos morts avec tant de désinvolture était horrible, mais cela nous a également fourni des informations cruciales sur l'ampleur du complot contre nous.

« L'audience commence dans quatre-vingt-dix minutes », dit la professeure Ember, en vérifiant un chronomètre magique. « Je resterai ici pour surveiller l'activation du système. Vous devriez retourner auprès du professeur Arcturus et confirmer que tout se déroule comme prévu. »

« Très bien. Souvenez-vous : l'apparence d'une catastrophe magique spontanée est cruciale. Personne ne doit soupçonner une intervention délibérée. »

Après le départ du dignitaire de la Cour d'Hiver, la professeure Ember s'est installée dans une position de surveillance d'où elle pouvait observer à la fois le dispositif d'artéfacts et la salle d'audience en contrebas. Elle a activé plusieurs autres appareils magiques qui ressemblaient à du matériel d'enregistrement — apparemment, ils voulaient une documentation détaillée de la catastrophe qu'ils prévoyaient de créer.

J'ai croisé le regard de Lyra et j'y ai vu ma propre détermination se refléter. Nous avions quatre-vingt-dix minutes pour désactiver un système d'arme magique, rassembler des preuves du complot et, d'une manière ou d'une autre, retourner la situation à notre avantage.

Il était temps de découvrir ce que la magie de partenariat pouvait accomplir quand elle était correctement motivée.

J'ai commencé à créer des illusions pendant que Lyra analysait les modifications des artéfacts. Travaillant sans partenariat magique formel, nous nous déplacions comme des danseurs suivant une musique que nous seuls pouvions entendre.

« Là », chuchota Lyra, en montrant les conduits magiques reliant les artéfacts. « Si nous perturbons le flux d'énergie entre la Lentille Aurorale et le Prisme de Liaison, tout le système devrait devenir instable. »

« Instable comment ? »

« Le genre d'instabilité qui fait que les artéfacts dysfonctionnent de manière spectaculaire sans contrecoup potentiellement mortel. »

« J'aime bien ce genre d'instabilité. »

Je me suis approché du réseau de conduits, maintenant mes illusions tout en me préparant à lancer le travail magique le plus précis de ma vie. Le sort exigeait de faire passer de l'énergie chaotique à travers un interstice à peine plus large qu'un cheveu, perturbant la connexion sans déclencher les systèmes de défense.

« Dylan », dit Lyra d'une voix pressante, « la professeure Ember bouge. Je crois qu'elle se doute de quelque chose. »

J'ai levé les yeux pour voir la professeure d'Études Élémentaires balayer la galerie d'un regard manifestement suspicieux, sa main se déplaçant vers ce qui ressemblait à un cristal d'alarme.

« Elle peut sentir notre magie », ai-je réalisé. « Les illusions tiennent, mais elle détecte les fluctuations d'énergie de notre travail magique. »

« Peux-tu maintenir la dissimulation visuelle pendant que je crée un champ d'amortissement magique ? »

« Pour combien de temps ? »

« Assez longtemps pour finir de désactiver le système et rassembler les preuves du complot. »

« Fais-le. »

Lyra a commencé à tisser un sort de suppression complexe qui masquerait nos signatures magiques tout en nous permettant de continuer à lancer des sorts. L'élégance théorique de son approche était à couper le souffle — elle créait essentiellement une zone de silence magique autour de nous sans interférer avec notre propre lancement de sorts.

Pendant ce temps, je me suis concentré de toutes mes forces sur le sort de perturbation des conduits. Faisant passer de l'énergie chaotique à travers des voies précises, en utilisant l'approche systématique que Lyra m'avait enseignée pour guider mes instincts magiques naturels vers des cibles spécifiques.

Au moment où ma magie a touché la connexion entre les artéfacts, le réseau de conduits a étincelé et a lâché. Mes illusions ont vacillé alors que je divisais mon attention entre la dissimulation et le sabotage. Et dans la rétroaction magique du système défaillant, j'ai senti quelque chose qui m'a glacé le sang.

Je me suis figé. Les schémas de résonance n'étaient pas seulement ici — ils résonnaient depuis l'autre bout du campus comme des tambours de guerre. « Lyra... il y en a d'autres. Au moins trois. Ils ne visent pas ton audience — ils visent toute l'université. »

L'ampleur du complot était stupéfiante. Il ne s'agissait pas seulement de nous accuser de vol, pas seulement de perturber la recherche en magie de partenariat, mais de créer une catastrophe magique qui justifierait le contrôle de la Cour d'Hiver sur toute l'éducation magique.

« Dylan, nous devons prévenir tout le monde. Si ces autres dispositifs s'activent... »

« Je sais. » J'ai regardé le système défaillant autour de nous, la professeure Ember qui cherchait maintenant activement des intrus, et les preuves du complot que nous avions rassemblées. « Mais d'abord, nous devons nous assurer que ce dispositif particulier ne peut pas être réparé. »

« À quoi tu penses ? »

« Je pense qu'il est temps de découvrir ce qui se passe quand la magie du chaos d'un métamorphe-renard rencontre un projet d'ingénierie magique soigneusement équilibré. »

« Dylan, si tu surcharges ce système, le retour de force pourrait... »

« ...pourrait créer une démonstration très visible de ce qui se passe quand quelqu'un essaie de transformer en armes des artéfacts de magie de partenariat », ai-je terminé. « Lyra, fais-moi confiance. »

Elle a croisé mon regard, et j'ai vu la compréhension passer entre nous. Pas seulement sur le travail magique que je proposais, mais sur le choix que nous faisions de nous opposer à des forces qui préféraient commettre un meurtre de masse plutôt que d'admettre qu'elles pourraient avoir tort.

« Ensemble ? » demanda-t-elle.

« Toujours ensemble. »

J'ai puisé dans les niveaux les plus profonds de ma magie du chaos pendant que Lyra fournissait le cadre structurel pour diriger cette énergie vers un maximum d'effet dramatique avec un minimum de danger. Ensemble, nous avons déversé tout ce que nous avions dans le dispositif d'artéfacts défaillant.

Le résultat fut spectaculaire.

Je n'avais pas eu l'intention que le ciel dise la vérité. Mais notre magie, si. Elle a écrit « COMPLOT DE LA COUR D'HIVER » en lettres lumineuses au-dessus de l'UPN pendant que la Lentille Aurorale projetait des motifs sauvages et magnifiques qui racontaient la véritable histoire de la magie de partenariat. L'Amplificateur de Résonance a diffusé notre signature combinée à chaque mage sensible à des kilomètres à la ronde. Et le Prisme de Liaison s'est complètement brisé.

La magie du chaos était honnête comme ça.

L'explosion magique était visible de n'importe où sur le campus, accompagnée de carillons de cristal et d'un vent auroral.

« Eh bien », dit Lyra alors que les alarmes retentissaient dans toute l'UPN, « je pense que le plan de la professeure Ember a été perturbé. »

La professeure Ember nous fixa, choquée et furieuse. « Vous », gronda-t-elle. « Vous avez tout gâché. »

« En fait », dis-je, « nous venons de sauver tout le monde. »

Les portes de la galerie s'ouvrirent brusquement. La professeure Lumina entra avec des membres du corps professoral et la sécurité de l'UPN, observant les artéfacts détruits et la professeure Ember, la magie crépitant autour de ses mains.

« Professeure Ember », dit la professeure Lumina avec un calme glacial, « vous êtes en état d'arrestation. »

Alors que la sécurité du campus maîtrisait la professeure Ember, Lyra glissa sa main dans la mienne.

« Beau travail, partenaire. »

« Toi aussi. Mais je dois demander — comment la professeure Lumina a-t-elle su qu'il fallait amener des renforts ? »

« Parce que », dit la professeure Lumina, s'approchant avec un mélange de fierté et d'exaspération, « les explosions magiques visibles depuis trois provinces ont tendance à attirer l'attention. Quand des motifs auroraux se mettent à écrire des accusations en lettres de quinze mètres, c'est difficile à ignorer. »

Pendant que nous préparions notre sabotage, Lyra avait

envoyé une alerte silencieuse à la professeure Lumina via le réseau de l'Observatoire. Si ça tournait mal, elle voulait que quelqu'un ait des preuves.

« Je crois que vous avez une audience dans une heure », poursuivit la professeure Lumina. « Bien que je soupçonne que les circonstances ont considérablement changé. »

« Comment ça ? » ai-je demandé.

« Eh bien, le professeur Arcturus aura du mal à soutenir que la magie de partenariat est intrinsèquement dangereuse alors que vous venez de l'utiliser pour empêcher un événement à mortalité de masse. » Son sourire était satisfait mais prudent. « Cependant, c'est loin d'être terminé. La professeure Ember agissait sous l'autorité de la Cour d'Hiver, ce qui signifie qu'ils ont un soutien juridique pour leurs actions. »

« Un soutien juridique pour une tentative de meurtre ? » demanda Lyra, incrédule.

« Un soutien juridique pour "l'application de la sécurité magique" », corrigea sombrement la professeure Lumina. « Ils prétendront que la professeure Ember menait un test nécessaire sur la stabilité de la magie de partenariat, et que votre interférence a empêché l'application de protocoles de sécurité appropriés. »

La prise de conscience m'a frappé comme une douche froide. « Ils vont présenter ça comme si nous étions les dangereux. »

« Presque certainement. Ce qui signifie que votre audience ne concerne plus seulement votre réintégration académique — il s'agit de prouver que la magie de partenariat peut être à la fois puissante et responsable. »

J'ai regardé Lyra, voyant ma propre détermination se refléter dans ses yeux pâles. Nous avions attrapé une conspiratrice et empêché une catastrophe, mais le vrai combat ne faisait que commencer.

« Alors nous ferions mieux de nous assurer que notre présentation est spectaculaire », dit Lyra.

« En effet. Bien que je doive vous avertir — le professeur Arcturus aura sans aucun doute des plans d'urgence. Il n'est pas du genre à accepter la défaite avec grâce. »

Alors que nous rassemblions les preuves du dispositif d'artéfacts détruit et nous préparions à affronter ce qui allait suivre, j'ai réalisé qu'attraper la professeure Ember avait été la partie facile.

Maintenant, nous devions convaincre toute l'administration de l'UPN que la magie de partenariat méritait un avenir.

Et nous avions moins d'une heure pour nous préparer à la présentation la plus importante de nos vies.

CHAPITRE VINGT
LA REVENDICATION

LYRA

L'Amphithéâtre de Cristal scintillait de lumières festives, transformé par le Festival de l'Équinoxe de Printemps en une célébration de la réussite universitaire. Mais pour moi, il ressemblait à un champ de bataille. Chaque fleur de cristal flottante, chaque ruban d'aurore dansant dans les airs comme une créature vivante, était une distraction du fait que mon avenir — et la magie de partenariat elle-même — ne tenait qu'à un fil. Ce qui aurait dû être une simple audience du Comité d'Évaluation s'était transformé en un spectacle public, ce qui signifiait que la moitié de l'UPN semblait s'être entassée dans les gradins pour assister à ma potentielle déchéance académique.

« Nerveuse ? » a demandé doucement Dylan, sa main trouvant la mienne alors que nous étions assis au premier rang de la partie inférieure de l'amphithéâtre.

« Terrorisée », ai-je admis, en regardant les professeurs, les administrateurs et les officiels de la Cour d'Hiver prendre place sur l'estrade surélevée. « C'était censé être une simple audience sur le rétablissement de mes privilèges de recherche. Maintenant, j'ai l'impression que c'est... »

« Un procès ? » Les yeux verts de Dylan étaient emplis de compréhension. « Lyra, après ce que nous avons découvert sur la professeure Ember et la conspiration des artéfacts, il ne s'agit plus seulement de ton statut académique. Il s'agit de prouver que la magie de partenariat a droit à un avenir. »

Les révélations du matin s'étaient répandues sur le campus comme un feu de givre. L'arrestation de la professeure Ember, la découverte des artéfacts modifiés, les preuves de la manipulation de la Cour d'Hiver — tout cela avait transformé ce qui aurait dû être une évaluation académique de routine en quelque chose qui s'apparentait à un référendum public sur la recherche en magie de partenariat.

« Mademoiselle Lumina », la voix de la professeure Blitzen perça le brouhaha ambiant alors que la procédure officielle commençait. « Veuillez vous approcher de la tribune. »

Je me suis levée sur des jambes chancelantes, parfaitement consciente des centaines d'yeux qui suivaient chacun de mes mouvements. Dans les gradins au-dessus, je pouvais voir des groupes d'étudiants de tous les principaux départements, leurs expressions allant de la curiosité au soutien, en passant par un scepticisme non dissimulé. La Tanière du Renard était là en force, avec Kieran, Finn et Jasper occupant une rangée entière. Même certains de mes anciens élèves de tutorat étaient venus, leur présence étant à la fois touchante et intimidante.

Mais c'était la présence stable de Dylan à mes côtés qui me gardait les pieds sur terre alors que je m'approchais de la tribune.

« Avant de commencer », la voix de la professeure Lumina résonna clairement dans l'amphithéâtre, « je crois que les événements de ce matin ont apporté un contexte crucial aux délibérations d'aujourd'hui. »

Elle fit un geste, et un écran holographique se matérialisa au-dessus de l'estrade, montrant des images du réseau d'artéfacts détruit et de la professeure Ember sous contraintes magiques.

« Aux environs de six heures ce matin, poursuivit la professeure Lumina, mademoiselle Lumina et monsieur Vixen ont empêché ce qui aurait pu être un événement à victimes multiples en découvrant et en désactivant un système d'arme construit à partir d'artéfacts volés à l'UPN. Ce système était conçu pour forcer des liens magiques entre des participants non consentants — une violation des principes les plus fondamentaux de l'éthique magique. »

Des murmures parcoururent la foule assemblée. Plusieurs officiels de la Cour d'Hiver s'agitèrent, mal à l'aise, sur leurs sièges.

« Plus que cela, les yeux pâles de la professeure Lumina se fixèrent sur le professeur Arcturus avec l'intensité d'un laser, les preuves suggèrent qu'il ne s'agissait pas d'un incident isolé, mais d'une campagne coordonnée pour discréditer la recherche en magie de partenariat à travers des crises fabriquées. »

« Voilà, dit le professeur Arcturus avec un calme glacial, une accusation grave qui manque de preuves substantielles. »

Je savais que parler maintenant pouvait tout risquer, mais je ne pouvais pas rester silencieuse. Pas alors que la vérité nous sautait aux yeux.

« Vraiment ? » me suis-je surprise à dire avant de pouvoir douter de mon impulsion. « Professeur Arcturus, vous étiez au courant du vol des artéfacts avant qu'il ne soit officiellement signalé. Vous surveillez les progrès académiques de Dylan depuis avant notre rencontre. Et vos associés de la Cour d'Hiver avaient une connaissance détaillée des systèmes de sécurité de l'UPN qui aurait nécessité des informations internes. »

« Mademoiselle Lumina, la voix du professeur Arcturus contenait une pointe de menace, vous portez des accusations qui frisent la sédition contre l'autorité magique établie. »

« Je fais des observations qui frisent la vérité », ai-je rétorqué, sentant la présence encourageante de Dylan derrière moi. « Vous avez peur que les étudiants réalisent qu'ils n'ont pas besoin de votre permission pour être extraordinaires. »

L'amphithéâtre était devenu complètement silencieux. Même les rubans d'aurore flottants semblaient s'être immobilisés, comme si la magie elle-même retenait son souffle.

« Mais surtout, continuai-je, ma voix se renforçant à chaque mot, vous avez peur que nous prouvions que les postulats fondamentaux de l'éducation magique sont faux. Que la coopération est plus puissante que la compétition. Que la confiance crée une meilleure magie que le contrôle. »

Je me suis tournée pour faire face à la foule assemblée — étudiants, professeurs, administrateurs et officiels de la Cour d'Hiver, tous observant avec une attention captivée.

« La magie de partenariat fonctionne », ai-je dit, mes mots résonnant clairement dans l'acoustique cristalline. « Dylan et moi l'avons prouvé. Non pas par le biais des liens instables contre lesquels vous ne cessez de nous mettre en garde, mais grâce à une recherche collaborative qui améliore les capacités individuelles sans compromettre l'autonomie personnelle. »

« Une recherche théorique, interrompit froidement le professeur Arcturus, menée sans la supervision appropriée ni les protocoles de sécurité. »

« Une recherche pratique, dit Dylan, se levant de son siège pour me rejoindre à la tribune, qui a empêché une catastrophe magique ce matin. »

L'air changea au moment où Dylan se plaça à mes côtés, nos magies individuelles commençant à vibrer en résonance partagée.

« Dylan Vixen, l'attention du professeur Arcturus se fixa sur lui avec une concentration prédatrice, vous êtes accusé d'avoir volé des artéfacts magiques et d'avoir mené des expériences magiques non autorisées. Que répondez-vous à ces accusations ? »

« Je réponds, dit Dylan avec une dignité tranquille, que quelqu'un disposant des ressources de la Cour d'Hiver et d'une connaissance détaillée de ma signature magique s'est donné un mal extraordinaire pour me faire accuser de crimes que je n'ai pas commis. »

Il fit un geste, et les rubans d'aurore à travers l'amphithéâtre se mirent à répondre à sa magie, s'entrelaçant en motifs complexes qui témoignaient de mois de pratique assidue et d'une compétence nouvelle.

« Je réponds que la signature magique trouvée sur le lieu du vol a été créée artificiellement à l'aide d'enregistrements réalisés lors d'une surveillance non autorisée de la recherche en magie de partenariat. »

Les constructions de lumière que Dylan créait étaient belles, précises, et bien à lui — la preuve que la réussite magique individuelle pouvait être tout aussi spectaculaire que l'amélioration par partenariat.

« Mais plus important encore, poursuivit Dylan, sa magie peignant l'amphithéâtre de motifs d'or et de vert, je réponds que je suis exactement là où je choisis d'être. Aux côtés de quelqu'un qui me donne envie d'être meilleur que je ne le suis. Quelqu'un qui m'a appris qu'un vrai partenariat ne relève pas de la commodité magique — il s'agit de choisir de grandir ensemble malgré l'imperfection. »

Il se tourna vers moi, et le regard dans ses yeux verts fit battre mon cœur à tout rompre contre mes côtes. Le souffle collectif retenu par le public me dit qu'ils le sentaient aussi — le poids de ce qui allait être dit, l'importance de ce moment.

« Lyra Lumina, dit-il, sa voix portant jusqu'aux moindres recoins de l'amphithéâtre, tu es brillante, courageuse et assez têtue pour combattre la Cour d'Hiver pour ce en quoi tu crois. Tu vois la magie d'une manière qui pourrait révolutionner notre compréhension de tout. Et grâce à toi, je me sens comme la version la plus intelligente et la plus capable de moi-même. »

Les rubans d'aurore répondaient maintenant à nos deux signatures magiques, créant des motifs qui évoquaient l'harmonie sans la dépendance, la collaboration sans la perte de l'identité individuelle.

« Je t'aime », dit simplement Dylan. « Pas parce que notre magie fonctionne bien ensemble, mais parce que toi, tu fonctionnes bien. Et si la Cour d'Hiver veut détruire la recherche en magie de partenariat, ils devront d'abord nous passer sur le corps. »

Les mots restèrent en suspens dans l'air comme un défi, comme une revendication, comme une promesse qui atteignit chaque cœur dans l'amphithéâtre.

« Moi aussi », cria une voix depuis les gradins.

J'ai levé les yeux pour voir Kieran debout dans la section de la Tanière du Renard, ses cheveux argentés captant les lumières dansantes.

« Et moi », ajouta Finn, se levant à ses côtés.

« La magie de partenariat a sauvé l'UPN d'un désastre ce matin », dit Jasper, sa voix portant l'autorité de quelqu'un habitué au commandement. « Ça ne semble pas dangereux. Ça semble être exactement ce que l'éducation magique devrait enseigner. »

Un par un, les étudiants dans les gradins commencèrent à se lever. Pas seulement la Tanière du Renard, mais des ondines de mes sessions de tutorat, des elfes de la terre des groupes d'étude de Dylan, même certains des métamorphes rennes qui avaient été initialement sceptiques à l'égard de notre recherche.

Même certains professeurs se levèrent — ceux qui étaient restés silencieux jusqu'à présent, leurs expressions gardées mais résolues.

« La magie de partenariat n'est pas que de la théorie », lança une voix familière. Je me suis retournée pour voir Marcus se lever de son siège, son héritage de fae de l'hiver évident dans la façon dont des motifs de givre commencèrent à se former autour de ses pieds. « C'est l'application pratique de principes magiques collaboratifs qui pourrait bénéficier à chaque étudiant de l'UPN. »

« C'est la preuve, ajouta Sera, ma camarade de dortoir, que les meilleures découvertes se produisent lorsque nous sommes prêts à travailler ensemble plutôt qu'à nous faire concurrence. »

La ovation debout qui suivit ne ressemblait à rien de ce que j'avais jamais connu. Pas seulement des applaudissements, mais une affirmation collective qui allait au-delà du monde universitaire pour s'approcher de la révolution.

« Assez », dit sèchement le professeur Arcturus, sa voix tranchant à travers la manifestation. « Ceci est une audience académique formelle, pas un concours de popularité. »

« Vraiment ? » Le sourire de la professeure Lumina était énigmatique. « Professeur Arcturus, l'éducation magique existe pour servir les étudiants, pas pour les contrôler. Lorsque les étudiants démontrent que les approches collaboratives produisent de meilleurs résultats que la compétition individuelle, peut-être devrions-nous écouter. »

« La position de la Cour d'Hiver sur la magie de partenariat est claire... »

« La position de la Cour d'Hiver, l'interrompis-je, me surprenant moi-même par l'acier dans ma voix, semble inclure le vol, la conspiration et la tentative de meurtre de masse. Pardonnez-moi si je ne suis pas particulièrement intéressée par leurs opinions en matière d'éducation. »

L'expression du professeur Arcturus devint dangereusement froide. « Mademoiselle Lumina, vous venez d'accuser la Cour d'Hiver d'activités criminelles devant la communauté de l'UPN. »

« J'ai fait des observations factuelles sur les événements de ce matin », ai-je corrigé. « Si ces observations se trouvent jeter une lumière défavorable sur les activités de la Cour d'Hiver, peut-être que le problème ne vient pas de mon analyse. »

« Vous réalisez, dit le professeur Arcturus d'une voix d'un calme mortel, que de telles accusations pourraient entraîner des poursuites pénales contre vous personnellement ? »

La menace planait dans l'air comme une épée. Mais avant que je ne puisse répondre, Dylan s'approcha, sa main trouvant la mienne.

« Alors ils devront nous inculper tous les deux », dit-il fermement. « Parce que nous sommes partenaires. Cela signifie que nous affronterons ce qui vient ensuite ensemble. »

Au moment où nos mains se sont touchées, notre magie a répondu avec une harmonie joyeuse. Des motifs d'aurore commencèrent à se peindre sur le dôme de l'amphithéâtre, plus complexes et plus beaux que tout ce que nous avions accompli lors de notre lien de partenariat initial.

Des halètements se firent entendre dans la foule alors que l'aurore s'intensifiait — non pas sauvage ou chaotique, mais incroyablement synchronisée. C'était une magie au-delà des liens de partenariat, au-delà de l'éducation traditionnelle — née de la confiance, du choix et de la foi en l'autre.

« Voilà, dit la professeure Lumina avec satisfaction, à quoi ressemble réellement la magie de partenariat. Pas la dépendance ou l'instabilité, mais une collaboration consciente entre égaux. »

« C'est magnifique », murmura quelqu'un depuis les gradins.

« C'est impossible », ajouta quelqu'un d'autre avec émerveillement.

« C'est tout ce que l'éducation magique devrait enseigner », conclut la professeure Lumina. « Mademoiselle Lumina, vos privilèges de recherche sont par la présente entièrement rétablis. Monsieur Vixen, toutes les charges contre vous sont formellement rejetées. Et la recherche en magie de partenariat est approuvée pour une étude élargie selon les protocoles académiques appropriés. »

Le rugissement d'approbation des gradins était assourdissant. Mais je l'entendais à peine, car Dylan me regardait avec une expression qui faisait disparaître tout le reste.

« Alors, dit-il avec ce sourire malicieux familier, est-ce que ça veut dire que nous sommes officiellement le couple emblématique de la rébellion académique de l'UPN ? »

« Je pense, dis-je en me hissant sur la pointe des pieds pour rapprocher nos visages, que ça veut dire que nous sommes exactement ce que nous choisissons d'être. »

« Et que choisissons-nous d'être ? »

« Des partenaires », dis-je simplement. « Dans la recherche, dans la magie, dans tout ce qui viendra ensuite. »

« Toujours ? »

« Toujours. »

« Ce n'est pas seulement de l'amour », murmura Dylan, son front touchant le mien. « C'est une revendication. De mon choix, de mon avenir — avec toi. »

Quand Dylan m'a embrassée cette fois-ci, ce n'était ni hésitant ni interrogateur. C'était une déclaration qui a atteint chaque recoin de l'amphithéâtre. Les aurores qui ont fleuri autour de nous ont peint le dôme de cristal de motifs qui parlaient d'une harmonie atteinte par le choix plutôt que par le hasard.

Et alors que le soleil de l'Équinoxe de Printemps atteignait son zénith au-dessus de l'UPN, projetant des motifs arc-en-ciel à travers la lumière des aurores, j'ai réalisé que parfois la magie la plus puissante n'était pas quelque chose que l'on trouvait par accident.

C'était quelque chose que l'on construisait, jour après jour, choix après choix, battement de cœur après battement de cœur, avec quelqu'un qui vous faisait croire que tout était possible.

La Cour d'Hiver pouvait garder son contrôle. Nous avions quelque chose de mieux.

Nous nous avions l'un l'autre.

Alors que l'audience officielle se terminait et que les étudiants commençaient à descendre des gradins pour nous féliciter, j'ai aperçu le professeur Arcturus se dirigeant vers la sortie avec des mouvements rapides et secs. Ses yeux pâles ont croisé les miens à travers la foule, et j'y ai vu quelque chose qui m'a noué l'estomac d'un sentiment de malaise.

Dans ce regard, j'ai vu du calcul, pas de la défaite. Arcturus n'avait pas fini — il préparait déjà son prochain coup.

Mais en regardant les visages qui nous entouraient — les amis de Dylan de la Tanière du Renard, mes anciens élèves de tutorat, les professeurs qui avaient choisi de soutenir la liberté académique plutôt que le contrôle institutionnel — j'ai réalisé quelque chose d'important.

Nous ne menions plus cette bataille seuls.

La magie de partenariat nous avait donné plus qu'une simple réhabilitation académique. Elle nous avait donné une communauté, une famille de cœur, et le genre de soutien qui vient de personnes qui croyaient en la même vision de ce que l'éducation magique pouvait devenir.

« Tu penses qu'ils nous laisseront construire un laboratoire officiel de magie de partenariat ? » a demandé Dylan, souriant en acceptant les félicitations de la foule en liesse.

« Ils n'auront pas le choix », ai-je répondu, me sentant plus certaine que je ne l'avais jamais été de quoi que ce soit.

« Prête pour la suite ? » a demandé Dylan, son bras toujours enroulé autour de ma taille.

« Avec toi ? » Je lui ai souri. « Je suis prête à tout. Parce que nous ne nous contentions plus de reconstruire la magie — nous construisions un avenir. »

Car peu importe ce que la Cour d'Hiver nous lancerait ensuite, peu importe les défis qui attendaient la recherche en magie de partenariat, peu importe les obstacles qui se dressaient entre nous et l'avenir que nous voulions construire — nous les affronterions de la même manière que nous avions affronté tout le reste.

Ensemble.

Et ça, je commençais à le comprendre, c'était la magie la plus puissante de toutes.

CHAPITRE VINGT-ET-UN

L'ÉQUILIBRE RÉTABLI

DYLAN

L'arène des Jeux du Renne frémissait d'une impatience née de la rivalité, non des sortilèges. Trois semaines s'étaient écoulées depuis l'audience de l'équinoxe de printemps, et la compétition athlétique annuelle de la NPU s'était transformée d'un simple événement sportif en quelque chose qui s'apparentait à une célébration de tout ce que nous nous étions battus pour défendre.

Les démonstrations de magie de partenariat faisaient désormais partie du programme officiel. Des étudiants d'origines magiques différentes collaboraient ouvertement sur des projets de recherche. Même les représentants de la Cour d'Hiver qui étaient restés sur le campus après le départ du professeur Arcturus semblaient résignés à la nouvelle réalité.

Mais à cet instant précis, rien de tout cela n'avait d'importance. Parce que j'étais sur le point de participer au Défi d'Agilité Aérienne — l'unique épreuve dont je rêvais depuis ma première année — et pour la première fois de ma vie, je n'avais pas l'intention de tricher.

« Tu ne vas vraiment utiliser aucune magie d'illusion ? » demanda Kieran pour la troisième fois alors que nous nous tenions sur la ligne de départ. Ses cheveux argentés étaient attachés en une queue de cheval pratique, et son énergie de loup d'hiver vibrait d'impatience pour sa propre épreuve plus tard.

« Pas même un petit sort de diversion ? » ajouta Finn en vérifiant les sangles de son harnais d'entraînement. « Dylan, ce sont les Jeux. Tout le monde s'attend à ce que les métamorphes-renards rusent avec le règlement. »

Je balayai l'arène du regard, considérant le parcours d'obstacles qui mettrait à l'épreuve chaque aspect des manœuvres aériennes : la vitesse, la précision, le travail d'équipe et l'adaptabilité. Des plateformes flottantes changeaient de position de manière imprévisible. Des portails de rubans qui exigeaient une coordination parfaite entre plusieurs voltigeurs. Des sections de défi qui ne pouvaient être complétées que par des applications magiques collaboratives.

« C'est exactement pour ça que je ne le ferai pas », dis-je, me surprenant moi-même par l'assurance de ma voix. « Tout le monde s'attend à ce que les métamorphes-renards gagnent grâce à des ruses et des failles dans le règlement. Je veux gagner parce que je suis vraiment bon à ça. »

« Dylan », l'inquiétude de Jasper était sincère, « c'est ta chance de faire tes preuves auprès des recruteurs des Jeux. Si tu ne te classes pas... »

« Alors je ne me classerai pas », l'interrompis-je. « Mais au moins, je saurai que j'ai mérité ce qui arrivera. »

La vérité, c'était que ces dernières semaines d'entraînement m'avaient appris quelque chose d'important sur moi-même. Travailler avec Lyra n'avait pas seulement amélioré ma magie ; ça m'avait montré de quoi j'étais capable quand j'arrêtais de chercher des raccourcis et que je commençais à faire confiance à mes véritables capacités.

« Dylan Vixen », appela l'annonceur des Jeux à travers le système d'amplification magique de l'arène, « c'est à vous pour le tour de qualification individuel. »

Je me transformai en renard, sentant la poussée familière tandis que ma magie s'installait dans cette forme élancée et efficace, taillée pour la vitesse et l'agilité. Ma fourrure couleur rouille capta l'éclairage de l'arène, et j'entendis des acclamations provenant de la section de la Tanière des Renards dans les gradins.

Mais l'encouragement qui comptait le plus venait de la loge d'observation du corps professoral, où Lyra était assise avec le professeur Lumina et plusieurs autres instructeurs de l'Aile de la Lumière. Elle avait été invitée à assister à l'événement depuis la section VIP dans le cadre de son nouveau rôle de plus jeune recrue du programme d'Apprentissage de la Lumière.

Lorsque nos regards se croisèrent à travers l'arène, le sourire de Lyra fut assez éclatant pour alimenter tout le système d'éclairage magique. Elle leva la main dans un petit signe, et je sentis ce familier frémissement de connexion — pas un partenariat magique, mais quelque chose de plus profond. La certitude que quelqu'un croyait entièrement en moi.

Il est temps de leur montrer de quoi Dylan Vixen est vraiment capable.

La cloche du départ sonna, et je me lançai sur le parcours.

La première section testait la vitesse pure : une série d'anneaux flottants qui exigeaient une navigation précise à vélocité maximale. Je plongeai à travers eux avec la grâce fluide qui venait de mois d'entraînement systématique plutôt que d'un talent inné. Pas de raccourcis, pas d'illusions pour faire paraître les anneaux plus grands qu'ils ne l'étaient. Juste mes propres réflexes et la confiance que procurait une véritable préparation.

La deuxième section était celle où la plupart des concurrents trébuchaient : l'incantation magique collaborative tout en maintenant une précision aérienne. Des équipes de trois devaient maintenir leur formation tout en créant des jeux de lumière combinés qui répondaient à des exigences techniques spécifiques.

« Vixen ! » appela Marcus Chen, un élémentaire du vent de mon cours de Théorie Magique. « Tu es avec nous ! »

Je rejoignis Marcus et Sera Brightwater, une naïade qui avait été dans plusieurs de mes groupes d'étude. Nous ne nous étions jamais entraînés ensemble en équipe, mais nous avions passé assez de temps à travailler sur des projets communs pour comprendre nos styles de magie respectifs.

« Motif d'aurore, formation en spirale synchronisée ? » suggéra Sera alors que nous approchions de la zone d'incantation.

« Je peux fournir la structure de lumière », dis-je, puisant déjà dans les techniques avancées que Lyra m'avait enseignées. « Marcus, tu peux gérer les courants de vent pour maintenir notre positionnement ? »

« Je m'en occupe. »

Ce qui suivit fut le genre de magie collaborative que je n'aurais jamais cru possible sans liens de partenariat formels. La magie du vent de Marcus créa des conditions atmosphériques parfaites pour mes constructions de lumière, tandis que la manipulation de l'eau de Sera ajouta des effets prismatiques qui transformèrent notre spectacle d'aurore en quelque chose de sincèrement magnifique.

Nous progressions sur le parcours comme une équipe agissant par instinct et par confiance plutôt que par des étapes répétées — non pas parce que la magie nous forçait à être en harmonie, mais parce que nous avions choisi de travailler ensemble. Lorsque nous achevâmes le motif requis et franchîmes la ligne d'arrivée en formation parfaite, l'arène éclata en acclamations.

« Score de collaboration d'équipe : 94 sur 100 », déclara l'annonceur. « Scores de technique individuelle : Marcus Chen, 89. Sera Brightwater, 91. Dylan Vixen, 96. »

Quatre-vingt-seize. Mon score individuel le plus élevé dans une épreuve des Jeux, de toute ma vie.

Tandis que nous atterrissions sur le sol de l'arène, Sera me saisit le bras avec enthousiasme. « Dylan, cette magie de lumière était incroyable ! Comment as-tu appris à lancer des motifs d'aurores tout en maintenant une formation de vol ? »

« Quelqu'un m'a appris que la meilleure magie s'obtient quand on est prêt à travailler pour », dis-je, apercevant Lyra dans la loge d'observation. Elle était debout, applaudissant avec une fierté sincère qui me serra la poitrine d'affection.

« Eh bien, qui que ce soit, cette personne devrait être fière », dit Marcus avec un grand sourire. « C'était de la magie de partenariat sans les liens de partenariat. Du pur talent collaboratif. »

La dernière section testait la résolution de problèmes adaptative — des obstacles qui se déplaçaient de manière imprévisible, forçant une adaptation en temps réel. C'était là que la polyvalence des métamorphes-renards nous donnait traditionnellement un avantage, mais c'était aussi là que la plupart d'entre nous comptions trop sur la magic de l'illusion pour compenser un manque de planification.

J'abordai chaque défi méthodiquement, en utilisant la pensée systématique que Lyra m'avait inculquée pendant nos sessions de tutorat. Lorsque les plateformes flottantes se déplacèrent en plein vol, j'ajustai ma trajectoire en me basant sur des calculs mathématiques plutôt que sur des raccourcis magiques. Lorsque les portails de rubans changèrent de couleur pour signaler de nouvelles exigences de navigation, je lus correctement les indices visuels au lieu de lancer des sorts pour les faire paraître plus simples.

Au moment où je terminai le dernier segment — un atterrissage de précision qui nécessitait de se faufiler entre des obstacles mobiles — j'étais épuisé mais exalté. Pour la première fois de ma carrière universitaire, j'avais donné le meilleur de moi-même sans recourir à des ruses ou à des raccourcis.

« Score du Défi Adaptatif individuel : Dylan Vixen, 93 sur 100. Classement général des Jeux : deuxième place dans la division Agilité Aérienne. »

Une deuxième place n'avait jamais été aussi satisfaisante — parce que j'en avais mérité chaque point.

Alors que je reprenais forme humaine et que je reprenais mon souffle, je réalisai que quelque chose de fondamental avait changé. Il ne s'agissait plus seulement de prouver que j'étais digne du nom Vixen. Il s'agissait de me prouver à moi-même que j'étais exactement celui que je choisissais d'être.

« Dylan ! » La voix de Lyra traversa l'arène alors qu'elle descendait de la loge d'observation. Elle se déplaçait avec la grâce maîtrisée qui avait d'abord attiré mon attention, mais maintenant son attitude posée était contrebalancée par une excitation sincère. « C'était incroyable ! La séquence collaborative de l'aurore, la navigation adaptative... »

Je la pris dans mes bras, la faisant tourner alors qu'elle riait de plaisir. « Tu as vu ça ? Je l'ai vraiment mérité. Sans illusions, sans raccourcis, juste... »

« Juste toi », termina-t-elle, ses yeux pâles brillant de fierté. « Dylan, c'était de la magie de partenariat à son apogée. Pas à cause de liens ou d'amélioration magique, mais parce que tu as fait confiance à tes coéquipiers et qu'ils t'ont fait confiance en retour. »

Elle me toucha doucement le visage, son expression empreinte de quelque chose de plus profond que la fierté académique. « Je t'ai observé là-haut, et j'ai vu à quel point tu avais l'air différent. Confiant d'une manière qui venait du fait de connaître tes capacités, pas seulement d'espérer qu'elles suffiraient. »

« Je me sentais à ma place là-haut », admis-je. « Pour la première fois de ma vie, je ne faisais pas semblant d'être capable. Je l'étais vraiment. »

« J'ai toujours cru en ton potentiel », murmura-t-elle. « Maintenant, tu y crois aussi. »

La simple vérité de ses mots me serra la gorge d'émotion.

« On forme une sacrée bonne équipe », dis-je, la reposant au sol mais gardant mes bras autour de sa taille.

« La meilleure équipe », acquiesça-t-elle. « Bien que je doive admettre que je retenais mon souffle pendant le dernier segment de précision. »

« Toi ? Inquiète pour des calculs mathématiques ? Lyra, j'avais tracé chaque trajectoire avant même d'entamer l'approche. »

« Tu as été attentif pendant nos sessions d'étude », dit-elle avec une surprise enjouée.

« J'ai été attentif à ma brillante petite amie », la corrigeai-je, ce qui lui valut une rougeur qui la rendit encore plus belle.

« En parlant de brillant », la voix de Finn nous interrompit alors que la foule de la Tanière des Renards fondait sur nous, « depuis quand Dylan Vixen est-il devenu quelqu'un qui décroche une deuxième place grâce à un vrai talent plutôt qu'à une interprétation créative du règlement ? »

« À peu près au moment où il a commencé à travailler avec quelqu'un qui ne le laissait pas s'en tirer avec des raccourcis », dis-je en serrant la main de Lyra.

« Eh bien, quoi que tu aies fait, ça a marché », dit Kieran avec une admiration sincère. « Cette séquence collaborative était la meilleure chose que j'ai vue aux Jeux de toute l'année. On aurait vraiment dit que tu étais à ta place là-haut. »

Jasper me frappa l'épaule avec le genre de fierté de meute qui me serra la poitrine d'émotion. « Deuxième place en Agilité Aérienne. Dylan, ça va attirer l'attention de recruteurs sérieux des Jeux. »

« Plus important encore », ajouta Lyra à voix basse, « ça va attirer l'attention des étudiants qui veulent apprendre à quoi ressemble vraiment la magie collaborative. »

Elle avait raison. Déjà, je pouvais voir des groupes d'étudiants plus jeunes observer notre groupe avec un intérêt évident. Non pas parce que nous avions réussi un tour spectaculaire, mais parce que nous avions démontré que des origines magiques différentes pouvaient travailler ensemble pour accomplir quelque chose qu'aucun de nous n'aurait pu gérer seul.

« Hé », Marcus Chen s'approcha avec Sera et plusieurs autres étudiants de notre équipe collaborative. « Dylan, on discutait, et on veut te demander quelque chose. »

« Qu'est-ce que c'est ? »

« Serais-tu intéressé par la création d'un groupe d'étude officiel sur la Magie de Partenariat ? Rien de formel, juste des étudiants qui veulent explorer les techniques d'incantation collaborative. »

Je regardai les visages qui m'observaient avec un respect sincère plutôt qu'avec la tolérance amusée à laquelle je m'étais habitué de la part de mes camarades de classe. Ce n'étaient pas des étudiants en quête de divertissement ou de quelqu'un pour les aider à contourner les règles. C'étaient des gens qui avaient vu ce que la magie de partenariat pouvait accomplir et qui voulaient faire partie de quelque chose de significatif.

« Je serais honoré », dis-je. « Mais je devrais probablement mentionner que ma petite amie est la véritable experte en théorie de la magie de partenariat. Je ne fais que fournir l'application pratique. »

« Nous serions ravis de vous avoir tous les deux », dit Sera avec empressement. « Si Lyra est d'accord. »

« Essayez de m'en empêcher », dit Lyra avec un sourire qui transforma tout son visage. « Bien que je doive vous prévenir, je prends l'éducation magique très au sérieux. »

« Bien », dit Marcus avec un grand sourire. « Nous ne cherchons pas de réponses faciles. Nous voulons apprendre à faire ça correctement. »

Alors que la conversation se poursuivait autour de nous, je me surpris à m'émerveiller de la façon dont ma vie avait complètement changé en un seul semestre. Six mois plus tôt, j'avais été un étudiant médiocre qui vivotait grâce à son charme et aux relations de sa famille, désespéré de prouver que j'étais digne du nom Vixen par des farces et des raccourcis astucieux.

Maintenant, je me tenais dans l'arène des Jeux du Renne, ayant gagné la deuxième place grâce à un réel talent, entouré de camarades qui respectaient mes capacités et voulaient apprendre de mes expériences. Plus que ça, j'étais en partenariat avec quelqu'un qui me mettait au défi d'être meilleur tout en m'aimant exactement tel que j'étais.

Et d'après le recruteur des Jeux qui m'avait approché après l'annonce des scores, ma candidature était envisagée pour un stage d'été au sein du Corps Aérien d'Élite — un poste qui n'avait jamais été offert à un étudiant de deuxième année auparavant.

« Tu sais », dis-je à Lyra alors que la foule commençait à se disperser, « quand ce semestre a commencé, je pensais que les Jeux servaient à prouver que j'étais assez bon pour être à la hauteur des attentes familiales. »

« Et maintenant ? »

« Maintenant, je sais qu'ils servent à me prouver que je suis exactement celui que je choisis d'être. »

Le sourire de Lyra était radieux. « C'est-à-dire ? »

« Quelqu'un qui mérite ce qu'il obtient. Quelqu'un qui élève les gens au lieu de les rabaisser. Quelqu'un qui est assez courageux pour faire entièrement confiance à sa partenaire. » J'écartai une mèche de cheveux sombres de son visage. « Quelqu'un digne d'être aimé par la femme la plus brillante de la NPU. »

« Dylan », dit-elle doucement, « tu as toujours été digne de ça. Tu avais juste besoin de le reconnaître toi-même. »

Alors que l'éclairage de l'arène changeait pour s'adapter à l'épreuve suivante, je réalisai qu'elle avait absolument raison. La magie de partenariat, la réussite scolaire, même le classement aux Jeux — rien de tout cela ne m'avait rendu digne d'être aimé. Ça m'avait simplement aidé à reconnaître la valeur que j'avais toujours possédée.

« Alors », dis-je en lui prenant la main alors que nous nous dirigions vers la zone de célébration où nos amis se rassemblaient, « prête à montrer à tout le monde ce que l'étudiante vedette du programme d'Apprentissage de la Lumière peut faire avec des spectacles d'aurores ? »

« En fait », dit Lyra avec un sourire espiègle que je ne lui avais jamais vu auparavant, « je pensais que nous pourrions collaborer sur quelque chose de spécial. Une petite démonstration de ce à quoi ressemble la magie de partenariat quand elle est bâtie sur le choix plutôt que sur le hasard. »

« À quoi pensais-tu ? »

« Tu me fais confiance ? »

En plongeant mon regard dans ses yeux — brillants, déterminés et pétillants de ce genre de malice créative qu'elle avait apprise en passant du temps avec des métamorphes-renards — je réalisai que c'était la question la plus facile que l'on m'ait jamais posée.

« Toujours. »

Alors que nous rejoignions nos amis sous les lumières éclatantes de l'arène, entourés de rires, de célébrations et du genre de communauté qu'aucun de nous deux ne s'attendait à trouver, je sus avec une certitude absolue que c'était exactement ma place.

Non pas parce que la magie l'avait choisi pour nous, mais parce que nous l'avions choisi pour nous-mêmes.

CHAPITRE VINGT-DEUX
UNE VOIE PLUS RADIEUSE

LYRA

Le festival de printemps avait transformé la cour principale de l'UPN en un décor de conte de fées. La magie maintenait la chaleur dans la nuit montagnarde, des lanternes flottant comme des étoiles au milieu de rubans de lumière aurorale qui serpentaient entre les arbres, changeant de couleur et prenant toutes les teintes imaginables en réagissant à l'énergie magique collective des centaines d'étudiants en fête.

Mais le plus beau spectacle n'était pas les décorations magiques, c'était Dylan, debout au bord de la piste de danse, les mains tendues vers moi, ses yeux verts pétillants de malice et d'affection.

« Tu veux bien danser avec moi ? » demanda-t-il, sa voix portant sans effort par-dessus la musique qui semblait émaner de l'air lui-même.

« Je dois te prévenir », dis-je en prenant quand même ses mains, « je n'ai jamais été très douée pour les danses de société. »

« Ça tombe bien, je n'ai jamais été particulièrement conventionnel, moi non plus », répliqua Dylan avec ce sourire qui faisait toujours battre mon cœur plus vite. « Tu me fais confiance ? »

« Toujours. »

Il m'a entraînée sur la piste de danse improvisée qui avait été créée au centre de la cour, où des dizaines d'autres couples se mouvaient au son d'une musique qui ressemblait à de la lumière d'étoile liquide. Je m'attendais à être intimidée, consciente que de nombreux regards pourraient se poser sur le couple de magie de partenariat le plus tristement célèbre de l'UPN, mais dès que les bras de Dylan se sont enroulés autour de moi, le bruit du festival s'est estompé pour devenir un lointain murmure.

« Tu vois ? » murmura-t-il alors que nous trouvions notre rythme. « Parfois, la meilleure magie opère quand on arrête de s'inquiéter de la perfection. »

Alors que nous nous déplacions ensemble, nos signatures magiques combinées ont commencé à réagir à la musique, et l'une à l'autre. De petites orbes de lumière ont commencé à se matérialiser autour de nous, flottant à hauteur d'épaule et pulsant en rythme avec la mélodie. Mais ce n'étaient pas les démonstrations structurées et contrôlées que je créais habituellement. Celles-ci étaient organiques, enjouées, empreintes de la créativité chaotique de Dylan.

Lumière et malice, en parfait équilibre.

« Dylan », dis-je doucement, en regardant d'autres couples commencer à remarquer notre accompagnement magique, « on attire l'attention. »

« On crée de la beauté », corrigea-t-il, me faisant tournoyer dans un mouvement qui fit danser nos orbes de lumière en spirales complexes autour de nous. « Et puis, depuis quand sommes-nous discrets ? »

Il avait raison. De notre première séance de tutorat désastreuse à notre réhabilitation publique lors de l'audience de l'équinoxe de printemps, la discrétion n'avait jamais été notre point fort. Mais peut-être que ce n'était pas un mal. Peut-être que certaines découvertes étaient destinées à être célébrées ouvertement.

Alors que je le regardais dans les yeux, sentant la chaleur constante de notre connexion, une chose profonde s'est installée dans ma poitrine. Pendant des années, j'avais porté le poids des attentes de la professeure Lumina, l'héritage des recherches de mes parents, la pression de prouver que j'étais digne de leur lignée académique. Mais ceci — cette magie de partenariat née du choix plutôt que de l'obligation — c'était à moi. À nous. Une mission que nous avions découverte ensemble.

La magie de partenariat n'était plus une simple théorie. C'était la voie que nous avions choisi d'emprunter.

« Toujours », murmura Dylan, la promesse inscrite dans ses yeux. « Avec ou sans magie. »

Quand il m'a penchée en arrière de façon assez spectaculaire pour me faire rire, nos orbes de lumière s'intensifièrent, créant une aurore privée qui peignait tout dans des tons d'argent et d'or rose.

« Lyra ? » dit-il doucement en me relevant.

« Oui ? »

« Je n'arrête pas de penser à ce qu'a dit la professeure Lumina. Que la magie de partenariat est l'avenir de l'éducation magique. »

Je me suis légèrement reculée pour le regarder dans les yeux. « Et ? »

« Je crois qu'on ne fait que commencer », enchaîna Dylan, sa voix s'animant d'excitation. « Le groupe d'étude, la recherche collaborative, la façon dont les plus jeunes étudiants demandent déjà à apprendre les techniques de partenariat — et si c'était plus grand que nous ? Et si on faisait partie de quelque chose qui pourrait tout changer ? »

L'idée m'a fait frissonner, un frisson qui n'avait rien à voir avec la romance et tout à voir avec le champ des possibles. « Une révolution dans l'éducation magique ? »

« Une révolution dans la façon dont les gens perçoivent la magie, tout simplement. » Le sourire de Dylan était contagieux. « Lyra, et si, au lieu de s'affronter, les étudiants apprenaient à se renforcer mutuellement ? Et si la collaboration devenait la base plutôt que l'exception ? »

« Il faudrait restructurer complètement le programme d'études », dis-je, mon esprit s'emballant déjà en pensant aux implications. « De nouvelles méthodes d'évaluation, des approches pédagogiques différentes, des programmes de formation pour les professeurs... »

« Il faudrait que des gens comme nous prouvent que ça marche », m'interrompit doucement Dylan. « Des gens prêts à montrer que la magie de partenariat n'est pas seulement possible, mais qu'elle est meilleure. »

Autour de nous, le festival de printemps poursuivait sa célébration magique, mais je me suis surprise à imaginer quelque chose de différent. Une version de l'UPN où des étudiants comme Dylan ne se débattraient pas seuls avec une magie conçue pour la collaboration. Où des esprits brillants ne seraient pas isolés par la compétition, mais réunis par un objectif commun.

« Tu es en train de me demander si je veux passer le reste de notre temps à l'UPN à être des révolutionnaires de l'éducation magique ? » ai-je demandé.

« Je te demande si tu veux passer le reste de notre temps à l'UPN — et peut-être au-delà — à construire quelque chose d'extraordinaire ensemble. »

Les orbes de lumière autour de nous se sont mises à pulser plus fort, répondant à la vague d'excitation qui circulait entre nous. D'autres couples s'étaient arrêtés de danser pour regarder notre spectacle improvisé, mais pour une fois, l'attention ne me dérangeait pas.

« Oui », ai-je dit sans hésitation. « Absolument oui. »

Le sourire de Dylan en réponse fut assez radieux pour rivaliser avec notre spectacle magique. Il me fit tourner à nouveau, riant de pure joie alors que notre aurore devenait plus spectaculaire.

Mais la magie entre nous se brisa lorsqu'un cri strident perça les festivités.

« Qu'est-ce qui se passe ? » ai-je demandé, en essayant de voir à travers la foule qui se tournait vers l'entrée principale du festival.

« Je ne sais pas, mais... » commença Dylan, puis il s'arrêta alors qu'une onde de perturbation magique traversait la cour comme une vague invisible.

Les étudiants ont trébuché au passage de la perturbation. Les décorations du festival ont vacillé. Même nos orbes de lumière ont faibli, leur harmonie momentanément perturbée par la collision magique qui venait de se produire.

« Tu as senti ça ? » ai-je demandé, mes instincts de chercheuse analysant immédiatement la signature énergétique.

« Ouais. » L'expression de Dylan était devenue sérieuse. « Ce n'était pas une interférence magique normale. C'étaient deux signatures incompatibles qui entraient en collision. »

À travers la foule qui se dispersait, j'ai aperçu deux étudiants près de la fontaine — une minuscule fée aux cheveux blanc argenté et un jeune homme grand aux cheveux sombres qui se déplaçait comme une tempête hivernale contenue. Ils se tenaient à plusieurs mètres l'un de l'autre, tous deux semblant secoués, leurs auras magiques crépitant encore de l'énergie résiduelle de ce qui venait de se passer.

« C'est Rowan Blackthorn ? » demanda Dylan, sa voix teintée d'inquiétude.

« Qui est Rowan Blackthorn ? »

« Une famille de sorciers de l'Hiver. Vieille lignée, magie puissante, et... » Dylan s'interrompit, observant le duo. « Le genre de signature magique qui ne se mélange pas bien avec les autres. Si lui et cette fée viennent d'avoir un choc de résonance... »

« Il faut qu'ils fassent attention l'un à l'autre », terminai-je, mon esprit parcourant déjà les implications théoriques. La collision de deux signatures magiques aussi puissantes pourrait créer toutes sortes de complications si elles n'étaient pas correctement gérées.

La fée — je croyais la reconnaître de la Bibliothèque des Lumières, bien que je ne lui aie jamais parlé — reculait en s'éloignant de Rowan avec une méfiance visible. Il se tenait figé, l'air aussi troublé qu'elle.

« On devrait aller voir comment ils vont ? » demanda Dylan.

J'y ai réfléchi, puis j'ai secoué la tête. « L'énergie se dissipe déjà. Quoi qu'il soit arrivé, c'était bref. S'ils avaient vraiment formé une connexion accidentelle, on verrait une résonance magique soutenue. »

Pourtant, quelque chose dans cette rencontre me tracassait. La façon dont leurs auras s'étaient heurtées ne ressemblait pas à une simple incompatibilité. Cela ressemblait à une reconnaissance — comme deux pièces de puzzle qui s'emboîtaient presque mais étaient forcées de se séparer.

« Dylan », dis-je lentement, « est-ce que ça te semblait être de l'incompatibilité ? Ou une compatibilité qui était combattue ? »

Il étudia les deux étudiants, qui se déplaçaient maintenant en sens opposés à travers la foule, comme s'ils mettaient instinctivement de la distance entre eux. « Je ne suis pas sûr. Pourquoi ? »

« Parce que si c'est le deuxième cas... » Je m'interrompis, songeant aux implications. Des signatures magiques naturellement compatibles mais luttant contre cette compatibilité pourraient être dangereuses. Comme deux aimants qui se repoussent : plus l'attraction potentielle est forte, plus le rejet est violent s'ils ne sont pas correctement alignés.

« Tu penses qu'ils pourraient être en danger ? »

« Je pense qu'ils devront être très prudents l'un avec l'autre au prochain semestre », dis-je. « Si leurs signatures magiques sont aussi réactives, toute rencontre future pourrait déclencher quelque chose auquel aucun d'eux n'est préparé. »

La fée avait disparu dans la foule, et Rowan Blackthorn se dirigeait vers le bord de la cour avec le genre d'urgence contrôlée qui suggérait qu'il voulait être n'importe où sauf ici.

« On devrait les prévenir ? » demanda Dylan.

« Les prévenir de quoi ? Qu'ils sont magiquement compatibles et qu'ils devraient s'éviter ? » J'ai soupiré. « Ça ne ferait que les rendre paranoïaques. Et puis, quelles sont les chances qu'ils se retrouvent à nouveau à proximité ? Des cercles sociaux différents, des parcours académiques différents... »

« Tout est différent », acquiesça Dylan.

Mais alors que nous reprenions notre danse, nos orbes de lumière reconstruisant lentement leur harmonie autour de nous, je ne pouvais me défaire de l'image de ce moment où leurs auras s'étaient heurtées. La façon dont l'air lui-même avait semblé retenir son souffle. La façon dont aucun d'eux n'avait semblé comprendre ce qui se passait, seulement que c'était puissant, effrayant et bien au-delà de leur contrôle.

« Lyra ? » La voix de Dylan me ramena au présent.

« Désolée. Je réfléchissais. »

« À ces deux-là ? »

« À quel point la compatibilité peut être dangereuse lorsque les gens ne la reconnaissent pas pour ce qu'elle est », dis-je. « Combien d'étudiants, à ton avis, se promènent avec des partenariats potentiels qu'ils ne découvriront jamais parce qu'ils ont trop peur de la résonance initiale ? »

L'expression de Dylan devint pensive. « Ou parce qu'ils ne s'approchent jamais assez pour le découvrir. »

« Exactement. » Je lui serrai la main, reconnaissante une fois de plus que nous ayons été assez courageux — ou assez fous — pour surmonter nos propres peurs initiales. « Peut-être que ça fait partie de notre révolution. Apprendre aux étudiants que la résonance magique n'est pas quelque chose à fuir. »

« Même quand ça fait peur ? »

« Surtout quand ça fait peur. »

Le festival continuait autour de nous, mais je me suis surprise à cataloguer la rencontre pour de futures recherches. Deux étudiants aux signatures magiques dangereusement compatibles, une brève collision qui avait perturbé toute la cour, et une retraite instinctive qui relevait de l'autoconservation plutôt que de la curiosité.

J'ai pris note mentalement de surveiller tout rapport d'incident magique impliquant ces deux-là au prochain semestre. S'ils se rencontraient à nouveau — si la proximité les forçait à se retrouver dans des situations où leurs signatures ne pourraient éviter la collision — quelqu'un devrait être prêt à les aider à comprendre ce qui se passait avant qu'ils ne se blessent ou ne se blessent mutuellement.

« Tu penses toujours à eux ? » demanda Dylan alors que nous nous balancions au rythme de la musique.

« J'espère juste qu'ils resteront à l'écart l'un de l'autre », dis-je. « Au moins jusqu'à ce qu'ils soient prêts à comprendre ce que signifie ce genre de compatibilité magique. »

« Et s'ils ne le sont pas ? »

J'ai pensé aux yeux effrayés de la fée, à la façon dont Rowan avait l'air de retenir une tempête. « Alors on s'en occupera au prochain semestre. Pour ce soir, profitons simplement du fait que notre révolution a survécu à son premier grand test. »

Dylan me serra contre lui, et notre magie se synchronisa avec l'aisance confortable d'un partenariat choisi plutôt que forcé. Autour de nous, les aurores du festival peignaient le ciel de rubans de lumière qui célébraient une magie collaborative librement partagée.

Mais au fond de mon esprit, je ne pouvais m'empêcher de me demander ce qui se passerait lorsque deux personnes qui ne comprenaient pas leur compatibilité seraient forcées d'y faire face. Quand des signatures magiques aussi puissantes entreraient en collision non pas lors d'une brève rencontre, mais dans une proximité prolongée.

La combattraient-ils ? La fuiraient-ils ? Ou seraient-ils assez courageux pour explorer ce qu'elle pourrait devenir ?

Alors que nous atteignions l'aile Lumina, marchant main dans la main dans des couloirs qui semblaient maintenant être notre foyer depuis que nous les avions conquis ensemble, je me suis surprise à espérer que ces deux étudiants — qui qu'ils soient — auraient le soutien dont ils auraient besoin si le destin décidait de les mettre à l'épreuve comme il nous avait mis à l'épreuve.

Parce que certains partenariats s'épanouissaient facilement. D'autres devaient se battre pour chaque centimètre de terrain.

Et certains, je le soupçonnais, nécessiteraient rien de moins que des miracles.

« Au prochain semestre », dit Dylan, comme s'il lisait dans mes pensées. « S'ils ont besoin d'aide, on sera là. »

« Au prochain semestre », ai-je convenu.

Mais pour ce soir, nous avions mérité notre célébration. Demain apporterait de nouveaux défis, de nouveaux étudiants, de nouvelles occasions de prouver que la magie de partenariat pouvait changer le monde.

Ce soir, nous avions juste besoin de danser.

Fin

Avez-vous aimé *Solstice de Noël* ?
N'hésitez pas à laisser un avis sur Goodreads. Les avis m'aident à atteindre de nouveaux lecteurs.

Lisez **Malédiction de Noël**, le prochain livre de la série **Université du Pôle Nord**.

Avez-vous lu **Le Gardien du Serment** ?
Cette histoire GRATUITE de l'Université du Pôle Nord se déroule entre Métamorphes de Noël et Gel de Noël

À PROPOS DE L'AUTEURE

Des histoires positives et inspirantes.

Marie-Hélène vit à Sherbrooke, au Québec. Enseignante à la retraite, elle consacre désormais ses journées à l'écriture et à la promotion de ses oeuvres. Elle aime lire, voyager et aller à la plage. Chaque année, elle part un mois en solo vers une nouvelle partie du monde.
www.mhlebeault.com

Suivez-la sur les réseaux sociaux !

facebook.com/mhlebeaultauthor

x.com/mhlebeault

instagram.com/mhlebcault

amazon.com/author/mhlebeault

bookbub.com/authors/marie-helene-lebeault

goodreads.com/mhlebeault

linkedin.com/in/mhlebeault

tiktok.com/@mhlebeaultauthor

AUTRES LIVRES DE L'AUTEURE

La série Evers - Littérature jeunesse fantastique

La clé des ancêtres

L'académie

La marcheuse du temps

Le voyageur des mondes

Magie de sang - Littérature jeunesse fantastique

Mage de sang

Magie de sang

Héritage de sang

Il était une malédiction - Romance fantastique

Une malédiction de neige et de cendres

Une malédiction d'épines et de torpeur

Une malédiction de verre et d'ombres

Une malédiction d'argent et de blessures

Université du Pôle Nord - Romance paranormale

Métamorphes de Noël

Le gardien du serment (GRATIS)

Givre de Noël

Solstice de Noël

Malédiction de Noël

Étincelle de Noël

Félicité Conjugale

Inadaptés du gui

Hors série

Les douze vies de Clare - Réalisme magique

Utopie - Science fiction

Chroniques des cadets interstellaires - Science fiction

Défenseurs du Royaume

Le combat de la flamme sacrée (Gratuit)

Fée grand-mère - Albums jeunesse pour les 3 à 7 ans

Mimi visite l'Antarctique

Mimi visite le Pôle Nord

Mimi visite la Chine

Mimi visite l'Afrique

www.ingramcontent.com/pod-product-compliance
Lightning Source LLC
Chambersburg PA
CBHW020649030726
47498CB00002B/432